Julie Farrell

Ruby in the Dust

O a[illegible] a
xíca[illegible]

Título original: Ruby in the Dust

1ª Impressão 2014

Produção Editorial: Editora Charme
Tradutora: Andreia Barboza

Este livro segue as regras da Nova Ortografia da Língua Portuguesa.

CIP-BRASIL, CATALOGAÇÃO NA PUBLICAÇÃO
SINDICATO NACIONAL DE EDITORES DE LIVROS, RJ

S835i
Farrell, Julie
Ruby in the Dust - O amor numa xícara de chá
Editora Charme, 2014.

ISBN: 978-85-68056-04-2
1. Romance Estrangeiro

CDD 813
CDU 821.111(73)3

www.editoracharme.com.br

Julie Farrell

Ruby in the Dust

O amor numa xícara de chá

Tradução: Andreia Barboza

Capítulo 1

Zach sentou-se no banco do lado de fora da Marks & Spencer, esperando. Alex sempre estava, pelo menos, dez minutos atrasado, mas hoje Zach estava feliz em saber que seu amigo estava vivo. O pai de Alex estava tenso quando telefonou do hospital às cinco horas da manhã, exigindo saber por que seu filho tinha saído para uma corrida de moto tarde da noite. Zach não tinha ideia do que estava acontecendo com seu amigo.

Este banco de metal com pintura descascada significava muito para Zach. Foi ali que ele e Alex tinham experimentado seu primeiro beijo - claro que não um com o outro. Mas Alex tinha ido longe demais e tentou colocar a mão dentro do macacão de Emily, que jogou o conteúdo de uma garrafa de Diamond White em seu rosto. Na época, Alex riu, mas hoje em dia ele ficaria devastado com o desperdício tão imprudente de álcool.

Zach coçou a barba e olhou para a rua manchada de tinta. Um par familiar de tênis Adidas fora de moda apareceu em seu campo de visão, fazendo com que o coração de Zach disparasse de alívio. Ele se levantou e puxou Alex para um abraço, segurando-o por mais tempo do que seria considerado viril. Mas eles nunca se preocupavam com coisas desse tipo.

Eles se separaram. Zach encarou seu amigo abatido. — O que você estava fazendo na autoestrada, às duas horas da manhã?

— Correndo a cento e sessenta quilômetros por hora, eu acho.

— Alex, eu estava preocupado com você.

— Por favor, Zach, eu já passei por um interrogatório esta manhã.

— A polícia te pressionou?

— Minha mãe.

Zach estremeceu - Carowyn insistia em interferir na vida de Alex, apesar dele ter vinte e sete anos. Mas, obviamente, ele precisava da orientação de alguém, ou não estaria em tal estado. Um grito estridente do outro lado da rua fez Zach olhar em direção ao McDonald's, onde um bando de adolescentes vadiava, como sempre. As meninas, aparentemente, vinham aqui tentando mostrar que não eram mais garotinhas, enquanto os meninos, vestidos com bonés e jaquetas largas puxavam as correntes presas em suas calças, implicando uns com os outros em um impasse movido a testosterona.

Zach percebeu que Alex estava falando algo, então voltou sua atenção para o amigo.

— Foi tão estranho estar, novamente, em um hospital — disse Alex. — A coisa mais difícil de encarar foi o cheiro de desinfetante. Todas as memórias aterrorizantes, o medo de não sobreviver e a insônia me deixaram com uma grande enxaqueca.

— Mas você está bem?

Alex brincou com a pulseirinha plástica do hospital, que estava em seu pulso, algo que ele, obviamente, esqueceu de tirar. Isso o fazia parecer um doente mental fugitivo. — Um pouco machucado, digamos assim. Minha *Enfield* foi quem sofreu mais. E eu, provavelmente, vou perder a habilitação.

— Bem, qualquer um, que já entrou em um carro com você, terá prazer ao ouvir isso. Mas, e você?

Alex mostrou um buraco no braço de sua jaqueta de couro, que não estava lá ontem. — A moto levou a pior. Eu tive sorte: sem ossos quebrados ou lesões internas. A má notícia é que minha mãe cancelou meu cartão de crédito e eu estou me mudando de volta pra casa. Eu duvido seriamente que vou sobreviver a isso.

Zach agarrou os ombros de Alex e olhou em seus olhos. — Alex, o que você vai fazer com sua vida?

— Eu não sei. Eu me sinto um merda. Vamos para o bar?

— Prometa-me que vamos tomar um suco?

Alex assentiu, então eles foram até a High Street, passando por bancos, edifícios empresariais, salões de beleza e lojas de desconto.

Quando Alex e Zach tinham sido autorizados, pela primeira vez, a explorarem esta rua sem supervisão, eles passaram suas tardes de sábado descobrindo livros preciosos e registros de segunda mão. Mas agora, as livrarias e bancas de antiguidades tinham fechado, e os moradores agora contavam com alguns varejistas de marcas conhecidas, várias lojas de caridade, e numerosos restaurantes de fast food, porque Maidenhead era habitada por pessoas ricas que jogavam fora coisas quase novas e comiam merda.

Capítulo 2

Alex estava cansado, com sede e precisando de uma cerveja. Mas antes que ele fosse capaz de entrar no King's Arms, Zach arrastou-o para o Café do lado oposto da rua, que ele nunca tinha ido antes, por causa da atração que sentia pelo pub. O Café chamava-se *Ruby in the Dust*, o que fez Alex sorrir; esse nome despertava sentimentos de misticismo dentro dele - o proprietário era, obviamente, algum hippie.

O interior do Café era tranquilo. Havia apenas dois outros clientes, tendo uma reunião séria, pelo que parecia. A atmosfera era aconchegante, como tomar um banho quentinho depois de um passeio no inverno. Nenhum dos móveis combinavam, na verdade, algumas das cadeiras pareciam ter sido compradas em um bazar da paróquia. Este lugar era a antítese da empresa bem sucedida, mas era limpo e, o mais importante, música decente tocava nos alto-falantes. O som de *Dark Side of the Moon* do Pink Floyd fez com que Zach e Alex compartilhassem um sorriso instintivo de aprovação. Eles não precisavam de palavras para expressar seu amor mútuo por um álbum, já que se conheciam muito bem, há mais de vinte anos.

A garçonete caminhou para cumprimentá-los, vestindo uma camiseta desbotada, uma calça jeans velha, e um grande sorriso. Zach olhou para ela. Alex poderia dizer que seu amigo foi cativado por essas bochechas rosadas e olhos castanhos escuros.

— Oie, sou Leia. Sim, meus pais são fãs de Star Wars.

— Sorte a sua — disse Zach.

Leia encarou Alex, dando um olhar de cima a baixo. — Caramba, eu espero que você não se importe que eu fale, mas parece que você teve uma noite difícil.

Alex conscientemente passou os dedos pelo cabelo. — Oh, nada muito ruim. Eu passei a noite na Emergência, explicando à polícia por que eu bati minha moto na M4.

A boca de Leia se abriu. — Você caiu na autoestrada?

— Sim. Eu estava tentando superar meus problemas. Porém, não deu certo. Minha vida não está indo muito bem, no momento.

Leia riu. — Oh, querido! Bem, você veio ao lugar certo. Sente-se. Vou pegar a melhor cura britânica pra tudo: chá.

Alex sorriu. — Na verdade, eu poderia simplesmente tomar um café?

— Oh, você gosta de jogar pesado! Claro. E o seu amigo lindo?

Zach enganchou o cabelo atrás da orelha. — Eu vou tomar um chá, por favor.

— Perfeito! Algo mais?

— Não, só isso, obrigado — Alex disse.

— Legal, fiquem à vontade e sentem-se em qualquer lugar.

— Eu não me importaria de ganhar o número do seu telefone — Zach murmurou, quando Leia saiu.

Alex suspirou. — Desculpe-me, Leia?

Zach congelou. — Alex! Não!

Leia voltou. — Sim?

— Meu amigo estava me perguntando se ele poderia ter o se.... argh!

Zach enganchou seu braço ao redor do pescoço de Alex e sufocou a boca com a mão. — Um pouco de leite no meu chá.

Leia riu novamente. — Claro.

Ela desapareceu atrás do balcão e eles sentaram em uma mesa.

— Então, o que aconteceu? — perguntou Zach. — Você parecia bem, quando eu saí ontem à noite.

Alex passou a mão no cardápio. Os seus vinte e sete anos de vida não o levaram a lugar algum, ele olhou para o espelho manchado, na parede ao seu lado.

— Eu não posso mais fazer isso.

— Fazer o quê? Viver?

— Não, eu não sou suicida. Só estou farto. Está tudo de cabeça pra baixo. Vivemos em um mundo onde se franze a testa para uma mãe, caso ela resolva amamentar seu bebê em público, porque as pessoas acham que só quem pode exibir seus seios nus são menininhas que parecem ter dezesseis anos, posando seminuas, em poses sensuais, no *Daily Scum.*

— Sim, mas...

— Quero dizer, claro, eu gosto de seios, tanto quanto outros caras héteros ou lésbicas, mas eu não quero que eles empurrem isso na minha goela abaixo, quando estou em alguma banca de jornal, comprando a minha revista *Car Monthly.*

— Mas como você acha que a névoa bêbada, proporcionada pelas doses de *Jack Daniels,* irá te ajudar? Seus problemas ainda estarão lá quando você ficar sóbrio, concorda?

Alex levantou o vaso quebrado, que estava no centro da mesa. Ele continha um único narciso, e ele não pôde resistir a aspirar seu aroma. Seu cheiro era glorioso, como a primavera.

Ele colocou o vaso no lugar, e voltou seu olhar para Zach. — Se eu tivesse morrido na noite passada, que diferença isso faria?

— Não diga isso. Como eu poderia viver sem você?

— Mas, um dia, você também vai morrer. Todo mundo vai.

— Alex, já faz três anos. Você precisa encontrar algo que o estimule a sair da cama, pela manhã.

— Tipo o quê? O meu despertador?

— Estou falando sério.

— Ok, minha ressaca, então. Ou o desejo de não vomitar sobre os lençóis de novo. Isso é o que me faz sair da cama — ele olhou para o cardápio. — Oh, você pode escolher se quer ovos cozidos, fritos ou ovos mexidos com chá inglês completo. Você não vê isso no Corporista Café, né?

Zach tirou o cardápio das mãos de Alex e colocou-o sobre a mesa. — Sabe o que você precisa?

— Parar de beber tanto?

— Bem, sim, obviamente. Mas você precisa encontrar algo que faça com que você sinta que vale a pena levantar da cama. E, então, levantar todos os dias, por isso.

— Sim, talvez. Oh, aí vem o amor da sua vida.

Zach cortou o contato visual e Alex relaxou, feliz que o interrogatório havia terminado.

Leia colocou as bebidas na frente deles, com um amigável: — Aqui está.

— Obrigado, Leia — disse Alex.

— Sem problema! Ei, não deixem de olhar as estantes, nos fundos do Café. Alguns dos livros são de segunda mão, e vocês podem ficar à vontade para lê-los aqui ou pegá-los emprestados. Ou então, vocês podem comprar os novos, é claro.

Alex se animou. — Uau, eu achei que todas as livrarias de Maidenhead tinham fechado. Será que ainda tem alguém que não acha que, para ler, basta fazer o download de e-books, hoje em dia?

— Você gosta de ler? — perguntou Leia.

— Alex tem um fetiche por livros — disse Zach. — Você lembra quando eles fecharam a loja *Bright's Books*? Alex ameaçou amarrar-se à loja.

Leia riu, mas Alex não estava mais ouvindo. Ele se levantou da cadeira e, erguendo os braços para frente, como se fosse um zumbi, permitiu que a sua atração irresistível pelos livros o seduzisse, levando-o até as estantes.

Seguindo até a parte de trás do Café, ele viu os outros clientes. Um deles era uma mulher loira, sentada de costas para Alex. Suas pernas cruzadas, envoltas em uma meia calça de nylon, estavam à vista, e um pé com sapato de salto stilleto batia lentamente no ritmo da música do Pink Floyd. O assento à sua frente agora estava vazio, mas Alex notou que um homem estava sentado ali antes, e imaginou que ele devia ter ido ao banheiro. Seu paletó estava pendurado na parte de trás da cadeira, e sua pasta era como um cão de guarda, no chão.

O som dos passos de Alex fez a mulher olhar ao redor. No limiar de sua visão, Alex vislumbrou um rosto que poderia fazê-lo se apaixonar. Ele tentou não demonstrar, mas suas feições perfeitas o atingiram com força. Como ele conseguiria continuar andando, depois disso?

Ele disfarçou outra olhada, e viu que, por alguma razão, ela estava muito maquiada: cílios postiços nos olhos, batom vermelho, apliques de cabelo - o tipo de truque que mulheres bonitas usavam para parecerem com o padrão de beleza estabelecido pela mídia. Mas esta mulher, claramente, tinha uma beleza natural, como Brigitte Bardot, por baixo da máscara. Seu vestido de bolinhas vermelhas, no estilo da década de cinquenta, a favorecia e a deixava encantadora.

Alex pensou em paquerá-la, mas notou sua expressão, que dizia: cuidado ou eu enfio meu salto fino em sua canela. Apenas um olhar nas minhas pernas e você será aleijado, amigo.

"*Concentre-se nos livros, Alex, antes que seu namorado gângster volte e mate-o. Zach está muito ocupado conversando com a garçonete, para protegê-lo agora*", ele pensou.

Tirando a visão da loira da sua cabeça, ele parou em frente à estante, e saboreou o momento. Era como desembrulhar um presente. "O que será que eles têm aqui? Ficção científica? Fantasia? Algo interessante de não-ficção?"

O primeiro título feriu seus olhos: *O seu signo e a consciência* cósmica!

O próximo: *Cura com cristais*!

E: *Faça vibrar seu campo biológico para atrair a felicidade*!

A boca de Alex se abriu. Não era pra isso que os livros haviam sido inventados! Para espalhar a ignorância e a preguiça de pensar. Os livros eram para esclarecer as pessoas, libertando suas mentes e educando.

— Ei, Zach, está a fim de tentar a cura pelos cristais, horóscopos ou a lei da atração? Quanto lixo, que besteira!

Zach olhou para cima, mas logo voltou para sua conversa com Leia, deixando Alex parecer um idiota.

Alex virou a cabeça, e percebeu que a mulher loira estava atirando adagas com o olhar, em sua direção.

Com um sotaque alemão, ela disse: — Se você pudesse abrir sua mente, talvez você aprendesse alguma coisa, né?

— Como o quê? — perguntou Alex. — Cem maneiras de usar o feng-shui em minha casa e aumentar o meu apelo sexual?

Ela não riu. — Tem um aí que, talvez, você vá achar útil: *Como se tornar mais atraente para as mulheres.*

Alex sentiu o insulto cortar sua garganta mas, rapidamente, se recuperou. — O dono deste lugar deve ser, com certeza, um velho hippie. A combinação de Pink Floyd e livros de autoajuda é ilegal em alguns países, sabe?

Ela olhou para ele como se ele fosse um vilão dos filmes de James Bond. — Eu sou a dona deste Café. E você é bem-vindo a não ficar.

Um arrepio, pela rejeição, atravessou seu corpo, fazendo-o se esgueirar de volta para sua mesa, como um colegial travesso. Leia lançou-lhe um sorriso simpático, e em seguida se afastou.

Alex sentou-se. — Sobre o que vocês estavam falando?

— Música — disse Zach. — Você precisa perturbar todo mundo?

— Você acha que eu sou pouco atraente para as mulheres?

— Alex, a única razão pela qual as mulheres falam comigo é para que elas possam chegar até você.

— Isso não é verdade.

— É. Até que você abra a boca, pelo menos.

— Oh, muito obrigado.

— Bem, — disse Zach — você pode ser um pouco... presunçoso.

— Eu tenho muito do que me orgulhar.

— Sim, como dirigir sua *Enfield* a cento e sessenta quilômetros por hora. Muito inteligente.

Alex sentiu seus olhos ficarem um pouco desfocados. — Eu sinto como se eu fosse feito de vidro, e que qualquer coisa pudesse me quebrar.

Zach se inclinou para trás. — Isso é apenas o choque pelo acidente aparecendo, certo?

— É como se eu não me conhecesse mais, Zach. Não é assim que eu sou, você me conhece.

— Eu sei. Mas, Alex, você teve tudo do bom e do melhor, na vida. Você era uma criança prodígio, pelo amor de Deus.

Alex sorriu melancolicamente. — Você lembra quando nós costumávamos ouvir The Clash no último volume? Nós acreditávamos que poderíamos mudar o mundo.

— Bem, você achava mesmo que poderia.

— Sim, eu ia escrever o meu manifesto: Alexismo[1].

---

1 Uma referência ao Marxismo.

Zach abriu um sachê de açúcar. — Sabe, você poderia usar seus talentos para fazer tanta coisa boa, em vez de ficar frustrado e desmotivado. Você poderia estar fazendo muito mais com sua vida do que você faz.

Alex sentiu-se sufocado. Esta palestra novamente não - e não de Zach, de todas as pessoas. Ele pegou o jarro de leite e despejou um redemoinho em seu café, parecendo fascinado com a galáxia em espiral que se formou em sua xícara.

— Você vai aceitar o emprego com Bill Dawson, que a sua mãe arrumou? — perguntou Zach. — Parece que paga bem. Seu pai disse que é uma das maiores empresas de TI do país.

— Você sabe o que minha mãe disse, quando ela entrou no quarto do hospital, mais cedo?

Zach balançou a cabeça.

— Ela disse: "*Você faria qualquer coisa para se safar de ter que começar a trabalhar amanhã, não é?*" Como se eu tivesse planejado o acidente, sem me preocupar se eu poderia morrer.

Zach tomou um gole de chá. — Pode ser que aceitar o emprego não seja má ideia, Alex. Isso pode ser o que você precisa. Você não pode esperar que seus pais paguem o aluguel e as contas pra sempre.

— Bem, eles não vão mais pagar, não é? — Alex sentiu os olhos preocupados de Zach encarando-o. — Olha, eu sei que eu preciso fazer alguma coisa, mas eu não posso viajar para Londres, todos os dias em um terno; isso me mataria. Quando eu estava deitado na M4, esperando a ambulância, me dei conta de que deve haver mais na vida do que isso. Quero dizer, minha linda *Enfield* está acabada, mas substituí-la me fará feliz? Provavelmente não.

— Provavelmente não, porque você está prestes a perder a habilitação. Mas você pode pegar o trem para Londres.

— Zach, vamos lá, eu não sou alguém que se importa com status, poder e dinheiro. Quero dizer, quão triste e inseguro você deveria ser pra imaginar que isso faz de você uma pessoa decente?

Zach abriu a boca para responder, mas foi interrompido pelo som de uma discussão. A bela mulher alemã foi tempestuosamente para a frente do Café, segurando o cara que tinha retornado do banheiro.

O homem estava tentando sair. — Nicky, eu dei-lhe várias últimas chances, mas preciso do seu aluguel para que eu possa pagar a hipoteca. Você entende como as coisas funcionam?

— Por favor, não me expulse, David. Esta é a minha casa, bem como o meu rendimento! Onde eu e Jamie vamos viver?

O homem virou-se para encará-la. — Você viu as palavras "ato de caridade" na parte inferior da minha última fatura?

À medida que a mulher começou a suplicar-lhe, veio o reconhecimento: Alex conhecia este homem! Sim, ele agora usava um terno de grife e seu cabelo estava ralo, mas ele ainda tinha aquela voz chorosa, anasalada e que parecia estar com um arame farpado na boca.

— Caramba, Zach, aquele é David Lewis!

A mulher alemã continuou a falar, mas David olhou ao redor e viu Alex e Zach olhando para ele. Sua boca se abriu. — Alexander Steele e Zachary Richards, meu Deus! Que coincidência supimpa!

Alex tomou um gole de café. — Olá, David. Posso ver que você continua um idiota.

— Que engraçado encontrar vocês, caras. É uma agradável surpresa!

— Encontrá-lo aqui é, certamente, uma surpresa — disse Alex.

— Esse é um dos meus imóveis, sabia?

— Seu? — Alex olhou ao redor. — De todos os imóveis disponíveis na cidade, você gastou dinheiro com isso?

— Eu sei que não é um imóvel muito bonito, mas esse foi um dos meus primeiros investimentos. Claro que, atualmente, eu estou em outro nível. Minha esposa e eu transformamos o nosso humilde negócio imobiliário em um império internacional.

Alex olhou para a mulher loira. Ela olhava para David com tanta raiva que ele poderia ficar em chamas. — Essa é a sua mulher? — perguntou Alex.

David bufou. — Deus, não! Minha esposa é linda e talentosa.

A expressão da mulher mudou imperceptivelmente, quando ela levantou uma sobrancelha para David.

Alex sorriu. — Uma vez idiota, sempre idiota.

— E quanto a vocês dois? — perguntou David. — Ricos e bem sucedidos?

— Eu sou produtor musical — disse Zach. — E tenho um estúdio de gravação, com um amigo.

— Parece maravilhoso — David virou-se para Alex. — E o que aconteceu com o garoto prodígio? Já virou primeiro-ministro? Encontrou a cura para o câncer? Eu sei que você não está na equipe de críquete da Inglaterra... não é bom o suficiente pra você, hein?

Alex endireitou-se, ignorando a dor em seu ombro, que ele bateu no acidente. — Você já ouviu falar de Bill Dawson?

— Sim, é claro. Ele é dono de uma das maiores empresas de TI no país.

— Sim. Bem, Billy-boy é meu chefe. Tenho status, poder e dinheiro.

— Ah, é mesmo? E Dawson não se importa que você se vista como um estudante, então?

Alex encolheu os ombros. — É uma empresa jovem e hipster.

— E eles não têm ferros de passar em Londres? Ou barbeiros?

— Na verdade, eu ainda vivo em Maidenhead. Em um apartamento de cobertura, com vista para o rio. Viajo, diariamente, para Londres. Na minha *Enfield*. Ou, às vezes, no meu BMW. Depende do meu estado de espírito.

— Bem, é muito bom ver que você não mudou. Você ainda é um mentiroso compulsivo.

Leia gritou do balcão. — David, por que você tem que tentar intimidar a todos? Você não pode ver que Alex teve uma noite difícil? Ele sofreu um acidente na M4.

Todos os olhares se voltaram para Alex. Ele tinha certeza que Leia estava apenas tentando ser gentil, mas agora ele teria que se explicar, coisa que o faria parecer como um triste perdedor.

— Está tudo bem. Eu perdi o controle da moto, por causa de um carro que vinha no sentido contrário. Foram apenas alguns cortes e contusões.

A mulher alemã zombou. — Pessoas que bebem e dirigem me enojam.

O ar tenso fez com que Alex se sentisse mal, sufocando com suas palavras. — O que faz você ter tanta certeza que eu estava bêbado?

Ela levantou uma sobrancelha. — Olha, eu honestamente não me importo se você estava sóbrio como flocos de neve, ok? Mas você precisa fazer aulas de direção, outra vez. Acho que você não percebeu, mas David e eu estamos no meio de uma reunião de vida ou morte, aqui.

Seu olhar atingiu Alex como a lâmina de um cirurgião, mas ele se recusou a ser intimidado. Seu perfume doce e os lindos olhos azuis o cativaram – talvez, agora, ele tivesse a chance de impressioná-la. Ele precisava deixá-la saber que ele não era o idiota que todas as evidências, até agora, sugeriam.

Ele se levantou e estendeu a mão. — Eu sinto muito por interromper a sua reunião. E peço desculpas se ofendi seus livros. Eu sei que, às vezes, ajo como um rolo compressor. Você me perdoa?

A mulher, relutantemente, pegou sua mão. Alex lançou-lhe um sorriso experiente, que muitas vezes o tirou de problemas. Ela olhou em seus olhos, não parecendo cair nessa.

— Nicky, — disse David — estes são os meus colegas de escola, Alex e Zach. Pessoal, esta é uma das minhas inquilinas, Nicky Lawrence.

Alex acariciou seus dedos. — É um prazer conhecê-la, Nicky Lawrence. Estou notando um sotaque?

Nicky arrancou a mão. — Alemão.

— Hmm, eu, realmente, achei que era alemão.

— E agora eu devo esperar o comentário sobre a Copa do mundo de 1966, lederhosen[2], ou a guerra.

Alex sorriu. — Não se preocupe, eu não vou mencionar a guerra. *Welcher Teil von Deutschland kommst du?*[3]

— Oh, você fala alemão?

— Só o básico, mas se você sabe algo, você deve exibir, é o que eu sempre digo.

— Sim. Você parece ser do tipo exibido.

Alex sorriu para o que, provavelmente, era para ser um insulto. — Há quanto tempo você mora aqui, então?

— Desde que fiz dezesseis anos.

— Ah, então está aqui há pouco tempo? Seu inglês é fantástico!

Nicky, relutantemente, sorriu para seus elogios, mas Alex poderia dizer que ela não estava encantada por ele. Certamente, deveria haver uma forma de derrubar o muro ao redor dela, para descobrir a verdadeira mulher que havia por baixo. Ele podia sentir que havia algo especial a respeito dela, e não apenas porque ela era fisicamente encantadora. Se ele conseguisse convencê-la a sair em um encontro com ele... Mas ele não poderia, simplesmente, dar em cima dela na frente de todos, podia?

Um silêncio se abateu sobre o ambiente, e eles ouviram Leia cantando Pink Floyd atrás do balcão. Zach a observava.

— Certifique-se de tratar bem estes dois, ok? — disse David para Nicky. — Nós queremos que os clientes voltem.

2 Calças feitas em couro, que podem ser curtas ou na altura do joelho, e é parte do traje típico de Bayern, Salzsburg e Tyrol.

3 De que parte da Alemanha você é?

— Não me diga como dirigir o meu negócio.

— Bem, alguém precisa.

Nicky lançou-lhe um penetrante olhar de Medusa. Em seguida, sua expressão se suavizou. — Olha, David, me dê um pouco mais de tempo para conseguir dinheiro, por favor?

David concordou. — Ok, você tem um mês.

— Três — disse Nicky.

— Dois — David respondeu.

Nicky olhou nos olhos dele. — Quatro.

Alex deu uma gargalhada. — Sua habilidade de negociação é brilhante, Nicky! David, você mantém ou dobra?

— Três meses — disse David. — Seu prazo encerra em julho. Se você não puder me dar o dinheiro, então, meu advogado lhe dará uma ordem de despejo, e você está fora.

— Eu sei. Eu entendo.

Um foguete de excitação explodiu no peito de Alex, quando ele aproveitou a oportunidade para impressioná-la. — Nicky, se você precisar de ideias sobre administração de negócios, eu ficaria feliz em ajudar.

Ela zombou. — Por que você faria isso? E por que eu iria querer você aqui?

David riu. — Certamente, a empresa de TI cairia em pedaços sem você, Alex.

— Eu poderia ajudar no meu tempo livre. Seria um prazer.

— Tempo livre? — perguntou David, sarcasticamente. — Você tem um horário flexível naquele seu trabalho incrível, não é?

Alex ignorou. — O que você acha, Nicky?

— Não, não tem necessidade — disse Nicky. — Este é apenas um momento transitório na minha vida. Às vezes, as coisas são boas, e às vezes as coisas não são tão boas, mas eu sei que a época das vacas magras vai passar, e eu vou encontrar a solução. Não há necessidade de pânico.

Alex sorriu. — Essa é uma boa maneira de encarar as coisas, eu acho.

Ela colocou a mão em seu quadril, obviamente, não percebendo como essa pose enfatizava suas lindas curvas. Alex forçou seu olhar de volta para seu rosto adorável. Ela não estava sorrindo.

— Eu não preciso da ajuda de gente como você — disse ela. — Eu suponho que você saiba que ser loira e ter seios grandes não significa que eu tenho a inteligência de um saquinho de chá.

— Claro que não! Mas obviamente você precisa de alguma ajuda, caso contrário, você não precisaria ter reuniões de vida ou morte com David. Eu sou bom em ideias de negócio. Eu aposto que eu poderia ajudá-la a transformar este lugar, em três meses. Fazer você ter um lucro enorme. Depois, você pode enfiar a grana no seu rabo.

Esta última parte foi destinada a David.

David sorriu. — Bem, será que você investiria seu dinheiro no negócio? Nós poderíamos fazer uma aposta. Nicky me deve quatro meses de aluguel atrasado. Se você conseguir ganhar dinheiro suficiente aqui, nos próximos três meses, pra pagar o aluguel, eu vou esquecer a dívida dela. Se não, você paga.

— Ei! — disse Nicky. — Este é o meu Café, eu decido com quem trabalho e eu não quero você aqui, ok? Adeus, David. Nos vemos daqui a quatro meses.

Ela lançou a Alex um último olhar de desprezo, então seguiu em direção à parte de trás do Café.

— Três meses! — David gritou para ela.

Alex estendeu a mão para David apertar. — Que vença o melhor. Acho que estou apaixonado!

Capítulo 3

Nicky apertou a campainha da casa de Leia algumas vezes, e sentiu uma espécie de amor materno por dentro. Qualquer um teria achado que havia um estuprador na casa dela, pelo telefonema desesperado que Nicky recebeu agora. Leia tinha uma espécie de invasor em casa, o que fez com que Nicky deixasse suas contas de lado um pouco mais.

A porta da frente se abriu, e Leia apareceu, vestida com seu roupão de banho, com uma toalha enrolada seu cabelo. Elas se abraçaram e Leia estremeceu.

— Eu sou uma covarde!

— Não, você não é.

Nicky largou a enorme bolsa no corredor apertado. — Eu fico feliz em te ajudar, está tudo bem.

— É gigantesca, Nicky. Eu nunca vi nada tão assustador.

— Mostre-me, sim?

Nicky a seguiu até a frágil escada.

Leia permaneceu junto à porta do quarto. — Ali — ela sussurrou. — Perto do aparelho de som.

Nicky recusou-se a se deixar influenciar pelo drama. Ela chegou bem perto da estante para conseguir ver melhor onde estava o intruso. O demônio que causou tanto pavor a Leia tinha apenas cinco centímetros de diâmetro. Era preto, muito peludo, com oito pernas grossas. Sim, ele poderia mover-se rapidamente, mas Nicky sabia que ela era a espécie dominante aqui.

— Temos um grande problema — Nicky disse, rindo de sua amiga. — Eu não teria como ficar cara-a-cara com ele se estivesse despreparada.

Leia apertou-se contra a porta. — Você pode jogá-lo fora?

— Com certeza.

Nicky agarrou a aranha antes que ela pudesse fugir para longe; ela fez cócegas na palma de sua mão. Ela nunca teve problemas com aranhas. Ela só tinha problema com um certo homem arrogante e atraente.

Pare de pensar sobre ele!

Nicky pediu para uma Leia apavorada. — Abra, por favor, a janela.

Nicky jogou a aranha, esperando que ela caísse em algo macio.

Leia ainda estava tremendo. — Obrigada por ser minha heroína. Permita-me recompensá-la com uma xícara de chá.

— Ok, mas não posso demorar.

Leia abriu seu roupão. — Deixe-me apenas trocar de roupa. Eu vou secar meu cabelo na cozinha.

Ela começou a tirar o roupão, revelando seus suaves ombros claros. Nicky virou-se, determinada a não ficar olhando o corpo nu de sua amiga.

— Nicky, não seja boba! — disse Leia. — Você já me viu sem roupa antes. Deixe de ser tão pudica.

Nicky olhou para a penteadeira bagunçada. — Você sabe que eu ainda sou assombrada por Hamburgo.

Rindo carinhosamente, Leia envolveu seus braços ao redor Nicky por trás, e beijou-a na bochecha.

Os músculos de Nicky ficaram tensos como aço – será que Leia ainda estava nua?

— Apenas relaxe — disse Leia. — Pare de ser tão boba.

Nicky virou-se e viu que Leia estava usando seu pijama xadrez, graças a Deus.

— Vamos lá — disse Leia. — Vamos descer.

Leia levou Nicky para a pequena cozinha, onde o fogão e a geladeira estavam apertados, não sobrando um espacinho sequer. Leia ligou o secador de cabelo e Nicky começou a fazer o chá.

Sob o som do secador de cabelo e da chaleira, Leia gritou: — Eu sei que você precisa fazer as suas contas, mas eu preciso falar com você sobre aquele cara maravilhoso que quase me fez desmaiar.

Nicky riu. Leia não tinha parado de falar sobre Zach, a tarde inteira. — Você realmente gostou dele, não é?

— Na verdade, eu estava falando sobre Alex - aquele que te deixou sem ar.

Nicky pegou duas canecas no armário. — Bobagem.

Leia começou a falar, fazendo o cérebro de Nicky contorcer-se. Ela só tinha falado com Alex por cerca de cinco minutos, mas pensar nele a fazia se sentir estranha, como se tivesse membros de um contorcionista: dobrada para trás e virada de dentro para fora. Ela nunca perdia a calma ou se impressionava rapidamente com os homens, mas de alguma forma o seu coração havia se viciado nele. Era aquele sorriso insolente que tinha feito isso. O único jeito de tirar esse absurdo do seu coração era expulsá-lo de sua mente.

Ela procurou por uma distração, e, felizmente, encontrou uma tática para desviar a atenção do assunto.

Ela deixou Leia secando o cabelo, foi até o corredor, e voltou com sua enorme bolsa.

— Este é o gloss de morango que você tinha gostado do cheiro. Eu comprei pra você, na loja de descontos.

Leia desligou o secador de cabelo, demonstrando uma expressão cheia de gratidão. — Obrigada. Você é tão boa pra mim.

— Não é nada. Eu queria dar a você mais cedo, mas eu fiquei distraída, como você viu.

— Sim, eu notei que você estava distraída por causa de Alex.

— Eu não estava distraída por este delinquente juvenil, mas sim por David.

Leia aplicou o gloss vermelho, e apertou os lábios. — Vá em frente, admita, você achou Alex lindo.

— Ele é um idiota. Eu certamente não gosto dele, ok? Ele é arrogante, imaturo...

— ...gato, encantador.

Nicky sufocou um sorriso.

— Espero que eles voltem — disse Leia. — Ei, nós poderíamos fazer um encontro duplo!

— De jeito nenhum.

— Você não acha que merece ser feliz? Fazia tempo que você não deixava uma coisa pequena sabotar sua vida.

— Não é uma coisa pequena para mim.

O rosto de Leia se abriu num sorriso simpático. — Eu sei, sinto muito. Você acha que vai precisar de outra cirurgia?

Nicky engoliu os espinhos que pareciam estar na parte de trás de sua garganta. — Eu não tenho certeza. Eu não acho que seja preciso.

A expressão juvenil habitual de Leia caiu, e a mulher de verdade falou com todo seu coração. — Eu entendo por que você está relutante, Nicky, eu realmente entendo. Mas isso está roubando sua felicidade, e está fazendo com que você pare de se relacionar com os homens. Talvez seja a hora de dar mais atenção a isso - o que você acha?

Nicky sufocava suas emoções, mas ela não queria enganar Leia. Uma vez a amiga disse a ela que, independentemente do quão duro Nicky agisse, era claro para Leia que ela era tão dura quanto uma casca de ovo - sua armadura externa era muito frágil, e poderia ser facilmente penetrada com persistência gentil.

Nicky encostou-se ao balcão da cozinha e tomou um gole de chá. — Eu não posso voltar a ser uma criança e fugir novamente. É por isso que eu fugi pra cá, para o Reino Unido.

— Mas, você...

— Não, escute, essa conversa faz eu me sentir dilacerada. Se ter esse tipo de conversa com a minha melhor amiga me faz sentir assim, como eu poderia tê-lo com um cara tão sarcástico quanto Alex?

Leia segurou a caneca com força. — Você sempre me diz para enfrentar meus medos. Para segurar o que me dá vontade de fugir.

— Sim, bem, ele provavelmente tem uma namorada. Seu tipo normalmente tem.

— O tipo dele? O tipo que você gosta, você quer dizer?

— Eu não gosto da sua atitude. Ele zombou dos meus livros.

— Ele pediu desculpas por isso.

— Leia, agradeço-lhe muito por querer que eu seja feliz, mas, se não mudarmos esse assunto, eu vou embora.

Leia riu, voltando para seu comportamento de menina. — Você nunca iria me abandonar!

Antes que Nicky fosse capaz de responder ou se defender, Leia jogou os braços em cima dela e a abraçou com força. Ela cheirava a shampoo e gloss de morango.

Nicky descansou seu rosto no ombro de Leia. — Obrigada por este abraço.

— Todo mundo tem medo de se machucar — Leia disse.

— Eu não sou todo mundo. Neste momento, o que eu mais preciso é conseguir o dinheiro para pagar David.

Leia recuou e segurou a mão dela. — Alex disse que iria ajudá-la com isso. Aposto que ele vai honrar a sua palavra e voltar.

— Espero que ele não faça isso.

— Espero que ele faça. E eu espero que o belo Zachary não deixe de acompanhá-lo!

Alex bateu na porta do estúdio, rezando (a um Deus que ele não acreditava que existisse) para que Zach abrisse. O Deus ele não acreditava existir respondeu às suas orações, como sempre, e Alex foi recebido pelo rosto presunçoso de John, parceiro de negócios de Zach. Ele era originalmente de Manchester e parecia pensar que o Sul estava forçando-o a ficar. Alex tinha explicado a ele muitas vezes que este, honestamente, não era o caso - ele era bem-vindo para voltar para o Norte, e Alex, de bom grado, o ajudaria a fazer as malas.

Mas, talvez, o bom povo de Manchester não fosse querê-lo de volta.

John se afastou, deixando Alex na porta. — Ei, Zach, é Evel Knievel[4], de volta dos mortos!

Alex entrou. — Pelo menos eu sei que estou vivo, John. Não estagnado atrás de uma mesa, como você.

— Cala a merda da boca, idiota.

— E uma boa noite para você também.

Alex fez uma careta pelas costas de John, depois sorriu para Zach, que estava ajustando as cordas de umas guitarras na mesa da cozinha.

---

4 Dublê e artista, famoso por seus truques com motocicletas, foi um dos maiores ícones internacional da década de 70. Os mais de 433 ossos quebrados que ele teve durante sua carreira, lhe renderam a entrada no Guinness Book.

Quando tinham quatorze anos, depois de uma sessão musical muito interessante no porão da casa dos pais de Alex, Alex disse a Zach: — Vamos abrir um estúdio de gravação em Maidenhead, quando estivermos mais velhos. Vou cuidar dos números e da propaganda; você pode cuidar da parte da criatividade.

Eles haviam planejado meticulosamente: layout, preços, clientela. Mas quando Alex foi para a universidade, Zach conheceu John na Langley College, e eles colocaram em prática, juntos, o sonho de Alex, em seu lugar.

Alex ficava orgulhoso do que seu amigo tinha conseguido. O piso laminado do estúdio dava-lhe um toque moderno, e as paredes pintadas por Zach num tom magnólia muito artístico traziam um ar de vivacidade. A cozinha tinha sido ideia de Alex; por que se tivesse um lugar para as bandas relaxarem, fazer um chá, almoçar... elas nunca iriam querer sair.

John sentou-se com sua papelada. — Seja útil, Alex. Esquente a chaleira.

— Claro.

Alex sentiu a mudança na atmosfera com sua aquiescência não característica.

— Você está bem? — perguntou Zach.

— Ah, sim, tudo bem — disse Alex. — Eu sei que eu faço uma xícara de chá melhor que a do John. Sua esposa me disse, quando estávamos tomando café da manhã na cama juntos esta manhã.

Zach apertou uma corda e deu uma risadinha.

John resmungou. — Você teria sorte se estivesse com ela, assim você não estaria sendo interrogado pela polícia por dirigir bêbado e por perturbar a ordem.

Alex deixou cair uma colher de chá no balcão. — Eu não estava bêbado!

— Tudo bem, não há necessidade de ficar irritado por isso. Você não estava bêbado. Você caiu porque é um motorista de merda.

Alex despejou a água fervida em cada caneca, observando os saquinhos de chá descerem e, então, flutuarem à superfície. Ele suspirou e tentou acalmar sua irritação induzida por John. Ele colocou os chás na mesa e sentou-se.

Zach cortou as extremidades das novas cordas com seus cortadores de fio e, em seguida, pegou o violão ao lado e começou a arrumar as cordas dele. — Foi engraçado ver David Lewis de novo, não foi?

Alex tomou um gole de chá. — Ele ainda é um idiota.

— Ele com certeza é. Mas você, realmente, não deveria seguir adiante com essa aposta estúpida, sabe? Não quando você deveria estar pensando no que fazer com a sua vida. Quer dizer, onde é que você vai arranjar o dinheiro, se você perder?

— Zach, por favor, você está começando a soar como a minha mãe! Para sua informação, depois que voltei para casa, eu passei a maior parte do dia pensando.

John bufou. — Você vai ficar cego.

— Sobre como resolver sua vida? — perguntou Zach.

— Sobre Nicky.

Zach levantou os olhos e eles compartilharam um sorriso. — Eu tenho a impressão de que ela não estava tão interessada em você, amigo.

Alex riu, afastando a observação dolorosa de Zach. — Sobre como ajudá-la. Perder não é uma opção. Você sabe que não posso resistir a um desafio!

— Na verdade, Alex — disse John, — eu estou feliz por você estar aqui e ter sobrevivido a sua queda e tudo mais. A nova declaração de imposto de renda chegou esta manhã e eles mudaram tudo. Pode dar uma olhada, por favor, companheiro?

— Claro. Passe pra cá.

John empurrou o formulário do outro lado da mesa, e Alex folheou as páginas. Isso era coisa fácil. Ele nunca tinha entendido por que as pessoas ficavam tão confusas por causa dos impostos. Apenas as mulheres o confundiam, em uma base regular. Quem era a verdadeira Nicky Lawrence por baixo de todo o fingimento?

— Você vai pra Londres amanhã? — Zach perguntou a Alex.

— Londres? — perguntou John

— Alex recebeu uma proposta de emprego — disse Zach.

— Oh, você quer dizer que seus pais arrumaram um passatempo pra ele com algum idiota rico amigo da sua mãe?

Alex encolheu os ombros. — Minha mãe telefonou mais cedo e me deu outro esporro — ele imitou um sotaque galês. — *"Alex, você vai deixar de ser um inútil. Eu insisto que você vá trabalhar com Bill amanhã. E certifique-se de cortar o seu cabelo!"* Mas eu não vou.

— Eu realmente acho que parece ser uma grande oportunidade — disse Zach.

Alex sorriu gentilmente para o amigo. — Eu sei que você só quer que eu seja feliz, mas eu não vou nesse emprego. Eu prometi ajudar Nicky com *Ruby in the Dust*, e eu vou. Este é o meu objetivo de vida, agora; você disse que eu precisava de um.

John rabiscou em seu caderno. — Alex, seu propósito na vida é sair à caça, e passar o rodo em todo mundo.

— Chega, John, — disse Zach — ele poderia ter se matado naquele acidente na noite passada.

— Oh, alguém o forçou a sair dirigindo como um idiota?

Zach segurou a ponta da guitarra em uma mão e os cortadores de fio na outra. — Alex, eu sei que você gostou de Nicky, mas não podemos simplesmente voltar a....

Zach olhou nos olhos de Alex com uma expressão de pavor.

Alex olhou para os cortadores de fio, que agora estavam na palma da mão cortada de Zach. O sangue já estava pingando no chão.

Uma postura madura tomou conta de Alex. Ele deu um salto e agarrou um pano de prato para envolver a mão de Zach. — Segure o seu braço para cima; dobre o cotovelo, isso. Onde está o kit de primeiros socorros?

John pegou-o do balcão e abriu-o. Alex tirou um par de luvas de látex e, automaticamente, começou a colocá-las. — Deus, o que estou fazendo? Não precisamos disso — ele jogou as luvas sobre a mesa e pegou uma gaze.

Uma preocupação nublou a expressão de dor de Zach. — E se eu não puder tocar mais?

— Não seja bobo, é apenas um corte. Deixe-me dar uma olhada.

Alex desembrulhou o pano de prato ensopado de sangue e inspecionou a lesão. — Está tudo bem; você não precisa de pontos. Nós vamos enfaixá-lo e você vai ficar bem. Ok?

Zach sorriu; o rosto pálido de medo. — Viu? Você ainda sabe como cuidar das pessoas, quando se tem uma emergência.

Alex segurou a mão do amigo e falou: — É um pouco diferente quando se trata do meu melhor amigo — ele pressionou a gaze na palma da mão de Zach e colocou uma bandagem ao redor para mantê-la no lugar.

John relaxou. — Será que ele vai sobreviver? Eu preciso encontrar um outro talento musical, ou o quê?

Alex sorriu. — Não se preocupe, senhor, seu menino vai ficar bem. Agora, se você quiser me seguir para neurocirurgia, eu teria muito prazer em fazer-lhe um transplante de personalidade.

Capítulo 4

Eram sete e meia da manhã. Seria muito cedo para descrever o dia de hoje como um dia ruim? Ela já tinha queimado a torrada, puxado fio de uma meia calça nova com as unhas, e estremecido sob o chuveiro, pois o aquecedor estava pifando de novo.

Mas, pelo menos, ela vivia em cima do Café, o que significava que Nicky não enfrentava uma viagem cansativa, como alguns dos clientes que logo chegariam para tomar seus cafés da manhã.

Nicky se tranquilizava ao ficar sozinha durante a primeira hora da manhã; ela amava o toque suave dos guardanapos em seus dedos enquanto os dobrava para o dia seguinte. Uma das suas coisas favoritas a fazer era ficar perto da grande janela da sacada da frente, onde o sol da manhã entrava, lançando um arco-íris sobre o tampo de mármore da mesa. Ela era orgulhosa do seu lar. E, sim, talvez o assoalho tivesse algumas falhas onde continuamente prendia os saltos dos sapatos, e os cantos das janelas precisassem de reparos. Mas, infelizmente, sua conta bancária tinha um sinal de menos bastante desagradável na frente dela.

Ela suspirou e alisou a pilha de guardanapos, se perguntando se havia muito sentido em continuar fazendo isso, quando ela poderia estar prestes a perder tudo. A frase sobre arrumar as cadeiras no Titanic veio à sua mente. Talvez ela devesse ter aceitado a oferta de Alex para ajudá-la. Mas como ela poderia trabalhar com alguém por quem ela estava tão atraída? Seu coração batia forte - dividido entre a atração e a aversão. Era possível que ela nunca mais visse Alex novamente, mas sua mente estava aparentemente fixada nele, criando, obsessivamente, vários cenários em que Alex estava presente, onde tudo acabaria em dor. Se ele não gostasse dela – a dor da rejeição; se ele tivesse uma namorada - dor do querer o que ela não poderia ter. Se ele gostasse dela de volta - a dor de confessar o segredo sombrio que ela vinha guardando por tanto tempo.

Ela foi trazida de volta para o momento presente, quando a porta do Café se abriu e ela teve que colocar um sorriso de boas-vindas no rosto, grata pela distração de seu irritante diálogo interno. Ela olhou para cima, esperando ver Lakshmi - ela sempre era ótima para conversar. Mas, não! Seu coração caiu no chão, quando viu o homem que sua mente tinha estado fixada durante toda a noite, como uma criança manhosa estaria com um pacote de doces.

Seu belo rosto se iluminou com um sorriso. — Bom dia, Nicky!

— Que parte do *"eu não quero você aqui"* você não entendeu, motoqueiro ligeirinho?

Ele sorriu. — Eu sei que você faz um bom café.

— Eu não costumo servir bêbados irresponsáveis, por isso, vá para o seu trabalho como um bom menino.

— Agora eu entendo porque você normalmente deixa Leia dar as calorosas boas-vindas. Vamos, admita, você me quer aqui, não é?

Nicky gemeu por dentro. Ela já tinha sido sugada para esses joguinhos bobos, antes, e ela se recusava a aceitar este convite. Isso sempre acabava em desastre.

Alex parou na frente de um raio de sol e fechou os olhos, como se fosse uma planta fazendo fotossíntese.

Nicky continuou dobrando os guardanapos, recusando-se a olhar.

— Ah, é tão quieto aqui — disse Alex. — Muito melhor do que o caos da estrada 7-43 para Paddington, onde, tecnicamente, eu deveria estar agora.

Nicky resmungou. — O seu importante e famoso chefe não vai ficar chateado por que você está atrasado?

— Na verdade, eu exagerei para irritar David. Eu deveria começar com Bill hoje - meus pais arrumaram o emprego. Soa triste, eu sei. Mas eu não vou. Eu prefiro ficar aqui, ajudando você. Podemos conseguir uma vantagem inicial sobre David!

— Olha, eu te disse ontem, eu não tenho nada a ver com esta aposta estúpida. Você é um motoqueiro idiota, imprudente e irresponsável.

— Eu não sou tão ruim quando você me conhece.

Nicky ignorou, tentando suprimir o desejo que sentia de beijá-lo.

Alex olhou para ela por muito mais tempo do que Nicky se sentia confortável, então ele caminhou até o balcão, pegou uma jarra de leite, e cheirou. Nicky disfarçou seu riso enquanto sua cabeça virou para ela e ele gemeu com desgosto.

— Essas jarras de leite são de ontem — disse ela. — Algumas delas podem estar vencidas.

Alex virou-se para encará-la. Ele tossiu. — Obrigado pelo aviso.

Nicky pegou a próxima leva de guardanapos a serem dobrados.

Sem se deixar abater pela sugestão, nada sutil, de que Nicky realmente não o queria dentro de um raio de cinquenta quilômetros perto dela, Alex caminhou para se juntar a ela.

— Eu vou ajudá-la — disse ele.

Ele pegou uma pilha de guardanapos, e começou a dobrá-los. Bom, ela não podia afirmar que foi bastante útil - havia sempre tanta coisa para fazer antes de abrir.

— O cheiro de leite azedo fez você acordar, né? — Nicky perguntou. — É um bom remédio para a ressaca.

Alex estava focado em dobrar os guardanapos. — O que faz você pensar que eu estou de ressaca?

Nicky não respondeu. Como você pode dizer a um perfeito estranho que ele cheirava a álcool?

Alex parou de dobrar. — Escute, eu preciso que você saiba que eu realmente não estava bêbado quando bati minha moto, ok? Mas eu estava acima do limite de velocidade. E eu realmente me arrependo do que fiz.

Ela suavizou. — Você se arrepende?

— Sim, eu provavelmente vou perder a minha licença por alguns meses. É muito chato - meus pais compraram-me um conversível lindo de aniversário, no ano passado. Vai ser realmente frustrante não poder dirigir aquele bebê por um tempo.

Ela endureceu. — Esta é a razão pelo qual você está arrependido por seu excesso de velocidade?

— Nicky, é sério, você não viu o carro – como é lindo. Minha mãe veio ontem à noite e o levou, por isso, não só eu estou sendo forçado a morar de novo com ela, mas eu tenho que aceitar que ela dirija meu carro. E dirija mal.

— Mas você poderia ter matado alguém por dirigir com excesso de velocidade!

— Para ser honesto, eu não vejo por que é necessário que haja um limite de velocidade na autoestrada. Isso é ridículo.

— Você não pode entender porque é preciso que haja um limite de velocidade na autoestrada? É para que idiotas como você não matem as outras pessoas.

— Não me chame de idiota.

Nicky baixou seu guardanapo. — Alex, eu acho que isso não vai dar certo - nós não estamos nos dando bem.

— Oh, vamos lá, não...

— Não. Obrigada por esta gentil oferta para me ajudar, mas eu quero que você saia.

O choque tomou seu lindo rosto. — Sair?

Nicky manteve sua expressão neutra, esperando que ele começasse a dar mil desculpas para ficar. Sob sua análise, Alex olhou para o assoalho e mordeu o lábio inferior. Esta pequena vitória fez Nicky se sentir triunfante. Mas, enquanto ele estava ali, preso em seu olhar, ela vislumbrou além da sua atitude convencida e percebeu uma vulnerabilidade cuidadosamente camuflada, que despertou uma compaixão por esse playboy disfarçado.

— Agora — ela disse. — Por favor, saia.

Ela se empertigou, pronta para que ele começasse a lutar pelo direito de permanecer. Mas o chão parecia retumbar embaixo dela, quando ele abaixou a cabeça e se virou para ir embora.

Sentindo o sangue correr em seus ouvidos, Alex seguiu devagar até a porta, se sentindo humilhado, e estendeu a mão para a maçaneta. Ele estava com aquele sentimento desprezível de novo, de fugir quando as coisas ficavam difíceis. Ele conseguia vislumbrar o título de suas memórias agora: *Minha vida como um perdedor, por Alex Steele.*

Mas ele não queria essas memórias; ele queria ser forte, e legal, e poderoso - como Nicky. O metal da maçaneta da porta queimou na palma da sua mão. De um modo geral, a vida se mostrava como de costume: decepcionante, insatisfatória. Mas agora... talvez se ele a enfrentasse, deixando de lado sua própria inadequação desprezível, talvez ele pudesse parar com o hábito de fugir sempre que a vida ficasse desconfortável e começasse a respeitar a si mesmo novamente.

Ele virou-se. — Eu não vou embora. Eu disse que iria ajudá-la a pagar o aluguel e eu vou.

Nicky já tinha recomeçado a dobrar os guardanapos, mas esta desavença chamou sua atenção.

— Eu não preciso da sua ajuda.

Ele caminhou alguns passos largos para se juntar a ela novamente. — Quanto você deve ao David?

— Eu não vou discutir isso com você.

— Deixe-me ajudá-la, por favor? Caso contrário, eu vou apenas ficar sentado no pub, durante todo o dia. Por favor, Nicky?

Ela continuou com seus guardanapos. — Bem, talvez você possa ser útil e arrumar as cadeiras das mesas... tudo bem. Mas depois você vai sair. Eu não sou um jogo para você e David jogarem. Sugiro que, amanhã, você vá para o trabalho, em Londres, e assim nunca mais precisamos nos ver outra vez.

Alex sentiu um arrepio na nuca. — Na verdade, amanhã eu tenho uma audiência com o juiz. Meu pai acha que ele vai me proibir de dirigir por seis meses. Ele é um advogado, então eu acho que ele sabe o que está falando.

— Amanhã você vai ser julgado?

Alex mordeu a pele ao redor da unha do seu polegar e acenou com a cabeça. Ele tirou um pedaço de pele com os dentes, e sentiu o gosto de sangue, quando ele começou a escorrer.

Nicky caminhou e segurou sua mão na dela. — Você está sangrando. Você se cortou?

— Não, eu roí. Está tudo bem. Eu faço isso o tempo todo.

— Não faça mais isso, ok?

Nicky se encolheu ao ver os machucados semicurados ao redor de suas unhas. O peito de Alex arfou ao seu toque, mas ele se sentiu envergonhado por ter mutilado suas cutículas. *Ela vai pensar que eu sou neurótico!*

Ela colocou um guardanapo em volta do seu machucado. — Você não deveria fazer isso. É muito anti-higiênico.

— Está tudo bem. Eu fiz o treinamento básico de primeiros socorros.

— Eu quis dizer para os clientes. Imagine se alguém estivesse entrando agora e visse isso. Espere parar o sangramento e eu vou colocar um curativo.

Ela afastou-se em seus saltos altos e começou a mexer nas coisas atrás do balcão.

Alex pegou uma cadeira de madeira e colocou-a no chão, incapaz de tirar os olhos desta mulher fascinante. Ele nunca conheceu ninguém como ela antes; ela o encantava - assim como o desconcertava. Por que ela se escondia atrás de batom vermelho e cílios postiços, quando ela era tão naturalmente bonita debaixo de toda aquela maquiagem? E como ela conseguia trabalhar com aquele vestido justo rosa e botas de salto agulha na altura do joelho? Ela, definitivamente, não era a cabeça oca que suas roupas e maquiagem sugeriam. Alex não conseguia defini-la; ela era fluida, mudando a todo momento, como quando você olha para um holograma - num segundo ela estava sendo dura e severa, e no segundo seguinte, ela estava lhe dando conselhos sábios, como fizera ontem. Ele queria aprender com ela, e sobre ela.

Ele colocou a última cadeira no chão. — Eu não quero brincar às suas custas, eu juro. Mas deixe-me trabalhar com você hoje e ver como vai ser.

A tarefa de encher os jarros de leite a ocupava. — De jeito nenhum.

— Eu posso te ajudar. — Por que você faria isso?

— Porque eu... pensei sobre tudo que você disse ontem e achei incrível.

— O que foi? Você ficou surpreso por que eu sabia como dar minha própria opinião?

— Não. Eu achei que era uma oportunidade de mudança de vida e eu queria saber mais.

Ela finalmente olhou para cima. — Besteira.

— Nicky, é uma situação ganha-ganha para você: se eu ganhar a aposta, David vai acabar com suas dívidas, e se David ganhar, eu pago as suas dívidas. Então, de qualquer forma, você vai acabar sem dívidas.

Ela o olhou fixamente pelo que parecia ser o tempo de vida de um sistema solar. — Por que você iria pagar essa dívida pra mim?

Essa era uma boa pergunta.

— Er... bem... David sabe quão competitivo eu costumava ser. Eu acho que ele estava contando com isso. Ele sabia que eu não diria não. E nós apertamos as mãos, em acordo.

— Os homens são estranhos, às vezes.

— Sim; a testosterona toma conta, eu acho!

— Você vai me ajudar hoje só, ok?

— Ótimo!

— Mas eu não posso te pagar.

— Certo.

— E você pode explicar a sua mãe por que você não foi trabalhar com o amigo dela.

Ele sorriu. — Bem, agora que você decidiu me deixar ficar, é melhor você me mostrar as coisas por aqui.

Não havia muito para mostrar a ele – o que levou cinco minutos. O porão tinha sido convertido em uma cozinha, onde as sopas, sanduíches e bolos eram feitos. O nível da rua consistia em dez mesas e um longo balcão de madeira, onde as bebidas eram preparadas e a entrega para viagem era feita. Alex já estava familiarizado com as duas estantes da parte de trás; ele decidiu deixar de lado, por enquanto, o assunto *cristal de "cura"*.

Nicky caminhou ao redor do balcão, e eles ficaram frente a frente, com Alex parado no lado do cliente. Ele viu que a louça estava empilhada até o alto, atrás de Nicky, oscilando como se estivesse prestes a desabar. Parecia um pouco como ela, naqueles saltos agulha.

— Então, como você se tornou dona do café? — perguntou Alex.

Nicky passou um pano com sabão em toda a madeira e estudou as bolhas quando elas surgiram. — Sete anos atrás eu tive um sonho louco de que pessoas viriam aqui para comer os meus bolos, beber chá, ouvir boa música e ler livros inspiradores. E, surpreendentemente, para uma cidade tão chata como Maidenhead, somos um sucesso.

— Mas você está perdendo dinheiro. E este lugar está caindo aos pedaços; olhe para essa placa descascando - isso não pode ser seguro.

— Mas as pessoas ficam felizes quando eles vêm para cá.

— Mas um negócio não é para ser feliz.

— Oh. É para o que, então?

— Bem, ganhar dinheiro, obviamente.

Nicky atirou o pano em uma tigela e balançou a cabeça em desespero; ela tinha um jeito de fazer Alex se sentir como uma criança desajeitada - ou talvez ele fizesse isso com ele mesmo e ela apenas estava lá.

Ela pegou um bule de chá. — Então você vai me ajudar hoje, hum? Você sabe como fazer um chá com isso?

Alex apoiou os cotovelos no balcão de madeira. — Não, meus servos, sempre fazem o meu chá para mim.

A expressão de Nicky fazia "inexpressivo" parecer alegre.

— Estou brincando — disse Alex. — Minha avó me ensinou a fazer a xícara de chá perfeita. Eu passei muito tempo com ela quando eu era mais novo, na costa de Southend.

— Bom... você é um especialista, então — Nicky fez um gesto para a louça empilhada. — Estas pequenas xícaras são para o café – elas são feitos de uma dose apenas.

— Eu sei disso.

— As xícaras médias são para o café regular, que fazemos com uma xícara de café expresso, com uma parte de água, o que é chamado de...

— Americano. Nomeado após os soldados americanos na Europa, que não conseguiam lidar com a força de um expresso, completarem o café com... bem... água.

Nicky deu um olhar de lado para Alex. — Correto. E, finalmente, temos o cappuccino. Este leva cinquenta por cento de café, cinquenta por cento de leite vaporizado e cinquenta por cento espuma.

Em uma tentativa de sufocar o seu sorriso, Alex acabou dando uma risadinha.

Ela tamborilou suas unhas ferozes no balcão. — O quê?

— Estou começando a entender por que suas contas estão uma bagunça. Só aí, foi cinquenta por cento três vezes - é uma espécie de café quântico ou algo assim?

— Desculpe-me, mas nem todo mundo faz a escola de negócios dos sonhos, como você.

Alex franziu o cenho. — Escola de negócios?

— Que é ...?

— Só o melhor curso de medicina do país.

— Médico?

— Sim.

— Por que você foi para a faculdade de medicina?

Alex sorriu. — Para treinar como ser um piloto de avião.

— Você é um piloto de avião?

— Isso foi uma piada, me desculpe. Deve ser o famoso senso de humor britânico.

— Eu continuo ouvindo isso, mas, depois de quinze anos, eu ainda não consigo entender.

Alex tentou parecer envergonhado pelo seu país, mas não conseguiu segurar sua risadinha.

A expressão severa de Nicky suavizou. — Então você não é um piloto de avião, certo?

— Não. Fui à Imperial pra estudar, para ser médico.

— Um médico? Você é um médico!

— Não diga isso assim. Foram seis anos de trabalho árduo para me tornar o doutor Alexander Steele.

— Você é realmente um médico?

— Sim.

— Estamos falando de doutor, como doutor em filosofia?

— Não, nós estamos falando em doutor, como um médico de medicina.

— Você é um médico?

Ele riu. — Sim, eu sou.

Nicky o observou da mesma maneira que sua mãe sempre fazia - como se ela tivesse encontrado uma barata mastigada pela metade em seu jantar. Ele sentiu o desconforto arrepiar seu corpo inteiro. *Pare de olhar para mim!*

Nicky colocou o bule de volta. — Então por que você não trabalha como médico?

Alex passou os dedos pela borda do balcão, estudando a madeira. — Isso te deixa louco, para ser honesto.

— A carga de trabalho?

— Os pacientes. Sempre dizendo como eles estão mal. Não é isso que você quer ouvir quando está no trabalho, não é? Imagine como você se sentiria se as pessoas gemessem ao falar sobre os seus problemas o tempo todo. Com a minha experiência, eu poderia trabalhar para o governo, no departamento de reclamações.

Nicky levantou uma sobrancelha. — Você é um comediante, não é? Ou, melhor, você acha que é.

— As pessoas, realmente, têm o costume de apontar e rir de mim, sim.

— Por que você não está trabalhando como médico? Você é louco?

Ele suspirou. Hora de falar. — Eu soube, assim que eu comecei a estudar medicina, que eu tinha cometido um erro. Bem, os dois primeiros anos foram bem, como um aprendizado científico, e eu estava morando em Londres, então eu ainda podia ver Zach o tempo todo. Ele dirigia, e nós íamos para a cidade.

As memórias surgiram em sua mente e ele foi empurrado de volta a uma época de vazio desesperador.

— Mas quando eu comecei a fazer estágio, em meu terceiro ano, de repente me senti tão entorpecido e perdido. Tudo havia se tornado um grande esforço - especialmente encontrar a motivação para ir para o trabalho; foi horrível. Fui à Imperial, empolgado, pensando que mudaria o mundo, mas acabei me arrastando através dele, e no final eu era apenas mais um clone, com um jaleco branco. É isso que os médicos são. Lembre-se, na próxima vez que você estiver no hospital; a equipe médica não dá a mínima pra você, principalmente após os primeiros anos de formado. O sistema drena todo o entusiasmo. Levaram tudo que havia do antigo "Alex" em mim, até que num determinado momento eu não era nada além de mais um "Doutor Quem".

Nicky parecia estar agarrada em suas palavras; a compaixão transbordando de seus olhos. — Tenho certeza de que você faz mais diferença às pessoas, do que você se dá de crédito.

Ele balançou a cabeça. — Eu estava muito cansado o tempo todo. Isso realmente me deixava pra baixo. Você sabia que a privação do sono é uma forma de tortura? Eu não conseguia dormir à noite, porque minha mente nunca parava. Toda vez que uma criança morria na pediatria, os meus pensamentos me atormentavam. Por que essa criança precisa morrer? Por que qualquer criança precisa morrer? Por que há crianças que morrem de doenças curáveis quando há dinheiro suficiente no mundo para dar a todos uma vida confortável?

Nicky apoiou os cotovelos no balcão, deixando seu rosto mais perto dele. — Eu não sei, Alex. Estas questões me mantêm acordada, à noite, também. Mas para ajudar alguém, você deve, em primeiro lugar, saber como fazer a sua vida andar, não é?

— Bem, essa é a questão, não é? Como posso fazer minha própria vida andar?

Ela sorriu gentilmente. — Sim, esta é a questão.

Alex sacudiu a cabeça, percebendo que ele deixou o ambiente para baixo. Ansioso para animar os ânimos, ele perguntou: — Por que você não tem um sobrenome alemão, Nicky Lawrence? Você é casada?

— Não. A primeira coisa que eu fiz, quando mudei pra cá, foi mudar meu nome.

— Por quê?

— Você sempre faz todas essas perguntas tão pessoais?

— Absolutamente. E você?

Ela se inclinou sobre o balcão, como se fosse agarrá-lo pelo colarinho. — Responda-me isso, doutor: por que eu deveria confiar em você, para me ajudar com o meu Café, se você não é, nem mesmo, qualificado na área de Negócios?

Alex abriu a boca para responder, mas o sino acima da porta tilintou.

Nicky sorriu maliciosamente. — Ah, o seu primeiro cliente. É melhor você colocar o seu avental.

Ela entregou-lhe um pedaço retangular de tecido preto, que amarrado na cintura, parecia com uma minisaia.

— Isto é, supostamente, para proteger os meus órgãos genitais? — ele questionou.

— Sim. É por isso que é tão pequeno.

Nicky passou por ele, e para a surpresa de Alex, ela abraçou a mulher vestida de casaco verde oliva, que tinha acabado de entrar, e estava fedendo a cavalos. — Quer uma xícara de chá, Olivia?

Olivia passou por Nicky e seu olhar se deteve em Alex. — Quem é este belo garanhão?

Alex sentiu seu rosto corar e então, desviou o olhar para a máquina de café. A máquina de café fez uma careta para ele, e então ele transferiu seu olhar para o teto bege, e se perguntou se tinta branca seria mais barato na B&Q ou na Homebase[5]. Ou quem sabe na loja de ferragens que ficava perto da casa de seus pais, se não tivesse fechada?

— Este é o Alex — Nicky disse. — Ele está me ajudando hoje. Vamos fazer muito dinheiro, de acordo com ele.

— Maravilha! — disse Olivia. — Qual é o plano, Al?

— Por favor, faça um chá pra viagem, para Olivia, ok? — Nicky pediu, antes que ele pudesse responder.

— Ehhh... Claro — Alex seguiu para trás do balcão, enquanto as duas mulheres baixaram as vozes.

— William e eu tentamos aquela nova posição deliciosa que você sugeriu — disse Olivia.

Nicky suspirou. — Detalhes, por favor!

Alex jogou um saquinho de chá em um copo para viagem e ouviu a conversa lasciva.

— Nós permanecemos nela a noite toda; foi o paraíso absoluto! Dormi soberbamente e deixou William e eu mais próximos, mentalmente e fisicamente!

Alex pressionou a tampa de plástico e colocou o chá no balcão. Nicky entregou o copo para Olivia sem olhar para Alex - ela estava muito absorta no erotismo diante dela.

— De nada — disse Alex.

As mulheres se abraçaram e riram um pouco mais, até que a bota indiana de Olivia cruzou a porta.

Ainda na euforia pela conversa com Olivia, Nicky abriu um sorriso para Alex, mas se recuperou rapidamente, recolocando a sua expressão séria, no rosto.

---

5 Lojas bastante conhecidas no Reino Unido, voltadas para casa e jardim. No Brasil, é equivalente a Leroy Merlin.

Um silêncio tenso ficou entre eles.

Nicky inspecionou suas unhas.

Alex olhou para o balcão.

— Nós estávamos falando de uma posição de ioga que eu recomendei a ela, ontem.

— Claro que sim. Pode me chamar de paranoico, mas eu acho que ela pode ter esquecido de pagar o chá, acidentalmente de propósito; deve ter sido por toda a emoção da sessão de ioga da madrugada.

— Se eu não posso dar um chá a um dos meus clientes regulares, então o que eu posso fazer?

— Ir à bancarrota? Não ser capaz de pagar suas contas? Você realmente quer ganhar dinheiro?

— Um saquinho de chá e um pouco de água quente não custam nada.

Alex absteve-se de corrigir a sua gramática. — E quanto custa o chá, quando você resolve cobrar?

— Uma libra[6].

— O Corporista cobra o dobro disso.

— É por isso que as pessoas estão vindo pra cá.

Alex olhou ao redor. O café era como uma igreja moderna: arejado, pacífico e, infelizmente, vazio. — Onde eles estão, então? Quando eu vim aqui ontem, éramos os únicos clientes.

Nicky olhou para o elegante relógio. — Eles chegarão em breve.

---

6 Libra é a moeda do Reino Unido.

Capítulo 5

A atmosfera frenética deixou-o tenso, quando ele acelerou mais para pegar a dose de caramelo. A mulher desesperada implorou: — Eu preciso disso agora!

Ele usou a sua melhor voz profissional, na esperança de esconder sua angústia. — Sinto muito que você teve que esperar tanto tempo; estamos tentando atender a todos da melhor forma possível.

Quantas vezes ele tinha dito isso, no passado? Dar desculpas esfarrapadas sobre os longos tempos de espera, devido à falta de pessoal e equipamentos de má qualidade. Era surpreendente que esses clientes do café estivessem tão apressados para serem atendidos e receberem seu chá, café ou bolos, como os homens e as mulheres em dificuldade que tinham proporcionado a Alex a alegria de intermináveis turnos no hospital, com sua linha de produção de problemas.

Uma mulher com uma camisa rúgbi e um aperto assassino agarrou seu pulso. — Desculpe-me, quando sai o meu café com leite?

— Er ... deixe-me verificar com Nicky.

Como diabos ela lidava com aquilo, com tanta calma? Ela normalmente estaria aqui sozinha quando as portas se abrissem e os frequentadores entrassem. Não só ela conhecia todos eles pelo nome, mas ela parecia saber tudo sobre eles: os nomes de seus parceiros, filhos e pais; o que eles faziam para viver, onde tinham estado naquela manhã, onde eles estavam indo agora. E, de alguma forma, ela conciliava a coisa toda perfeitamente – entregando corretamente cada pedido, enquanto conversava amigavelmente, para depois passar para a próxima pessoa.

A diferença vital entre aqui e o estresse de um hospital era o seguinte: a maioria dos frequentadores de cafés respondia a Alex como se ele fosse um velho amigo, cumprimentando-o com um, *"Que bom te ver!"* e um aperto de mão; absorvendo-o em uma espécie de magnetismo, como se ele pertencesse àquele lugar - algo que ele não esperava quando se arrastou para fora da cama, de manhã. *Ruby in the Dust* era como uma comunidade no meio de Maidenhead, onde Nicky era quem mediava o lugar. Ela conduzia o processo como uma sinfonia suave. Mas, como numa comunidade, seu objetivo não era ganhar dinheiro; não com esses preços tão generosamente baratos que ela cobrava.

Mesmo com o caos ao redor deles, Alex parou para conversar com um coach[7] de carreiras desempregado, chamado Patrick, que vinha aqui todos os dias para tomar uma xícara chá de uma libra, e ficava por lá por mais de duas horas. — Para me manter são. O slogan da nossa empresa era "*Investir tempo em gestão de pessoas*". Adivinha pelo que eu fui demitido? Por passar muito tempo com cada cliente.

Ele suspirou dramaticamente mexendo em seu bigode, e Alex sentiu como se ele fosse um tio favorito, tentando fazê-lo rir.

— Eu sei o que você quer dizer — disse Alex. — Eu também fiquei um tempo desempregado.

— Mas Nicky deu-lhe um emprego?

— Ela não está me pagando. Eu a convenci a me deixar pegar um pouco de experiência.

Patrick riu calorosamente. — Você é um homem corajoso!

Alex pegou um pastel de forno e um cappuccino do balcão e virou-se para ver os olhos sábios de Lakshmi abraçando-o. Ele amava o jeito que ela estava usando um salwar kameez[8] de algodão fino para climas mais quentes, confortavelmente coberto por um cardigã robusto, para o frio britânico da primavera.

---

7 Profissional da área de Carreiras, que atua com o objetivo de ajudar a seu cliente a evoluir em alguma área da sua vida, encorajando e motivando o seu cliente, além de ensinar novas técnicas que facilitem seu aprendizado.

8 Vestido tradicional da Ásia Central.

Ele colocou o croissant na frente dela. — Você vem sempre aqui? — ele perguntou, fingindo flertar.

Ela explodiu em risos e explicou que ela vinha aqui todos os dias, para o café da manhã, antes de ir fazer trabalho voluntário no Instituto das Mulheres.

— Estou tão, mas tão feliz de ver um garoto que não tem medo de trabalho — disse ela com seu sotaque indiano melodioso.

Alex enfiou os polegares nos bolsos. — Obrigado por me chamar de "garoto". Na verdade, eu tenho bem mais de vinte anos!

— Ha! Eu sou algo como 40 anos mais velha que você. Quando você tiver a minha idade, você vai se sentir assim, tão jovem, mas você vai ficar muito, muito chocado com quem está te olhando do outro lado do espelho!

— Se eu fosse mulher, eu ficaria encantado de ter o seu reflexo olhando para mim.

Ela jogou a cabeça para trás de tanto rir. — Oh, se eu fosse 40 anos mais jovem!

Ele olhou ao redor do café, e viu que as pessoas estavam conversando e rindo, perdidas umas nas outras. — Este lugar é mais do que apenas um lugar para tomar um café, não é?

— Oh, sim. É bom conversar com um amigo tomando uma xícara de chá, mas apreciar esse momento, é muito melhor. E rir tanto que dói, e perder-se no calor das outras pessoas até que sua alma se eleve!

— Essas são as coisas que importam aqui?

— Essas são as coisas que importam para Nicky.

Alex segurou a vontade de puxar uma cadeira. Lakshmi exalava os traços de inquietação de sua avó, e memórias de férias de verão sob o sol o tomaram. Ele prometeu a si mesmo que ligaria para sua avó em breve; hoje à noite.

Lizzie parecia que tinha acabado de ser liberada da nave mãe, com seus olhos esbugalhados e o nariz pequeno. Seu rosto jovem estava marcado com o estresse e, quando Alex ajudou Nicky a fazer oito cafés para viagem, ele notou algumas marcas de lágrimas também.

Lizzie mordiscou um mini brownie de chocolate de cortesia. — Simon veio me chamar atenção, esta manhã. Ele é um idiota. Eu não aguento esse cara.

— Você está pensando em se demitir? — perguntou Nicky.

— Eu não sei — Lizzie respondeu. — Eu não quero trabalhar para ele. Mas eu amo o trabalho e as pessoas. Estou confusa.

— Você ama o trabalho, mas não seu chefe, hein?

Lizzie enrolou seu cabelo crespo ao redor de seus dedos. — Eu sei, eu sei, eu devia me concentrar no fato de que eu gosto do trabalho; ser mais positiva. Eu fico feliz por ter o meu emprego de sonhos – por ter um trabalho. Eu devo ter compaixão por Simon. Deve ser horrível para ele, ser tão irritante, e tudo mais.

Nicky sorriu gentilmente. — Se pensar dessa maneira, fará o seu dia de trabalho mais fácil, doçura, então é isso que você deve fazer, com certeza.

Lizzie lutou para sair com os cafés.

— Como você fez isso? — Alex perguntou.

Nicky bateu o filtro de café de metal no estrado para esvaziá-lo. — Fiz o quê?

— Você simplesmente repetiu para ela o que ela mesma disse, e então ela foi embora feliz.

— Todos temos as respostas dentro de nós. Eu fui apenas um espelho para ela.

Alex olhou em seus olhos de safira, na esperança de ver seu próprio reflexo lá. Ele queria perguntar: — Você vai fazer comigo também? Você pode me ajudar a resolver a minha vida, sendo o meu espelho?

Mas ele não conseguia pensar em como falar, sem soar patético; e além disso, ela já tinha cortado o contato visual, então ele virou-se, e voltou a trabalhar.

Às dez horas, o acidente aconteceu.

Nicky parou sua conversa com um carteiro alegre para dar a Alex sua próxima missão. — Leve estes cafés para Poppy e Jess na mesa cinco.

Alex examinou o mapa. Qual era a mesa cinco mesmo?

— Do lado oposto — disse Nicky, parecendo agitada.

— Ah sim, mesa cinco — ele disse. — A terceira a partir da porta, é claro.

Ela deu a ele *aquele* olhar.

Ele riu, pegou os cafés, e fez o seu caminho através da multidão, até onde duas mulheres muito jovens estavam sentadas, absortas na conversa.

Uma delas tinha o cabelo vermelho brilhante, fazendo-a parecer com um artista, e a outro estava usando uma camiseta do Led Zeppelin. Alex ficou impressionado. O entusiasmo borbulhava.

Não faça papel de bobo, Alex pensou. Ele, então, deu um passo adiante, tropeçou em seu pé, derramou o conteúdo das xícaras sobre a perna da fã de Led Zeppelin, e caiu, junto com a louça quebrada no chão, sobre suas mãos e joelhos, em uma poça de café e de vergonha.

Quando Alex caiu, a mulher Led-Zep gritou e pulou, quase dando joelhadas na cara dele.

O silêncio predominou por todo o café, fazendo Alex se sentir ainda mais constrangido. Todo o *Ruby in the Dust* prendeu a respiração.

A mulher esfregou um guardanapo em seus jeans. — Você está bem, cara?

Ainda de joelhos, como um filhote patético de cachorro, Alex arriscou levantar a cabeça. — Eu acho que eu posso ter fraturado seriamente o meu ego.

As botas na altura do joelho de Nicky entraram em seu campo de visão. Ela verificou se a cliente estava bem, e depois as botas viraram para encará-lo.
— Alex, você está bem?

Ele olhou para ela. — Eu não acho que quebrei qualquer coisa.

— Além da minha louça — ela disse, com uma risada. — Vamos lá, levante-se.

Alex pegou suas mãos e levantou-se. Eles ficaram frente a frente, ainda de mãos dadas, e Alex desejou que pudesse abraçá-la, sabendo que ela poderia, de alguma forma, acalmar sua humilhação, com seu jeito suave.

Ela soltou as mãos e olhou para suas próprias roupas. — Agora eu também estou coberta de pó de café.

Ela mostrou-lhe as palmas das mãos manchadas de café.

— Desculpe — disse ele. Ele limpou as mãos no avental, e virou-se para a fã do Led-Zep. — Eu realmente sinto muito. Será que eu queimei sua perna?

— Não, essa é a parte boa de estar de calça, né?

Nicky deu um passo para o lado, esmagando a louça sob suas botas. — É melhor eu ver os clientes no balcão. O esfregão e a pá de lixo estão na cozinha, ok?

— Ok, pode deixar.

Com a sensação de que todo mundo achava que ele era um idiota incompetente, Alex varreu a louça e foi secar o chão, pois o líquido pegajoso tinha transformado a passagem em um oceano.

Ele se inclinou sobre o cabo do esfregão e sorriu timidamente para a mulher coberta de café. — O que eu ia dizer antes de jogar café em cima de você era que é bom ver alguém com bom gosto musical nesta cidade.

— Obrigada, cara! Você gosta de Led Zep?

— Eles são a minha banda favorita. Junto com Deep Purple e Queen.

Ela agarrou sua mão e apertou-a loucamente, fazendo-o recuar. — Shoooowwwww! Eu sempre fico feliz por encontrar um colega roqueiro.

— Espero que isso me redima de parecer como um idiota.

— Você não é um idiota, cara — disse a mulher, quando Nicky trouxe mais dois cafés frescos.

— Ele, simplesmente, não foi feito para este trabalho — disse Nicky, indo embora.

Ele se esquivou de volta, indo até o balcão, para descobrir qual sua próxima missão. Nicky olhou para o relógio. — Oh, graças a Deus, é quase a hora de Leia chegar.

Alex suspirou. — Eu aposto que ela nunca jogou café sobre ninguém.

Nicky sorriu. — Não, café não, mas ela uma vez explodiu o micro-ondas.

Alex riu. — Sério?

— Hum-hum. E eu deixei cair três tigelas de sopa de tomate no primeiro dia que abri.

— Sério?

— Sim. Durante o almoço de uma senhora que trabalha no jornal local. E da prefeita. E do marido da prefeita.

Alex riu, sentindo uma profunda afinidade entre eles. — Obrigado por dizer isso. Faz com que eu me sinta um pouco melhor.

Nicky abriu a caixa. — Oh, eu preciso que você vá até o banco – já que estamos com pouco movimento. Pode ser?

— Claro. Eu sabia que ia ser útil para alguma coisa, eventualmente.

Capítulo 6

Vidro à prova de balas. Isso foi algo que surgiu ao longo dos últimos anos, não foi? O problema é que tornava qualquer comunicação coerente entre cliente e funcionário do banco inviável. Mas, pelo menos, diziam que os funcionários do banco foram salvos dos maníacos das gangues empunhando armas, que patrulhavam as ruas da sonolenta Maidenhead.

Alex suspirou. Ele estava apenas mal-humorado porque odiava filas. Era como ser esmagado em uma corda bamba, sobre um abismo de brotoeja. Normalmente, ele não se incomodaria com uma fila, mas esta era diferente; ele estava ali por Nicky - se ele fosse embora agora, ele teria que enfrentar aquele olhar de novo. Ele poderia, é claro, nunca mais vê-la novamente, mas suas chaves e dinheiro estavam em *Ruby in the Dust*, de modo que fugir não era uma opção.

Porém, a mãe dele tinha uma chave do seu apartamento...

Leia entrou rápido no café, como a cavalaria, para ajudar Nicky a lidar com a pressa da hora do almoço. Que absurdo o gerente do banco não ter planejado como lidar com a pressa da hora do almoço. Tal como acontece com o vidro à prova de balas, o objetivo do banco parecia ser isolar e irritar seus clientes por sua falta de pessoal.

E para deixar Alex ainda mais desconfortável, havia uma TV transmitindo um canal de notícias 24 horas ao lado dele. O som estava desligado, mas apareciam algumas legendas. Até o momento, Alex tinha arrastado os olhos por um terremoto na China, um acidente de ônibus no País de Gales, e, o pior desastre de tudo, o primeiro-ministro enrolando os eleitores do Reino Unido, explicando por que o desemprego subiu, mas os impostos aumentaram - mais uma vez.

Oh, pelo amor de Deus, e ainda tinha o telefone celular realmente irritante que não parava de tocar, como tortura, a cada dois minutos. Soava como se estivesse vindo da pessoa por trás de Alex, então ele se virou e olhou. A pessoa atrás dele era uma jovem mãe que usava um hijab[9], então ele sorriu timidamente, acenou para a menina em sua cadeira, em seguida, virou a cabeça para ver a notícia, na esperança de que ele não tivesse ofendido ninguém.

O toque irritante começou novamente. Alex sentiu a irritação começar a fazer sua cabeça doer quando ele afastou as imagens de pessoas pobres na Somália sendo atacadas por...

Oh, Deus... ele tirou o próprio telefone. Merda. Quatro chamadas perdidas de seu pai. Ele não lembrava de ter mudado o toque do seu pai para aquela agressão sonora! Ele deveria ter feito isso quando estava bêbado.

Ele empurrou o telefone de volta para o bolso e tentou descobrir o motivo dessa fila estar demorando tanto. Um cara de camiseta de nylon, com o cabelo de lado para tampar a careca, estava monopolizando uma das janelas há mais de dez minutos. A conversa do homem com a funcionária do banco tinha começado em silêncio, até que ele percebeu que precisava gritar, por causa do vidro à prova de balas. E agora, como ele não estava recebendo o serviço que ele queria, ele estava gritando que era um desperdício de espaço e que este banco era uma piada.

Alex teve que aturar muita merda desse tipo, quando ele era um médico residente. Assim, ele simpatizava com o ser humano por trás do vidro, sentado educadamente, ouvindo os gritos.

O cara tinha ido longe demais. Ele não aguentou.

— Desculpe-me, você acordou de mau humor ou é sempre idiota assim?

As bochechas de Alex ruborizaram automaticamente, quando todos os olhos se voltaram para ele.

---

9 Véu para cobrir a cabeça, usado por mulçumanas.

O cliente abusivo virou-se lentamente, como um dragão de komodo[10]. Ele abriu e fechou a boca algumas vezes, dando uma impressão de uma truta com falta de ar, então ele virou a cabeça para a funcionária, e falou com ela um pouco mais educadamente.

Alex sentiu os músculos relaxarem. Seu coração batia forte. Ufa, foi por pouco...

Uh-oh, ele está voltando!

— Eu cuidaria da sua vida, se fosse você.

— Você fez isso ser da minha conta quando você decidiu passar 15 minutos gritando com aquela pobre mulher, obrigando-me a ficar aqui nesta fila, ouvindo você demonstrar que sua mãe nunca lhe ensinou boas maneiras.

A jovem mãe atrás de Alex riu.

Na escola secundária, ele tinha descoberto, durante um recital de poesia, que ele tinha fobia de falar em público; apresentações na faculdade lhe davam ataques de pânico. Mas seu desgosto pela injustiça do momento o estava conduzindo a isso.

— Eu terminei — disse o cliente irritado, começando a sair.

— Eu acho que você deve a ela um pedido de desculpas — disse Alex.

— Pelo que, pode me dizer?

— Por ser tão agressivo.

— Eu não estava sendo agressivo — gritou.

Sem pedir desculpas, ele foi embora, pronto para arruinar o dia de alguém.

Alex percebeu que seu rosto ainda estava pulsando, como se um milhão

10 É uma espécie de lagarto que vive nas ilhas de Komodo, Rinca, Gili Motang e Flores, na Indonésia. Pertence à família de lagartos-monitores Varanidae, e é a maior espécie de lagarto conhecida, chegando a atingir de 2 a 3 m de comprimento e 70 kg de peso.

de lâminas tivessem cortado sua pele. Ele se perguntou se ele deveria abandonar tudo e ir embora, mas estava quase na sua vez, e ele perdeu muito tempo nessa fila irritante, então ele continuou lá, e desconsiderou o desconforto.

Pouco tempo depois, a voz automatizada pediu-lhe para ir para o caixa de número três – a mesma funcionária que tinha sido espancada pelo cliente irritado.

Alex empurrou cinco notas de vinte sob o vidro. — Oi, eu gostaria de trocar cem libras, é possível?

A funcionária sorriu docemente. — Não, a menos que você tenha reservado o dinheiro com antecedência, senhor.

Alex levantou os olhos para encará-la e sua última gota de otimismo explodiu.

Capítulo 7

Leia não esperava ver o *Sr. Super Legal* hoje. Mas lá estava ele; o cara que parecia mais casual do que ela já tinha visto que não fazia parte de uma banda de rock, entrando pela porta do café. Como ela estava com Nicky atrás do balcão, antecipando o rush da hora do almoço, a autoconsciência alegre flutuava em seu peito, bem como um estranho desejo de se esconder atrás da saia de Nicky.

— Eu acho que este é pra você — disse Nicky.

Leia sutilmente usou a parte espelhada da máquina de café para ver se estava apresentável e, então, se esgueirou para fora para cumprimentá-lo.

A expressão de Zach se iluminou quando ele a viu. — Oi, Leia, muito bom ver você de novo.

Ela logo viu a bandagem em volta da sua palma. — Caramba, o que você fez com sua mão?

— Eu estava reamarrando uma guitarra e o cortador de fio escorregou.

— Deus, coitadinho!

— Está tudo bem. Felizmente eu tinha um médico ao meu lado.

— Oh, legal, deve ter sido útil!

Zach riu de sua piada. Então sua expressão demonstrou cansaço — Ele está por aqui? Alex?

— Sim, sim. Ele só foi ao banco para conseguir dinheiro trocado.

Leia brincava com sua pulseira da amizade multicolorida, pensando no quão estúpida ela estava soando. — Ei, você quer uma xícara de chá enquanto você espera por ele?

— Oh, obrigado, eu adoraria um pouco de chá. Obrigado.

Ela levou-o para uma mesa livre, e ele sentou-se.

Ela estava prestes a ir pegar o chá, mas ele a impediu.

— Leia, você já cantou, você sabe, em uma banda ou algo assim? É que, quando você estava cantando Pink Floyd ontem... bem, sua voz é maravilhosa. Eu estive pensando sobre isso... você sabe. Sua voz.

— Jura? Obrigada! Uau, você estava pensando em mim... na minha voz? Caramba. Hum, bem, eu toco guitarra também. Eu deveria ter uma banda de verdade, mas eu sou um pouco maníaca por controle e eu gosto de tocar minhas músicas exatamente como eu quero. Não estou dizendo que sou uma aberração. Ou controladora. Quer dizer, eu não sou uma psicopata possessiva, eu só... Ok. Vou parar de falar agora.

Zach riu calorosamente. — Você gosta de ter controle artístico sobre as coisas que você faz, é isso?

— É isso mesmo, exatamente! E você? Você é músico, não é?

Zach olhou para a sua camiseta dos Rolling Stones. — É tão óbvio?

— Bem, você disse que estava reamarrando uma guitarra.

— É verdade!

— E também, quando eu vi você bater o pé com Pink Floyd ontem, eu pensei, caramba, esse cara tem uma boa noção de ritmo.

— Oh. Obrigado.

Leia corou ao pensar em Zach ter uma boa noção de ritmo. — Eu vou buscar o seu chá. Te vejo mais tarde, jacaré!

— O que aconteceu? — Nicky perguntou, quando Leia olhou para a máquina de café.

— Eu disse a ele que eu sou maníaca por controle - mas não uma psicopata. E que ele se parece com alguém que tem uma boa noção de ritmo

Nicky continuou a espumar o leite vaporizado, mas os lábios virados para cima, em um sorriso maternal. Ela olhou de relance para Leia e riu.

Leia acariciou uma xícara de cappuccino. — Eu também disse a ele o quanto nós gostamos de Alex.

— Sem mencionar o meu nome, eu espero.

— Claro que não. Eu sei que você não gosta dele. Nem um pouco.

— Ele é um imaturo, idiota, palhaço.

— Você está falando de mim, Nicky? — Alex perguntou, aparecendo no balcão.

Ela se virou para encará-lo. — Owchh! Você me assustou!

— Ah, então você estava falando de mim!

Ela assentiu com a cabeça em direção a Zach. — Seu amigo está ali.

Alex não tirava os olhos dela. — Obrigado por me alertar sobre a política do banco de não trocar dinheiro a menos que tenha sido solicitado com antecedência.

— Eu achei que você conseguiria alguma coisa, com a sua conversa doce.

— Você achou certo. Eu disse a funcionária do banco que você ia me esfolar vivo se eu voltasse de mãos vazias. Ela pareceu entender. Você já esteve lá antes, não é?

Ele jogou a bolsa com o dinheiro trocado no balcão, e então andou a passos largos para ver seu amigo, deixando Nicky carrancuda.

Alex sentou-se com Zach. Eles não precisavam se preocupar com formalidades, tais como "Olá".

— Seu pai me ligou — disse Zach. — Ele quer que eu lhe diga pra parar com esse absurdo; ele também disse que é melhor você ir para Londres esta tarde e parar de desperdiçar o seu tempo, e o de todo mundo - essas foram suas palavras exatas.

Alex se inclinou sobre a mesa. — Hm, isso soa como o tipo de coisa que a minha mãe o mandaria me dizer. Mas eu não vou de jeito nenhum. Amanhã eu tenho audiência e, então, no dia seguinte, já é fim de semana. Se ele ligar pra você de novo, diga que eu vou começar na segunda-feira.

Zach abriu a boca para responder, mas Alex olhou para Leia e Nicky. Elas pareciam ter acabado de discutir algo sério.

— Você vai começar na segunda-feira? — perguntou Zach.

— Não mesmo. Isso aqui é muito mais divertido. O trabalho é fácil, mas é gratificante, e a empresa é deliciosa. E ela está jogando duro para conseguir.

Zach estremeceu. — Ou ela apenas não está interessada?

— Sim, provavelmente é algo assim.

— Seu pai disse...

— Eu estou feliz hoje, Zach. Realmente feliz.

— Ela não está lhe pagando um salário, está?

— Eu tenho mais de duzentas libras[11] em casa.

— Olha, por que você não trabalha em Londres, por alguns meses, junta algum dinheiro, e então, decide o que você quer fazer?

Alex não queria ignorar Zach, mas a discussão assustadora entre Nicky e Leia agora estava alta demais para ser ignorada. Havia clientes para serem atendidos e estava demorando. O olhar assombrado no rosto de Nicky transmitia a gravidade de que algo estava errado.

Alex fugiu para se juntar a elas. — O que está acontecendo?

Nicky olhou para ele. — Você está nos ajudando hoje, ou você está aqui pra ficar de papo com o seu amigo?

---

11 Aproximadamente, R$700,00.

— Eu estava apenas...

Um homem de terno acenou para eles. — Desculpe-me, tem alguém para me atender? Eu gostaria de um sanduíche de frango e um suco de laranja.

— Leia, — Nicky falou — você poderia atender a fila?

— Sim — ela abriu um sorriso, e se afastou. — Desculpe a demora, senhor.

Nicky fechou os olhos e ficou imóvel, parecendo em transe.

— Qual o problema? — perguntou Alex.

— Shhh, Alex, eu estou pensando. Você pode ajudar a Leia, por favor?

Alex olhou para a multidão de clientes próximos do balcão. Ele podia sentir os olhos impacientes, babando como bestas selvagens, prontos para atacar e rasgá-lo em pedaços.

— Se você me disser qual é o problema, talvez eu possa ajudar.

Nicky abriu os olhos — A água quente parou completamente. Você pode ajudar?

— Você chamou um encanador?

— Nossa, você é tão cheio de boas ideias; por que eu não pensei nisso? — Ela olhou para onde Leia estava se afogando em clientes. — Um encanador não vai ajudar. Precisamos atender essas pessoas; eles estão com fome.

Nicky se afastou e perguntou à próxima pessoa o que ela queria. Alex a seguiu, sentindo-se tão inútil como as pilhas de saquinhos cheios de chá, atrás do balcão.

O burburinho estava tão sufocante agora, que Alex só podia ouvir o final dos agudos do que quer que fosse esta música - soava como alguém gritando junto a uma guitarra elétrica. Ele levantou a sua voz para que ela pudesse ouvi-lo. — Certamente deve haver algo que podemos fazer?

— Sim. Você pode fazer para esta senhora três cafés para viagem. São cinco pounds[12], por favor, senhora.

Ele virou-se para fazer os cafés. — Mas por que um encanador não pode ajudar?

Nicky foi até a máquina e apertou alguns botões. — Da última vez que isso aconteceu, David pagou um encanador para vir; parece que nós precisamos de um boiler novo no apartamento e no café. Este encanador fez um... qual é a palavra, em Inglês, quando você faz alguma coisa de trabalho, que é temporário, por que ele não está devidamente preso e poderia quebrar novamente, em breve?

— Eu não acho que nós temos uma palavra para isso em Inglês. E em alemão provavelmente conteria mais sílabas do que há átomos no universo. Por que você não liga para David dizendo que você precisa de um boiler novo? Ele é obrigado, como seu proprietário, não é?

Alex se espremeu quando Nicky passou para entregar os cafés, respirando seu aroma doce quando ela se afastou. Este breve contato causou arrepios em sua nuca. Pena que eles tinham uma grande audiência que não parava de aumentar.

Nicky pegou um sanduíche para o cliente de Leia, e então se virou para Alex. — Você esqueceu que eu devo a David o aluguel de quatro meses? Ele não vai me ajudar até que eu pague.

— Bem, ele não pode simplesmente deixá-la sem água quente.

— Ele já fez isso antes. Estou tentando tocar um negócio, mas ele não parece se preocupar com isso. Estou certa de que ele está tentando me forçar a sair - eu tenho certeza de que ele tem planos para este edifício e me quer fora.

— Meu Deus, ele é um idiota.

— Sim. É frustrante.

— Frustrante? Nicky, isso é um desastre! Quem ele pensa que é? Vou telefonar para David agora, e dizer-lhe exatamente o que eu penso dele! Qual é o seu número?

---

12 Equivalente a R$1,90.

— Não, Alex, não permita que ele roube a sua felicidade, ok?

— Por quê?

— Porque, você percebe que ficar chateado realmente não resolve o meu problema com o boiler? Ou termina essa fila?

— Não, mas pode fazer David agir.

Nicky se afastou e entregou o pedido de outro cliente. Ela colocou um pouco de sopa em uma embalagem para viagem. — Bem, bem, o que você faria nessa situação, doutor? Se alguém entrasse sangrando até a morte em seu hospital? Ia telefonar a quem o esfaqueou e diria que você está muito chateado?

— Não, claro que não, mas, Nicky, seu boiler quebrou, David é um idiota, e tudo que você consegue pensar é em servir o almoço!

Ela abandonou a fila e virou-se para encará-lo. — Você está assim porque você quer me ajudar, certo?

— Claro que eu quero ajudá-la.

— Eu aprecio isso - obrigada, Alex. Mas essas pessoas precisam comer. Este é um desejo primitivo que todos nós devemos cumprir, em primeiro lugar. Podemos gerenciar a água quente; a máquina de café pode esquentar um pouco, por enquanto.

— Mas...

— Então, depois da confusão do almoço, vamos fechar mais cedo e vou telefonar para David. Talvez um pouco do seu charme passe pra mim e eu consiga convencê-lo a comprar um boiler novo, hum?

Capítulo 8

Zach não conseguia acreditar que ele, finalmente, tinha conseguido ficar sozinho com Leia. Alex e Nicky tinham descido para a cozinha, para telefonar para David, então ele e Leia ficaram aqui em cima e começaram a limpar tudo. Ele a ajudou a varrer o chão, e agora eles estavam sentados, um diante do outro, em uma mesa bamba, polindo talheres lavados, que estavam em um balde de maionese.

— Há quanto tempo você toca guitarra? — ela perguntou.

Ele secou uma faca com o pano de prato e deixou cair na bandeja de plástico. — Desde que eu tinha sete anos. Foi Alex quem me inspirou a tocar, na verdade; ele estava tendo aulas de piano e fiquei viciado. Então, eu ensinei Alex a tocar guitarra, e fui me desenvolvendo... eu estudei engenharia de som e me tornei um produtor.

— Uau! Você é um produtor!

— Sim, mas não fique muito animada; apenas produzo demos para bandas e outras coisas. Eu não sou um Jimmy Page[13] ainda.

Leia balançou a cabeça em reverência. — Sim, mas você está trabalhando com algo que você ama e isso é muito legal!

Zach se sentiu orgulhoso. — Bem, como eu continuo dizendo a Alex, a vida é curta, por isso temos que aproveitar ao máximo o nosso tempo aqui. Aproveitar o momento, sabe?

— Oh, sim, com certeza, eu concordo.

---

13 Músico, produtor musical e compositor, que alcançou o sucesso como guitarrista do Led Zeppelin.

Zach se recostou na cadeira. — Ei, eu apresento a noite do microfone aberto[14], na quinta-feira à noite, no pub do outro lado da estrada. Você poderia vir hoje à noite, se você estiver livre.

— Obrigada, eu adoraria!

Zach tentou parar de sorrir tanto, tentando parecer legal. Ele abriu a boca para perguntar mais sobre ela, mas foi interrompido pelo som de Alex e Nicky brigando quando eles chegaram próximo das escadas rangentes. Alex estava carregando um esfregão e um balde muito usados.

— Eu disse que ele não iria me ajudar — Nicky disse.

— Você deveria ter me deixado falar com ele.

— Oh, sim, e irritá-lo mais do que ele já estava?

Alex colocou o balde no chão, fazendo com que um pouco de água com sabão caísse. — Bem, eu estou muito irritado por ter que ferver a chaleira toda hora, para conseguir água quente. Eu consigo pensar em alguns lugares que eu gostaria de enfiar este esfregão.

Nicky sorriu para a piada de Alex e sentou-se. Ela cuidadosamente cruzou as pernas, sentindo-se como se estivesse se exibindo. Apenas agora, na cozinha, é que ela se sentiu desconfortável por estar sozinha com Alex, sabendo que Leia e Zach estavam, provavelmente, flertando escandalosamente aqui. A presença de Alex a sufocava - ela estava ridiculamente atraída por ele - mas talvez agora ela pudesse recuperar um pouco de energia, fazendo-o sentir-se enfraquecido por seus encantos femininos. Ela sabia que era um pouco triste, e provavelmente não iria funcionar - ela não considerava possuir encantos femininos. Nem mesmo se achava encantadora. Mas ela não queria seduzi-lo; apenas excitá-lo um pouco com suas pernas de fora.

Bom, tudo bem, ela estava de meias, mas ele não precisa saber disso.

Alex começou a esfregar o chão, ignorando completamente as pernas propositalmente posicionadas.

---

14 Uma espécie de concurso, onde músicos se apresentam.

— Deus, isso me leva de volta ao passado. Eu não limpo um chão há muito tempo — ele fez uma voz de pirata. — Faz eu me sentir como um marinheiro, limpando o convés em uma aventura no oceano, arrr!

Leia riu. — Você seria um grande pirata, Alex!

Nicky se recusou a rir. — Você esfregou o chão antes, quando você jogou aqueles cafés sobre Jess. Fiquei surpresa que você soube o que fazer. Eu pude perceber ver que você era um esfregador experiente. Isso me pareceu estranho.

Alex passou o esfregão no rodapé. — Sim, bem, você ficaria surpresa ao saber o que eu fui forçado a fazer. Você conhece a hierarquia nos hospitais? Médicos estudantes se dividem numa orgia entre os produtos de limpeza e os pacientes. Lembre-se, na próxima vez que você estiver no hospital, que você está sendo atendida por uma pessoa que limpa os banheiros.

Nicky pegou a pilha escassa de dinheiro e fingiu contá-la. Mas, realmente, ela estava assistindo o balanço do corpo ágil de Alex com o esfregão, com o canto do olho.

— Você tem um problema com autoridade, não é? — ela perguntou.

— Não, a autoridade tem um problema comigo. Médicos estudantes são tratados como seres inferiores, ignorados, humilhados – além de serem meninos de recado ou para comprar o almoço. Na área cirúrgica é ainda pior; você não pode sequer dar uma mijada quando quiser. Eles controlam as funções do seu corpo, bem como a sua mente.

Nicky pegou as notas de cinco. — Você reclamava muito, eu aposto.

— Claro que sim. Meu supervisor era um bastardo, que praticava bullying. Ele dizia que eu tinha uma atitude ruim, porque eu me atrevia a interrogá-lo. Seu diagnóstico era que eu era muito insolente para ter sucesso na profissão. Salientei que ser um idiota insolente não tinha feito nenhum bem a sua carreira. Ele me mandou sair e não voltar até que eu tivesse aprendido a ter respeito. Como eu estava me formando, eu disse a ele que as pessoas precisavam ganhar o meu respeito, não exigi-lo. Minha mãe se envolveu para que eu pudesse voltar. Foi embaraçoso.

Zach deixou cair uma faca polida na bandeja. — Você torna as coisas difíceis para si mesmo, Alex.

— E para os outros ao seu redor — disse Nicky.

Alex parou de esfregar. — Eu estou ajudando você, não estou?

Nicky sentiu a tensão dentro dela. Ela queria dizer a Alex algumas verdades, para seu próprio bem, mas ela não queria empurrá-lo para fora de sua vida. O Café sempre parecia muito menor quando estava vazio, mas agora tudo o que existia era a sua expressão polêmica e seu batimento cardíaco frenético. Ela ousaria dizer a ele o que ele precisava ouvir?

Ela colocou as notas em cima da mesa, e voltou a sua atenção sobre ele. — Você sabe qual é o seu problema, Alex? Você nunca fez nada que se orgulhasse. Você se ressentia de trabalhar nestes hospitais, porque você nunca percebia a diferença entre o que você estava fazendo, o que poderia fazer. Você sempre fez muito, mas você não percebe isso. Com toda franqueza, você não tem autoestima.

— Eu sou médico.

— Sim. Mas você tem orgulho disso?

— Ele nunca quis ser médico — disse Zach. — Ele sonhava em ser baterista de uma banda de rock.

Alex sorriu. — Isso me faria muito feliz!

Nicky arrastou-se até ele, com os pés doloridos, e falou diretamente olhando em seus olhos. — Alex, você está procurando a felicidade no lugar errado. Esta é a razão pela qual você está bebendo demais e se sentindo o tempo todo decepcionado com a vida.

— Ah, é mesmo? É essa a razão pela qual você usa muita maquiagem?

Ela parou. Ela deveria estar expondo suas falhas, e não o contrário. — Isto não é sobre a minha maquiagem, por isso não comece.

— Ah, então você é uma garota do tipo faça o que eu digo, mas não faça o que eu faço, né?

— Alex, — Leia disse — por que você não ouve Nicky? O que ela fala costuma fazer sentido.

Ainda segurando o cabo do esfregão, Alex manteve a expressão neutra e olhou para Nicky, esperando.

— Bem, — ela disse — cada pessoa passa por um momento de sentir algum tipo de insatisfação profunda, e você não é diferente. Para tentar acabar com este sentimento de insatisfação, todos nós buscamos uma válvula de escape, como comer em excesso, assistir lixo na TV, ou beber muito. Mas isso é como tomar uma aspirina atrás da outra para aliviar a dor, de uma dor constante, em vez de lidar com a raiz do problema.

A expressão de Alex suavizou. Nicky ficou esperando um gracejo espirituoso, mas ele disse: — Eu gosto de sua analogia médica.

— Eu não inventei isto; é de um sábio monge tibetano. Mas você entende como isso se encaixa na sua vida?

— Sim, acho que sim. O álcool alivia a minha dor por um tempo, mas meus problemas ainda estão lá quando eu fico sóbrio. É isso que você está dizendo?

— Sim, exatamente. E então, quando você tem uma ressaca, você se sente mais desconectado de si mesmo do que nunca. O que você precisa fazer é descobrir como se reconectar com você mesmo, ao invés de fugir de tudo o tempo todo.

— Isso é exatamente o que eu disse ontem! — Zach falou.

Alex tirou o avental e dobrou-o cuidadosamente. — Como você sabe tudo isso, Nicky? Por que ninguém me disse isso antes?

— Ela é um guru! — Leia falou.

— Não. Saí de casa quando eu era muito jovem. Assumi uma grande responsabilidade, quando eu ainda era uma adolescente. Meu primeiro trabalho no Reino Unido foi em uma livraria, e quando eu estava repondo a seção de psicologia em uma manhã, eu encontrei todas essas informações surpreendentes.

Alex parecia genuinamente interessado. — Qual foi a responsabilidade que você assumiu quando era adolescente?

Nicky abriu a boca para responder, mas o sino acima da porta tilintou. Nicky observou o verdadeiro amor de sua vida entrar. Mesmo depois de todos esses anos, seu espírito vibrava sempre que ela o via; ela sentia muito a falta dele quando eles não estavam juntos. Ela ansiava por aqueles dias em que ele costumava correr até ela, animado por vê-la depois de apenas algumas horas separados. E ele parecia muito bem durante estes dias. E muitos centímetros mais alto do que ela, também.

Ele jogou sua bolsa em cima da mesa dois. — O que está acontecendo? Onde estão os clientes?

— O boiler de água quente quebrou novamente — disse Nicky. — David não vai mandar um encanador.

— Merda.

— Jamie, sem palavrões, por favor.

Ele sorriu. — Desculpe, tia Nicky.

— Você voltou mais cedo — disse Leia, levantando-se. — Como vai a escola?

— Chata, como sempre. Mal posso esperar para terminar — ele se inclinou para beijar Nicky no rosto, abraçou Leia, e em seguida, passou para o outro lado do balcão e pegou uma fatia de bolo com os dedos.

— Mmm, bolo de limão, o meu favorito — ele colocou a outra mão debaixo do bolo, para pegar as migalhas, e começou a devorá-lo em grandes mordidas.

— Zach, Alex, — disse Nicky — este é o meu sobrinho. Por favor, desculpem-no por não dizer "oi". Presumo que ele não tenha comido por pelo menos uma hora, pobre menino faminto. Vocês devem lembrar do que é ter dezessete anos.

Alex se inclinou em seu esfregão. — Oi, Jamie. Sinto muito em saber que você não está gostando da escola. Eu também achava muito chata. Sua tia estava nos dando uma aula sobre a verdadeira fonte da felicidade - o que você acha disso?

Jamie atirou a Nicky um sorriso orgulhoso. — Você deveria ouvi-la. Ela sabe do que está falando.

— Sim, eu acho que ela sabe — disse Alex. — Você é uma mulher muito inteligente, Nicky. Astuta e sábia.

Havia algo em seu tom que o fazia parecer surpreso. Um sentimento estranho se arrastou até os pés de Nicky. — Mesmo para alguém que se veste como uma boba, você quer dizer?

— O quê? Eu não disse isso.

— Não, mas foi o que você quis dizer. É muito irritante quando um homem pensa que uma mulher não pode ser atraente e inteligente. Eu tinha pensado que você era diferente, Alex.

— Nicky, — disse Jamie, comendo as migalhas — ele não disse isso.

— Estava implícito em seu tom. Foi algo como *"Você é muito inteligente, Nicky, e eu estou surpreso, por causa da forma que você se veste"*.

Todos olharam para ela em silêncio, esperando para ver se ela iria falar algo mais. Nicky desejou que ela não tivesse começado isso. Por que não podia simplesmente dizer "*obrigada*" a elogios, como todo mundo? Ela esperava que Alex negasse as acusações, e eles poderiam continuar como estavam.

Mas Alex colocou a mão no quadril. — Bem, bem, sim, eu me perguntei por que você se vestia como uma drag queen.

Um balão explodiu em seu cérebro. — Uma drag queen! Eu pareço um homem, por acaso?

— O quê? Não, eu não disse...

— Um homem vestido como uma mulher - é isso que é uma drag

queen, Alex.

— Eu não disse que você se parece com um homem. Pare de colocar palavras na minha boca.

Ela cruzou os braços sobre o peito, se protegendo. — Como você se sentiria se eu dissesse que você parece uma mulherzinha? Quero dizer, você é muito feminino, mas eu nunca deixei escapar isso, né?

— Eu não quis dizer...

— Ou e se eu dissesse que você deveria fazer algum tipo de esforço para si mesmo e pentear esse cabelo bagunçado?

Ele colocou as mãos para frente. — Olha, eu não tive a intenção de ofendê-la. Eu só queria saber por que você se veste como uma modelo de passarela quando você realmente não precisa.

— Ah, sou uma modelo de passarela agora! E se eu estivesse usando uma burca - isso seria melhor para você?

— Para ser honesto, você poderia.

Zach virou em sua cadeira. — Agora seria um bom momento para calar a boca, Alex.

Alex ignorou. — Eu não entendo por que você está sufocando a sua beleza natural, só isso. Por algum motivo, você acha que cinco quilos de maquiagem fazem você parecer atraente, mas acredite em mim, você não precisa disso.

A sala girou. Nicky conteve as lágrimas que encheram seus olhos. — É assim que eu me expresso.

— É como você se oprime. E tudo o que você acabou de me dizer sobre procurar a felicidade nos lugares errados? — ele olhou para ela, confuso. — Por que você se envergonha da sua beleza natural?

Nicky abriu a boca, mas não houve resposta. Ele estava errado, errado, errado. Ela queria sentir o chão duro sob seus pés, mas ela estava sem equilíbrio e perdida em seus saltos altos. Os olhos intensos de Alex a sufocavam.

— Você precisa ir embora — disse ela. — E dessa vez, eu não quero que você volte.

Capítulo 9

— Eu me sinto tão impotente.

— Você deveria parar de beber tanto, é sério. Mas, não se preocupe, ok? Pode acontecer com qualquer um, até mesmo o mais garanhão de todos a qualquer momento.

Alex olhou para Zach. — Eu estou bem no departamento de calças, muito obrigado. Quero dizer, eu me sinto incapaz.

— Quantas vezes ela o expulsou até agora?

— Cale a boca, Zach.

Alex cortou o contato visual e direcionou seu olhar para a mesa pegajosa. Ele deu muitas risadas neste pub, apesar do mobiliário frágil, o carpete sarnento, e o papel de parede encardido. Zach fazia a noite de microfone aberto aqui uma vez por semana, e Alex sempre se levantava e fazia alguns números se ele tivesse bebido o suficiente - ele nunca seria capaz de cantar sóbrio, a não ser que ele quisesse ter um ataque de pânico no meio da apresentação. Depois, tinha o quiz de música, os dardos, a mesa de bilhar... os muito-muito-muitos litros de cerveja, os shots de Sambuca[15], o vômito nos canteiros, chegadas em casa cambaleando.

Bons tempos.

Porém, ele não queria estar ali, naquele momento, cercado por todos os outros bebedores desempregados da tarde. Ele deveria estar com Nicky, fazendo algo construtivo; ela precisava de sua ajuda.

— Se eu tivesse estudado para ser um encanador, em vez de médico, eu

---

15 Bebida alcoólica de origem italiana, com sabor de anis, que possui teor alcoólico de 42%.

ainda estaria lá com ela. Talvez eu devesse voltar e dizer a ela o quanto eu gosto dela.

Zach rodou os cubos de gelo que estavam no copo de sua limonada, fazendo-as tilintar no vidro. — Por favor, não faça isso... apenas dê a ela algum espaço, ok? E tome cuidado com o seu coração, Alex. Eu sei que você está procurando por alguém um pouco mais sensato depois de... qual era o nome dela? A neurótica de meia-idade que queria fazer aquelas coisas malucas de submissão com você.

Alex sorriu para piada de Zach. — Oh, sua mãe lhe contou sobre isso? Ela disse que era o nosso segredo.

Zach bufou tanto que a limonada subiu até seu nariz. — Cale a boca!

Eles compartilharam um sorriso e, em seguida, Alex olhou para sua cerveja. — Isso tudo é culpa do David. Tenho certeza de que isso é o que a deixou de mau humor. Eu vi a verdadeira Nicky algumas vezes, hoje... ela é adorável sob toda aquela maquiagem e o arame farpado.

Zach deu de ombros. — Eu acho que eu consigo entender o lado de David. É seu prédio e ele quer o dinheiro dele.

— Ele era um idiota na escola e ele ainda é um idiota agora. Eu não acreditei na forma como ele falou com Nicky ao telefone. Ela deveria ser grata por ele não reparar o boiler? Quem ele pensa que é? Um vilão sangrento de Dickens[16]?

— É uma merda, mas David está no seu direito de ser "*uma puta até que ela lhe pague*".

Alex suspirou dramaticamente. — Zachary, onde você aprendeu todo esse jargão legal?

— No gibi do Judge Dredd[17]. Eu tenho que voltar ao trabalho. Eu tenho um aluno às quatro. Você quer carona pra casa?

---

16 Charles Dickens.

17 Um dos personagens em quadrinhos mais conhecido do Reino Unido.

Alex resmungou ao virar o copo.

Zach se levantou e bagunçou o cabelo de Alex. — Prometa-me que não

vai começar com *Jack Daniels*[18]; você não quer enfrentar o juiz com uma ressaca amanhã.

— Ok, eu prometo que não vou começar com o *Jack Daniels*.

— Ótimo. Vejo você mais tarde.

— Sim, tchau.

Alex olhou para seu copo de cerveja quase vazio e esperou que o som da porta do pub soasse. Ele sabia que não deveria tomar outra cerveja, mas ele precisava de algo para acalmar a raiva que estava crescendo em seu peito. Ele geralmente tinha um pavio longo, mas esse desamparo oco era frustrante. Por que ele sempre reagia assim em uma crise – desse jeito torto?

E David estava, provavelmente, sentado atrás de sua mesa, satisfeito agora, pensando, que no primeiro dia da aposta Alex já está perdendo. Ha.

Ele engoliu sua miséria, juntamente com o lixo da sua cerveja, e andou até o bar. Ele colocou o copo vazio no balcão, jurando não pedir outra cerveja.

— Sim, companheiro? — perguntou o barman corpulento.

— Southern Comfort[19] duplo, por favor. Sem gelo.

Alex virou o copo, e tomou o líquido marrom de uma só vez. Então, ele teve uma ideia - *posso resolver isso para ela!*

Na escola, David queria desesperadamente ser amigo de Alex, mas Alex tinha resistido - mesmo assim, David tinha sido um bastardo falso e difícil de se conviver. O clímax veio quando David, um dia, seguiu Alex e Zach até em casa, uma tarde depois da escola, importunando Alex, exigindo saber por que ele não

---

18 Marca de Whisky.

19 Marca de licor composto por uma mistura de frutas, especiarias, whisky e sabores naturais. Era a bebida favorita de Janis Joplin.

o tinha escolhido para o time de futebol naquele mesmo dia. A fixação de David tinha assustado Alex; ele parecia enfurecido, como um amante rejeitado.

Felizmente, Zach estava lá para mandar David deixá-lo em paz.

Eles não tinham mais se falado, desde então, mas se David ainda reverenciava Alex, ele deveria ser capaz de convencê-lo a fazer o que ele quisesse. A água quente de Nicky seria resolvida, e Alex seria seu herói. Fácil!

Ele pegou seu telefone, abriu a internet, digitou "*David Lewis Maidenhead*" em um motor de busca, e encontrou o endereço de David no site do escritório.

Impulsionado pelos efeitos animadores do Southern Comfort, ele pulou em um táxi para o parque empresarial, na periferia da cidade, e então desfilou pelo foyer de cromo e vidro.

Ele sorriu para a recepcionista. — Eu tenho um encontro com David Lewis. Alex Steele é o meu nome.

A recepcionista só podia ter sido treinada pelo Ministério da Defesa. Ela revirou os olhos para Alex e pegou o telefone. — David, é Janice. Há um homem aqui dizendo que tem um compromisso com você. Ele diz que seu nome é Alex Steele.

Janice ouviu por um momento, em seguida, bateu o receptor. — Sente-se, por favor.

Alex lançou-lhe um sorriso doce, feliz por que ele tinha certos privilégios - e porque ela também sabia disso.

David fez Alex esperar exatamente cinco minutos - Alex tinha certeza que ele tinha programado – então, ele flutuou até o foyer, vestido com seu terno feito sob medida. Eles apertaram as mãos como uma dupla de jogadores de futebol após uma briga.

— Desculpe não estar de gravata — disse David. — Eu tenho uma na gaveta da mesa, mas eu não vou encontrar ninguém importante hoje.

Alex se absteve de comentar este insulto e seguiu David até o pequeno, mas caro escritório, que era a sede da Lewis Trading.

Alex acariciou as folhas de um enorme vaso de orquídea perto da porta. — Oh, plástico. Muito moderno.

Ele andou mais e olhou para a arte expressionista nas paredes. — Legal. É ótimo ver que você ajuda a comunidade, permitindo que um grupo de crianças da cidade decore sua sala.

David bufou. — Para sua informação, o valor da pintura é mais do que você já ganhou em toda a sua vida.

— Você pagou dinheiro por isso?

— Chama-se arte, Alex. Eu não acredito que você entenda disso.

— Oh, eu entendo um pouco sobre arte. O que você acha de Picasso?

— Bem, eu...

— Louco, cego, ou talvez um pouco de ambos?

David suspirou. — O que é que você quer? Além de conseguir que seu rosto seja deformado por um ônibus lotado de conhecedores de Picasso?

— O que você quer dizer com isso? Eles poderiam me pintar, ou algo assim?

David sentou-se em sua cadeira giratória acolchoada e estalou os dedos. — Dando um chute no motivo da sua visita, eu prevejo que você está tentando voltar atrás na nossa aposta, apenas por causa de um revés inconveniente, ou seja, por que não há água quente. Esse não parece com o Alexander Steele que eu conheço e... com quem frequentei a escola.

Alex se sentou em frente a ele, perguntando-se se esta cara cadeira artística foi projetada para massagear seus ombros - seu corpo estava quebrado após o trabalho braçal desta manhã. — Eu não vou recuar. Você sabe por que eu estou aqui.

— Olha, eu estou atolado hoje, mas se é uma reunião que você está queren....

— Não. Eu quero que você compre um novo boiler para Nicky. Para o apartamento e para o café.

David olhou para ele. Alex o encarou, ouvindo o tráfego da autoestrada próxima sussurrando através do silêncio.

— Hoje — disse Alex.

O rosto de David se abriu em uma gargalhada. — Oh, tadinho de mim! Aqui não é o playground, sabe? Você realmente acha que pode simplesmente aparecer e esperar a lua em uma vara de pescar?

— O quê? Não, eu só quero que você conserte o boiler de Nicky.

— Você não mudou nada, né? Você sabe o quão indefeso você parece quando você não tem Zach aqui para te proteger? E você realmente acha que eu seria tão estúpido para acreditar no absurdo sobre você trabalhar para Bill Dawson? Não quando você claramente se transformou em um bêbado, um Zé ninguém.

Alex vacilou. Ele se recostou na cadeira e procurou disfarçar a atitude arrogante que ele normalmente exibia. Talvez um pedido de desculpas fosse o suficiente para suavizar David um pouco.

— Olha, se isso é por causa daquela vez que eu não o escolhi para o time de futebol, eu realmente sinto muito. Eu nem tinha percebido que você queria jogar.

A boca de David abriu. — Caramba, você realmente acha que eu ainda me importo com isso?

— Er... bem... eu pensei...

David levantou-se e caminhou para o lado de Alex. Ele se sentou na ponta da mesa ébano, pairando sobre Alex, fazendo-o sentir-se minúsculo. Ele estava perto o suficiente para Alex sentir o cheiro de seu perfume caro - imbecil.

— Você cometeu um erro, Alexander. Qual é a sensação de estar errado, uma vez em sua vida, hein? Você acha que eu ainda sou o mesmo David Lewis, que foi intimidado por você na escola, porque você era um ano mais novo do que eu, mas melhor em tudo. Aqueles dias em que você era o melhor na classe de matemática e ciências; o melhor do time de críquete e tênis; quando você achava que poderia falar o que quisesse. Sim, eu queria ser seu amigo, naquela época, é verdade. Mas agora eu não me importo se você é meu amigo ou meu inimigo, porque você é patético. Você é um garotinho triste que não cresceu.

O coração de Alex se apertou. Patético? Não cresceu? Era assim que David o via? Por que, de repente, ele estava se sentindo em uma conversa com sua mãe?

David levantou-se, caminhou de volta para o seu lugar, e girou para encarar a tela de seu computador. — Estou encerrando essa questão. Obrigado pela visita. Tenha um ótimo dia.

A impotência agarrou Alex, mais uma vez, mas desta vez estava acompanhada de uma espécie de constrangimento. Mas ele não podia deixar que David percebesse que ele estava intimidado – ele precisaria soltar uma piadinha.

— E se eu voltar mais tarde com Zach e um taco de beisebol?

— Você está tentando ser engraçado, ou devo chamar a polícia?

Alex sorriu timidamente. — Uma marreta?

— Saia.

— Não. Certamente deve haver uma maneira de resolver isso. Deve haver alguma coisa que você queira de mim.

— Uma confissão seria um bom começo. Vamos, eu quero ouvir você dizer isso, você realmente não trabalha para Bill Dawson, não é?

Os olhos de Alex focaram nos luxuosos folhetos promocionais expostos em cima da mesa de David. — Não.

— Eu sabia! É óbvio que você não tem dinheiro, caso contrário, você teria resolvido o problema do boiler de Nicky sozinho. E este acidente na M4? Você estava bêbado?

— Não. Eu estava em alta velocidade. Eu provavelmente vou perder a habilitação por seis meses; feliz agora?

— Muito.

— Então, você vai consertar o boiler de Nicky?

— Não.

— David, vamos, certamente há algo que podemos fazer para resolver isso.

Um sorriso pensativo se abriu nos lábios de David, como se uma ideia estivesse se formando. — Bem, na verdade...

Alex se inclinou para frente. — O quê?

David sorriu como uma salamandra. — Seus pais ainda tem um campo de tênis nos fundos do jardim?

Capítulo 10

David os levou até a casa dos pais de Alex em seu novo BMW, e Alex entrou com a chave da porta da frente que ele nunca tinha conseguido devolver. Ele levou David através do corredor arejado para o enorme jardim, sentindo como se tivesse passado muito, mas muito tempo desde a última vez que eles haviam jogado tênis juntos. Mas muita coisa mudou desde que eles eram adolescentes, e Alex temia que isso não desse certo.

Decorando as paredes do *Ruby in the Dust*, entre as pinturas de artistas locais (ou, provavelmente, alguns eram viciados em crack, pela aparência das pinturas), Nicky tinha pendurado várias citações de autoajuda. Em sua mente, vinha uma frase de Dale Carnegie: "*A passividade gera dúvida e medo. Ação gera confiança e coragem. Se você quer vencer o medo, não fique sentado em casa pensando sobre isso. Vá para rua e se ocupe*".

Alex tinha lido essa frase para Leia, mais cedo, com uma voz de Yoda, fazendo-a rir. Mas agora que Alex estava em ação, ele poderia confirmar que isso certamente não criava confiança ou coragem, mas em vez disso, sufocava-o em um mar de dúvidas e ansiedade.

Ele ficou na linha de serviço[20] desbotada e tentou afastar a roseira desleixada que se estendia por cima do muro vinda do jardim do vizinho, que era uma fonte constante de irritação para a mãe dele. Foco. Tudo o que ele tinha a fazer era ganhar de David em um jogo de tênis – não era nem mesmo um jogo completo, porque David estava muito ocupado - e David enviaria o encanador direto para o Café de Nicky, e pagaria pelos reparos.

Eles jogaram uma moeda para ver quem iria começar. David ganhou.

Antes de ir para a universidade, Alex tinha jogado tênis centenas de

20 São duas linhas, uma em cada lado da quadra de tênis, posicionadas a 6,40m da rede.

vezes, mas agora ele se sentia como se tivesse sido despejado aqui por alienígenas, que o tinham sequestrado com a idade de dezoito anos e molestado sua mente. Quando era um jovem adolescente, ele rotineiramente acabava com Zach, David, e praticamente qualquer um com quem ele jogasse, por isso, ele se obrigou a desenterrar as memórias do passado, de si mesmo com doze anos, ganhando o campeonato de tênis do colégio, segurando o prêmio no alto como se ele tivesse acabado de ganhar em Wimbledon. Ele se sentiu orgulhoso de si mesmo por dias, e o jornal local tinha inclusive o convidado para uma entrevista. Mas sua mãe tinha dito simplesmente que era bom, e avisado que ele precisava fazer a lição de casa de física, se ele quisesse ser alguém na vida.

Do outro lado da rede, David estava vestido com sua calça e camisa bacana. — Prepare-se, mortal!

Alex dobrou os joelhos e se inclinou para frente, pronto para receber a bola. Mas antes que ele conseguisse chamar David de idiota, mentalmente, o saque, que mais parecia uma metralhadora, de David, passou de raspão pelo ouvido de Alex, quase batendo-lhe na cara.

Alex se encolheu.

David riu.

David se preparou para sacar de novo. — Ah, a propósito, você me inspirou a aprimorar minhas habilidades de tênis. Fui treinado por um ex-profissional por quase sete anos. Você vai notar como minha habilidade de saque melhorou bastante. E espere até ver meu backhand[21]!

David bateu outra bola por cima da rede, que disparou pelo outro ouvido de Alex. Alex permaneceu preso em seus pés.

— Oh, vamos lá, campeão do condado! — David chamou. — Você tem que, pelo menos, se mexer!

Alex pensou em Nicky e seu café. Se ela não tivesse água quente, como ela ia conseguir dinheiro? O pensamento de seu despejo iminente esmagou

---

21 Tipo de jogada.

contra seu peito. Ele precisava ganhar de David. Ele puxou os ombros para trás, agarrou o cabo da raquete, e preparou-se para receber a bola, a todo custo. Ele ainda podia ganhar.

Mas, quando David estava jogando a bola no ar, um pensamento um pouco desagradável atravessou a mente de Alex.

Você já é um perdedor; você já falhou antes. Lembra da aula de cerâmica do terceiro ano, quando sua tigela de terracota parecia um cinzeiro irregular? Mamãe e papai riram quando você mostrou a eles. E aquela vez que você errou o pênalti e perdeu a final da liga? O que faz você pensar que você pode...

— Arghhh!

A dor da bola de tênis batendo direto no olho de Alex arrancou-o de seus pensamentos. Ele jogou sua raquete no chão e xingou alto, colocando a palma da mão sobre seu olho. Ele tinha medo de que, se ele tirasse a mão, haveria sangue e um globo ocular mutilado e sem visão.

David correu.

— Seu filho da puta! — Alex gritou. — Você fez isso de propósito!

— Bem, como eu saberia que você iria jogar como um lixo? Você costumava ser soberbo.

— Olha, você me ganhou, agora, vamos lá, conserte o boiler de Nicky. Por favor?

— Ahn ahn. Você precisava ganhar para que isso acontecesse, e eu realmente pensei que você poderia, apesar do meu intenso treinamento.

Alex arriscou tirar a mão do seu olho. Tudo parecia embaçado. — Por favor, David?

David riu. — Ohhh, aliás, se você está pensando em ter um romance com Nicky, vou dar uma dica a você: ela é frígida.

— Se isso significa que ela não iria dormir com você, eu não estou surpreso.

— Oh, não, foi um amigo meu, do clube de squash. Eu sou um homem muito bem casado. E, de qualquer forma, eu não iria sair com alguém que se veste como uma prostituta. Conheço prostitutas com melhor senso de moda que ela.

Os punhos de Alex instintivamente se apertaram. Ele se concentrou no som de um avião voando no céu - qualquer coisa para impedi-lo de dar um soco em David.

Mas David estava alheio; ele continuou falando. — Sim, meu amigo saiu com Nicky por alguns poucos meses, o que é muito tempo para conseguir que ela abrisse as pernas - quero dizer, nós não estamos vivendo na era vitoriana, né? Mas, infelizmente, ela não o deixou entrar em sua calcinha.

— Se você tivesse a inteligência necessária para perceber as contradições gritantes nesse seu último comentário...

David riu. — Você realmente gostaria de ajudá-la, não é? Talvez essa aposta não seja apenas para você conseguir ficar com ela, né?

O globo ocular de Alex latejava de dor. — Por que você não vai se foder?

— Ohhh, é claro que esse tipo de linguagem vem do menino que ganhou o prêmio de Melhor Escrita Criativa, por três anos consecutivos.

Alex sentiu sua frustração crescer. — Não é minha culpa que eu fui melhor do que você na escola!

— Não, não — David passou os dedos ao longo das cordas de sua raquete de tênis. — Há uma coisa que você poderia fazer para ajudar Nicky.

— O quê?

— Fique de joelhos e implore.

Esta sugestão bateu em Alex quase tão forte como a bola de tênis. Ele apertou os olhos. O sol estava em cima dele, fazendo-o suar. — Nunca, nem em um milhão de anos.

— Oh, bem. Então... eu vou voltar ao trabalho agora. Posso deixá-lo em algum lugar?

— Você gostaria de exibir o seu novo BMW mais uma vez, não é?

— Estou bastante orgulhoso dele. Você estava sempre exibindo seus carros, não é? É uma pena que você está prestes a ser proibido de dirigir.

Alex tentou encarar David, mas, devido à combinação de seu olho latejante e o sol ofuscante, ele parecia mais como se estivesse piscando, o que certamente não era o efeito desejado.

— Se eu fosse você, eu ia chamar um médico para cuidar desse olho — disse David. — Quem sabe onde você poderia encontrar um médico adequado por aqui... Provavelmente, você vai ter que esperar que Carowyn volte para casa.

— Vai se foder.

— Não, obrigado. Eu te disse, eu sou um homem feliz no casamento.

Alex resistiu ao desejo de bater sua raquete de tênis na cabeça de David - David provavelmente triunfaria com a selvageria irracional, também.

David começou a se afastar. — Tchau, então.

— Espere!

David virou-se e esperou, conforme solicitado.

O orgulho de Alex voou e bateu-lhe na cara. — Olha, vamos, David, deve haver uma maneira de resolver isso como adultos.

— Eu já lhe disse o que é necessário. Você quer ajudar a Nicky, ou não?

— Claro que sim. Mas eu não vou fazer isso, ok?

— Por que é um problema para você? Não vai custar-lhe dinheiro; não há ninguém aqui, além de nós dois. Tudo o que você precisa fazer é ajoelhar-se no chão por alguns segundos e dizer algumas palavras.

— Se não é grande coisa, então não me obrigue a fazer isso.

David suspirou dramaticamente. — Alexander, eu estou ocupado com o trabalho. Meu tempo é dinheiro, e eu não vou perder um centavo discutindo isso com você. Faça agora, ou está acabado. Assim como a água quente de Nicky.

Alex amaldiçoou seus pais por cancelarem seu cartão de crédito. Isso era culpa deles - ele poderia ter comprado para Nicky um boiler novo e, então, ele teria resolvido o problema dela.

Sem dinheiro e sem poder.

David cruzou os braços e continuou esperando. Se isso estava custando dinheiro, claramente valia a pena.

Ok.

Alex se inclinou num joelho, mas o resto de seu corpo se recusou a participar da humilhação, então agora ele estava sem equilíbrio. Era como se refrescar em uma piscina gelada. Infestada com piranhas.

Certo.

Vá!

Ele ficou de joelhos. A superfície áspera do campo de tênis contra a calça jeans de Alex incomodava sua canela como um arranhão. O mundo pareceu transparente ao redor dele; o ar abafado, como se ele estivesse respirando numa poça de óleo.

Esse foi o mergulho na água gelada, agora vinham as piranhas.

— Conserte o boiler de Nicky. Ok, feliz agora?

— Eu não ouvi as palavras "*eu imploro*" vindas lá de dentro, Alexander.

Alex se forçou a dizer as palavras. — Eu imploro.

Alex se preparou, sentindo um repentino medo de que David fosse bater nele ou começar a fazer exigências sexuais, qualquer coisa que pudesse piorar a brutalidade desta humilhação.

Mas ele simplesmente assentiu. — Considere feito.

Então, ele se afastou. Alex se ajoelhou ali, se sentindo do avesso, sufocando as lágrimas que ameaçavam cair. Ele estava desesperado para entrar no casulo sob seu edredom com uma garrafa de vodca barata, para nunca mais ressurgir sóbrio de novo.

Capítulo 11

Enquanto caminhava penosamente por quase cinco quilômetros de volta para seu apartamento, Alex conversou com Zach no telefone. Ele estava suado pela humilhação, e podia sentir o cheiro de suas próprias axilas. Mas, pelo menos, disfarçou o cheiro forte do Rio Tamisa, que muitas vezes irritava os pelos do seu nariz nesta época do ano, em que os patos e gansos eram mais ativos.

— Você deveria apresentar queixa à polícia — Zach falou.

— Eu não acho que seja ilegal atingir alguém com uma bola rápida no tênis.

— Nicky ficará grata a você, no entanto. Você não se sente melhor agora que você fez uma boa ação?

Do lado de fora do portão de ferro do prédio em que morava, Alex apertou o dedo contra o interfone. — Não, eu me sinto uma merda. E mesmo assim, o bastardo pode não manter sua palavra.

— Acho que ele vai — disse Zach. — Ele tem um senso de honra. Leia ficará aliviada, também. Ela estava preocupada de perder o emprego

— Você realmente gosta dela, não é?

Zach riu timidamente. — Ela é linda.

Alex se arrastou pelo pátio ajardinado, sentindo-se feliz por seu amigo. — Eu espero que ela vá para a noite do microfone aberto, amigo, mesmo que eu tenha deixado Nicky puta.

— Eu também. Você virá tocar algumas músicas?

— Não, eu não tenho condições, esta noite, Zach. Sinto muito, você sabe que eu faço o meu melhor para apoiá-lo, mas eu preciso colocar meus pensamentos em ordem.

— Certifique-se de se manter sóbrio, por favor, você tem que estar coerente para a audiência.

— Eu sei. Zach, você acha que Nicky...

— Opa, desculpe, Alex, eu tenho que ir. Minha banda acabou de chegar, então eu vou direto para o microfone aberto. Estarei aqui às dez da manhã. Sério, não beba muito esta noite.

— Ok.

Alex abriu a porta da entrada do prédio, que imitava um estilo georgiano, subiu as escadas e entrou em seu apartamento luxuoso.

Ele fechou a porta. Silêncio.

Ele sabia que tinha a sorte de viver em um lugar tão impressionante, considerando alguns dos lugares horríveis que ele morou quando era estudante. O agente imobiliário tinha dito que este apartamento era tão brilhante, espaçoso e contemporâneo - e não era um exagero. A sala era espaçosa, a cozinha era projetada e o imóvel todo tinha vista para o pitoresco Rio Tamisa. Alex passou os primeiros dias tentando transformá-lo num lar, arrumando os armários com livros e CDs. Então, ele fechou as portas do armário e percebeu que a decoração bege e creme ainda parecia tão estéril como sempre.

Mas, mesmo que não tivesse a sua cara, pelo menos era o seu espaço - melhor do que retornar para a casa dos pais, que era para onde ele teria que voltar em um mês.

Ele olhou para o telefone, para ver se seu pai havia tentado ligar novamente. Todo dia, ele vinha evitando o esporro inevitável por não ir trabalhar em Londres, mas agora, uma reprimenda iria, pelo menos, aliviar o silêncio mortal do lugar. Mas nada.

Ele andou até a janela da sala de estar e apreciou a vista do Rio Tamisa, como se o visse pela primeira vez. As castanheiras do outro lado do banco ainda estavam nuas, mas seus botões de flor estavam desabrochando e, em um mês, estariam orgulhosamente em exibição como candelabros branco e rosa. O salgueiro-chorão parecia positivamente suicida, mas era uma vista mais agradável do que alguns tinham; Nicky provavelmente ignorava as caixas no beco atrás do *Ruby in the Dust.*

Eu me pergunto o que você está fazendo esta noite, Sra. Lawrence. Espero que sua água quente seja consertada.

Na cozinha, Alex derramou um *Jack Daniels* automaticamente. Ele se sentiu culpado, quando se lembrou da promessa que fez a Zach, mas depois do dia que ele teve, certamente, um pouco de bebida não faria mal.

Alex levou a taça para a sala, e deixou-se cair no sofá de couro. Ele estava ciente de que precisava colocar um pouco de gelo em seu olho latejante, mas ao invés disso ele ligou o aparelho de som com o controle remoto. *Highway Star* do Deep Purple explodiu pelos alto falantes, fazendo-o sorrir. Essa música sempre o fez querer dirigir rápido.

Um sentimento estranho apertava sua garganta: amanhã ele perderia sua habilitação por, pelo menos, seis meses e ele merecia. Não só tinha arruinado sua bela moto, mas também, tinha enfrentado a morte e sobrevivido. Ele não precisava estragar essa segunda chance na vida.

Seu corpo doía depois do dia de trabalho, e ele momentaneamente fantasiou um banho, depois cama. Infelizmente, ele não poderia tomar banho agora, porque o vizinho de baixo ficou chateado quando ele inundou seu teto. Ele não poderia deitar, também. Sob o edredom, a energia de um reator nuclear atingiria profundamente os seus músculos. Durante a noite, seus pensamentos o sufocavam, aparecendo como nuvens de gafanhotos, mostrando-lhe memórias de fracassos e preocupações sobre o que fazer com sua vida.

Ele permitiu que o sofá macio o envolvesse, e engoliu seu *Jack Daniels*, sentindo-se vazio, depois do que tinha acontecido com Nicky, mais cedo. Jamie deve ter pensado que ele era um idiota mesmo.

Esta sala era como uma prisão. Não, seu cérebro era como uma prisão. Ele estava andando para cima e para baixo, preso lá dentro, sem chance nenhuma de fugir.

Eu não posso simplesmente ficar aqui e me embebedar novamente.

Ele pegou o telefone e discou o número da mulher que instintivamente sabia como fazer tudo ficar melhor. Após o som de discagem, ele ouviu a voz dela com o caloroso sotaque de Essex, na outra extremidade. Ele amava o jeito que ela atendia dizendo seu número de telefone. *Ninguém mais faz isso, né?*

— Vovó, é Alex.

Pausa. Espere sua memória encontrar no arquivo a pasta "Alex".

— Oh, olá, patinho! Como você está, após seu acidente? Seu pai estava tão preocupado.

— Eu estou bem. Mas, para ser honesto, ele me deu o pontapé na bunda que eu precisava. Eu percebi que, um dia, eu vou morrer.

— Todos nós vamos, um dia, meu amor.

— Sim. Eu tinha me esquecido disso.

— Você fez o que tinha que fazer... assim como todo mundo.

Alex absorvia suas palavras, ouvindo a respiração do outro lado da linha. Ela sempre parecia compreendê-lo, não importava as coisas estranhas que ele confessasse.

— Era como se eu precisasse me proteger em uma bolha de plástico — ele disse. — Você sabe, quando eu era residente. Muitas vezes, era um alívio quando um paciente morria, depois de ter lutado por horas, atrasando o inevitável; todos nós sabendo que não havia esperança.

— Você não ficava feliz por que ele já não estava mais sofrendo, patinho?

— Eu ficava feliz por que eu poderia ir para casa. Às vezes, eu invejava as pessoas deitadas no necrotério; pelo menos eles podiam descansar o sangue.

Sua vovó riu. — Sim, amor.

Alex olhou para o copo vazio, e decidiu não encher o copo novamente até que ele desligasse o telefone.

— Como você está, vovó?

Sua voz estava entrecortada. — Oh, você sabe, não posso reclamar. E que história é essa de que você vai começar num emprego em Londres arrumado por sua mãe?

— Oh, Deus, eu realmente não quero fazer isso.

— Bem, então, você não deve fazer. Eu não sei por que os jovens têm que fazer, hoje em dia, suas vidas miseráveis. Você devia fazer o que você acha que é certo. Faça o que vai fazer você feliz. Eu sempre disse isso.

Alex não tinha certeza de como ele poderia ser feliz - esse era o problema.

Ele sorriu. — Eu conheci uma mulher incrível.

Sua vovó gargalhou. — Oh, Alex, que notícia sensacional.

— Sim, mas ela me odeia.

— Ora, vamos, por que você acha isso? Dê tempo a ela, para que vocês possam se conhecer. E um pedido de desculpas, se você for como seu pai! Ele estava sempre se metendo em problemas com sua mãe quando começaram a namorar. Mas ninguém pode odiar o meu neto favorito, não de verdade.

— Ha! Eu acho que você tem sete netos favoritos, não é?

— Oh, você sabe que eu amo todos, né? Mas você é especial, Alex. Eu sempre disse isso. Ah, eu me lembro quando você era um menininho e às vezes caía no chão, eu esperava que você fosse gritar como seus primos. Mas você só se levantava e continuava a andar, como um pequeno malandro!

— Eu fazia isso?

— Sim! Eu sempre o achei tão esperto. Você fez. Eu pensei que era sempre tão agradável. E era muito carinhoso.

Alex sentiu a culpa apertar sua garganta. — Eu sinto muito não ter procurado a senhora, ultimamente.

— Está tudo bem, amor. Eu sei que você está ocupado.

Alex colocou os pés em cima do sofá. Eles latejavam, como em seus dias na faculdade de medicina. — Eu estava pensando em você, vovó. Você era tão boa pra mim quando eu era mais novo. Eu amava ficar com você durante as férias. Eu sei que minha mãe poderia ser um pouco, humm... Então, eu queria te agradecer.

— Não seja bobo, querido. Você é o meu neto e eu te amo; era um prazer estar com você enquanto você crescia. Te ensinando como cozinhar, e mostrando-lhe como cresciam os girassóis. Você era como um girassol; tão cheio de vida, pronto para ser qualquer coisa que você quisesse.

Mas, agora, ali estava ele, enterrado nesta cela. — Eu sinto como se eu tivesse te decepcionado.

— Alex, patinho, você sofreu um choque. Experiências de quase-morte fazem isso com as pessoas; elas fazem você começar a pensar sobre o que é importante na vida. Se eu fosse você, eu faria o que faz você se sentir bem, o que você ama. Viva sua vida de acordo com os valores que te ensinei, certo? Mas faça logo, antes que seja tarde demais.

Capítulo 12

Depois de escurecer, o Café fechou e o serviço noturno começou.

Nicky tinha ficado inspirada pela decoração de um restaurante marroquino em Islington, onde ela tinha levado Jamie para comemorar o seu décimo sexto aniversário. Com a visão fresca em sua mente, ela foi a uma loja de caridade local e comprou seis almofadas enormes de chão, que ela tinha forrado com pedaços de seda doados por Lakshmi. O tecido de algodão bordado a mão ela tinha conseguido na loja próxima à delegacia. Era colorido em rosa brilhante, azul e amarelo, que ninguém mais queria, então eles tiveram seu preço bastante reduzido. E era perfeito para separar o espaço da parte de trás do *Ruby in the Dust*.

Assim que as luzes se apagavam, as velas tremeluzentes formavam sombras sedutoras sobre as paredes. A recanto na parte de trás do Café era ideal para a sessão noturna de Nicky. Discrição era uma exigência. Ela cozinhou o pão cerca de uma hora atrás, então o cheiro - combinado com o incenso de maracujá - dava ao lugar um aroma familiar. Nicky poderia fazer o que sem a música de flautas, mas era de se esperar, não é? No fim das contas, ela podia dizer que estava orgulhosa de sua criação - um ambiente exótico, um sabor da Arábia, relaxante e energizante.

Jamie tinha comentado que parecia exatamente como os bairros de harém das histórias de *Sinbad*. Mas o que ele sabia sobre clima? Nada, além dos momentos em que ele estava em um, por causa de seus hormônios adolescentes.

Ela sentou-se na posição de meio-lótus, agora vestida em suas calças de ioga e uma blusinha de veludo com pedras no decote, fingindo ouvir Brad enquanto ele está reclinado em um mar de almofadas coloridas.

Mas seus pensamentos estavam focados em Alex - que a atordoou, como uma enxaqueca, durante toda a noite. Sentia-se envergonhada por ter perdido o controle mais cedo e tê-lo chutado para fora. Nicky orgulhava-se do seu temperamento calmo, mas suas inseguranças irromperam no piloto automático - apenas por causa de algumas palavras ditas por um homem.

Um homem que fazia seu coração bater forte e desesperado como num infarto.

Ela empurrou Alex para fora de sua mente. — Então, nossas sessões ainda estão beneficiando você?

— Claro, claro — disse Brad. — Suas mãos estavam em sua melhor forma esta noite. Eu podia sentir meu corpo todo formigando!

Ela sorriu profissionalmente. Brad tinha visto anúncio no jornal local há seis meses, e eles estavam se encontrando aqui uma vez por semana desde então. Nicky não tinha certeza se Brad gostava dela, mas ela estava certa de que ela não gostava dele, mesmo nessa penumbra. Sua testa era larga e seu queixo atarracado tinha uma covinha. Ela lhe perguntou recentemente se ele já tinha tomado esteroides - ninguém poderia conseguir músculos como aqueles apenas malhando numa academia, mas ele negou. Jamie se referia a ele como Roger Ramjet[22].

Nicky sufocou seu sorriso com a zombaria de Jamie. Brad sempre gostava de conversar depois da sessão, e esta noite ele parecia ter muito a dizer - já haviam se passado dez minutos da sua hora. Mas Nicky não se importava. Ele pagava bem por algo que ela não precisava se esforçar muito para fazer.

Ela assentia com a cabeça enquanto ele falava sobre seus problemas no trabalho, ignorando o tilintar do sino acima da porta do Café - que deveria ser Jamie voltando para ajudar com o inventário.

Os passos de Jamie se aproximaram. Ele parou, e Nicky o ouviu ofegar. — Oh!

Ela virou a cabeça devagar, sabendo que não era o suspiro de seu sobrinho.

---

22 Personagem de desenho animado.

Alex.

Ele estava olhando para Brad, chocado ao ver que Nicky tinha companhia. Mas ela não iria se explicar - ela não devia nada a ele. Drag queen, imbecil! Burca!

Ela desembaraçou as pernas da posição de meio-lótus, e se levantou. — Você não viu a placa? Estamos fechados.

Alex deu um passo à frente e o cheiro de bebida o envolvia, mais forte do que nunca. A luminária revelou hematomas roxos ao redor de seu olho.

Compaixão quebrou a determinação de Nicky. — *Ach du liebe Gute...*[23] o que aconteceu com seu rosto!?

Alex franziu o cenho. — É a cara que eu nasci - não é tão ruim, né?

— Tenho certeza de que você ganharia o Mister Mundo sem nenhum problema. Mas por que você está com esse olho roxo?

— Oh. Eu tinha um jogo de tênis com um velho conhecido. Ele venceu. Olha, Nicky, eu sinto muito sobre o que eu disse anteriormente. Honestamente, eu não tive a intenção de ofendê-la.

O constrangimento atravessou o corpo de Nicky. Era inadequado ter essa conversa na frente de Brad. — Esquece isso, ok. Eu estou com um cliente.

Alex focou na decoração do ambiente. — Que tipo de cliente? O que exatamente está acontecendo aqui?

Nicky deu de ombros. — Eu preciso fazer o máximo de dinheiro que puder.

Brad colocou as mãos atrás da cabeça, reclinado presunçosamente. — Ah, mas você gosta de nossas pequenas sessões, não é, Nicky?

— Sim, é bom para trazer conforto físico para as pessoas.

— E as £70 são um bônus — disse Brad, com uma piscadela.

---

23 Oh, meu bom Deus.

O rosto de Alex transparecia todo seu horror. — Nicky, por que você não me contou sobre isso?

— Sobre o quê?

— Que as coisas estavam tão apertadas?

— Você sabe que o meu dinheiro está curto.

— Sim, mas você não tem que fazer isso. — Alex se aproximou. — Deve haver muitas outras maneiras de ganhar dinheiro extra - não há necessidade de você se humilhar assim.

Nicky assumiu que isso deveria ser o álcool falando. — Humilhar-me? Tudo o que eu estou fazendo é dar prazer com as minhas mãos.

Alex rosnou para Brad. — Homens como você me dão nojo.

— Alex!

Brad sentou-se, afrontado. — Ela faz com mulheres também, sabia? Uma colega minha ficou sorrindo por uma semana depois de ter uma sessão com os dedos vibracionais de Nicky.

O queixo de Alex caiu. Ele se virou para Nicky, esperando uma explicação.

— Eu dou alívio natural para empresários estressados. Isso não é diferente de massagem, apesar de não gostar desse nome. Na verdade, isso é muito melhor para os meus clientes do que os medicamentos que os médicos estão tão ansiosos para derramar goela abaixo deles. Sei que zombam porque não é cientificamente comprovado, mas eu não me importo com suas opiniões.

— Não é cientificamente comprovado? — Alex perguntou. — Como diabos você faria um estudo controlado duplo-cego com isso?

Brad levantou a mão. — Eu acredito que deveria estar disponível no SNS[24].

---

24 Sistema Nacional de Saúde.

Alex olhou para ele. — Oh, eu tenho certeza que você acha.

A irritação atingiu Nicky. — Eu não estou entendendo qual é o seu problema, Alex. Eu não fiz nada de imoral. Estou apenas usando o meu corpo para dar às pessoas a energia de cura do universo.

— A energia de cura do universo?

— Sim. Eu fui abençoada com uma habilidade, e eu acredito que é meu dever trazer satisfação aos meus clientes, cem por cento. Por que isso é tão difícil para você entender?

Brad riu com conhecimento de causa. — Ela até faz isso à distância, quando estou em viagens de negócios, não é mesmo, querida?

Alex estreitou os olhos. — O que, como por telefone?

— Como *sem as mãos,* se é que você me entende!

Alex se inclinou para frente de forma agressiva. — Você é um idiota patético!

Nicky foi na direção dele. — Alex, você precisa sair!

— Se você estivesse satisfeito em ser apenas um idiota como o resto de nós, mulheres como Nicky não precisariam ser exploradas. Isso é ilegal por um motivo, sabe?

O entendimento explodiu sobre a cabeça de Nicky como um ovo esmagado. *Meu Deus... ele acha que eu sou uma prostituta!*

Ela agarrou-o pelo braço e começou a forçá-lo para a porta. — Adeus, Alex. Por favor, nunca mais volte.

— Nicky, vamos lá, não se deprecie assim. Você pode ganhar dinheiro de muitas outras maneiras... não venda a sua dignidade ao primeiro filho da puta que aparece.

Nicky deixou cair o braço e olhou em seus olhos.

Alex olhou para ela, com o rosto cheio de preocupação.

Nicky permaneceu firme, recusando-se a desviar o olhar.

Alex sacudiu a cabeça, disse a Brad que ele deveria ter vergonha de si mesmo, então, felizmente, ele saiu.

Alex não se sentia tão irritado desde seus dias como médico residente. Bom, sim, David Lewis era um filho da puta, mas esse cara... O que Nicky estava fazendo? Uma mulher bonita como ela, prostituindo-se com um bastardo.

Alex marchou para longe do café, tão preso em seu discurso interno que ele passou direto por Jamie, que o chamou de volta.

— Alex!

Oh não! Jamie estava prestes a ver sua tia vendendo favores sexuais a um perder total.

Alex agarrou Jamie pelos ombros. — Você não vai lá, não é?

Jamie riu, olhando preocupado. — Sim, por que não? O que aconteceu com seu olho? Nicky não fez isso com você, né?

— Não, claro que não, mas, escute, eu não acho que ela esteja lá. Eu bati, mas ela não atendeu.

Jamie olhou para o Café. — As luzes estão acesas.

— Hum... mas eu acho que ela pode ter companhia.

— Oh, eu sei que ela está com um cliente esta noite, mas ela quer minha ajuda com o inventário.

— Você vai fazer um inventário enquanto ela está atendendo seu cliente?

— Eles devem estar terminando em um minuto.

— Você sabe sobre isso, então?

Jamie deu de ombros. — Claro. Às vezes, eu participo, se a pessoa tiver uma mente aberta. É muito divertido.

Alex olhou para ele, horrorizado.

— Eu sei que o você está pensando — Jamie disse. — Reiki parece algo realmente ultrapassado. Quer dizer, como você pode curar alguém apenas colocando as palmas das mãos em cima do seu corpo, sem sequer tocá-lo? Transferência de energia universal? Por favor! Mas isso traz dinheiro extra, então não dá pra gente reclamar.

— Reiki? — perguntou Alex.

— Sim.

Alex sentiu seu peito se apertar. — Não me diga que ela... Oh, não.

— Nicky é uma mestra de Reiki — disse Jamie. — O que você achou que ela estava fazendo?

Alex olhou profundamente nos olhos de Jamie por um segundo que pareceu durar para sempre. Em seguida, ele voltou correndo, pensando apenas em um verbo: Rastejar.

Capítulo 13

Nicky permaneceu sentada e olhando fixamente para a frente, mesmo sabendo que Alex tinha voltado. O que diabos ele queria agora? Talvez ele tivesse desenterrado outro insulto das profundezas da sua imaginação, e ele havia retornado para atirar nela. Ela respirou fundo, tentando se acalmar. Sua raiva fervia abaixo da superfície, pronta para explodir.

Alex parou um pouco além do alcance de sua visão. — Eu lhe devo um pedido de desculpas — ele disse. — Aparentemente, você é uma mestra de Reiki, não... o que eu pensava. Eu realmente sinto muito.

Nicky virou-se para olhar para ele e viu que Jamie tinha entrado também.

Ela levantou-se lentamente. — Você não só me chamou de prostituta, mas também chamou o meu cliente de... o que foi mesmo, Brad?

— Um idiota patético, eu acho — disse Brad, com um sorriso.

— Eu sinto muito — disse Alex. — Eu entendi mal o que estava acontecendo.

Nicky manteve a cabeça erguida. — Sim, acho que o Jack Daniels andou sussurrando para você de novo.

— Eu realmente sinto muito. Eu só... entendi errado e não consegui segurar minha boca novamente. Sinto muito.

— Você achou que Nicky era uma prostituta, Alex? — perguntou Jamie, parecendo se divertir.

Nicky ignorou o sobrinho e deu um passo em direção a Alex, invadindo seu espaço, na esperança de que ele se sentisse desconfortável. — Oh, Alex, eu sinto muito. Como eu posso ser tão sem compaixão?

Ele franziu o cenho. — O quê?

— Eu devia ter percebido mais cedo, mas tudo faz sentido agora... quero dizer, David disse que você era uma criança prodígio. É por isso que você tem zero de habilidade sociais... porque você é autista, não é? Ou talvez seja algo mais grave - você conseguiu escapar do *Sunshine Bus*[25]? Não se preocupe; você pode esperar aqui até que seu cuidador apareça para buscá-lo. E vamos ter certeza de que você não se coloque ou a outras pessoas em perigo, enquanto isso.

Nicky olhou intensamente para Alex, esperando que ele ficasse ofendido, assim como ela tinha ficado.

Mas em vez disso, ele sorriu. E então ele caiu na gargalhada.

Jamie sorriu, tentando segurar a risada.

Um arrepio passou pelo corpo de Nicky. No início, parecia frustração, mas depois esse arrepio forçou um sorriso em seus lábios. Ela lutou contra. — Você acha que isso é engraçado?

Alex riu. — Eu acho.

Nicky lutou contra o súbito bom humor, não querendo dar o braço a torcer. Mas as risadinhas de Alex a contaminaram, e uma onda de gargalhadas jorrou de sua boca, além de seu controle. Os andaimes em volta do seu coração entraram em colapso; ela se sentiu leve.

Brad levantou-se dos tapetes. — Eu estou contente que nós resolvemos tudo. É melhor eu ir para a academia. À mesma hora, na próxima semana, hein, querida?

— Com certeza, Brad.

Ele estendeu a mão para Alex apertar. — Sem ressentimentos. Foi um mal-entendido, eu entendo.

Alex se encolheu. — Sim.

25 Expressão usada quando se quer chamar alguém de “retardado”.

Brad fechou a porta, e Alex chamou a atenção de Jamie; então, eles riram como colegiais impertinentes.

Nicky queria estar com raiva, mas não pode evitar o sorriso. — Vocês dois têm que crescer.

Jamie olhou para seus sapatos do jeito que ele havia praticado à perfeição. — Desculpe, Nicky

— Por que você não vai lá pra frente e começa o inventário, hum?

— Sim, claro. Vou dar a vocês dois alguns instantes a sós!

Jamie desapareceu na cozinha, e Nicky, de repente, sentiu-se desconfortável em estar aqui com Alex. Ela distraidamente alisou o cabelo.

— O boiler foi consertado? — Alex perguntou.

— Sim! Os encanadores vieram no final da tarde. Algo deve ter tocado o coração de David.

— Legal, sim, deve mesmo. Olha, eu realmente sinto muito pelo que aconteceu.

Ela sorriu. — Vamos deixar isso pra lá. Foi um mal-entendido, né?

— Sim, mas, Nicky, eu só queria saber, como é que você soube?

— Como eu soube o quê?

— Sobre o meu autismo?

O queixo de Nicky caiu. — O quê?

Alex manteve o rosto sério por um momento, e então, ele deu uma risadinha. — Te peguei!

A barriga dela doeu de tanto rir. Ela não ria assim há muitos anos. As pessoas não brincavam dessa forma, com ela. E ninguém falava com ela assim. Ela se sentiu animada e esperava ser capaz de encontrar mais insultos para jogar com ele. Brincadeira, era como chamavam em Inglês.

Ela respirou fundo. — Você gostaria de um pouco de chá?

— Eu adoraria.

Ela caminhou até o outro lado do balcão, e ligou a máquina de café.

— Você realmente não acredita em Reiki e todo esse absurdo, né?

— Bom, o Reiki me ajuda a conseguir dinheiro, e eu realmente preciso.

— Mas é não comprovada pela ciência, você mesma disse.

Nicky se concentrou em encher o bule. — Sim, isso porque a energia mística não tem forma material e vibra em uma frequência muito alta para os seres humanos detectarem; assim, vocês cientistas, não conseguem encontrá-la.

— Mas como ela pode vibrar se não tem forma material? E como você sabe que ela existe, se você não pode detectá-la?

— Eu não tenho certeza. Ela só parece funcionar.

Ele se inclinou sobre o balcão. — Se funciona, então você pode curar meu olho preto, por favor? Isso está me matando.

Nicky inspecionou seu olho. Parecia realmente doloroso, pobre Alex.

— Eu posso fazer Reiki em você, se você insistir — disse ela. — Mas isso não é um truque de mágica. E, talvez, vá demorar alguns dias para aliviar a dor e curar este ferimento.

Alex riu gentilmente. — Ah, o mesmo tempo que o meu corpo precisaria para curar-se sem Reiki, você quer dizer?

Ela colocou as xícaras em seus pires. — Boa pergunta. Talvez devesse ter mais cuidado ao jogar tênis, no futuro?

— Sim — ele fez uma careta. — Hum, olha, quando eu vim aqui antes dessa confusão, foi para lhe pedir desculpas por ter dito que você parecia... er....

— Uma drag queen?

Alex cobriu o rosto com a mão - ou porque ele estava envergonhado, ou porque ele estava rindo. Nicky sentiu seu riso se formar, também.

— Ou uma modelo de passarela? — ela perguntou.

Alex baixou a mão. Ele mordeu o lábio em uma tentativa de engolir a risada, o que o fazia parecer deliciosamente bonito. — Por tudo isso. Eu sou uma idiota às vezes. Especialmente quando eu realmente gosto de alguém.

— Bem, você realmente deve gostar... er, quer dizer...

— Eu realmente gosto de você, Nicky.

Ela tamborilou suas unhas no balcão, ansiosa para entender melhor essa revelação. Ele provavelmente só quis dizer... como um amigo.

— Está tudo bem — disse ela. — Você apenas ultrapassou alguns dos meus limites, naquela hora. Vamos deixar isso pra lá. Está tudo bem. Sente-se. Você quer um pedaço de bolo?

— Oh, eu adoraria.

— Raspas de limão ou chocolate?

— Chocolate sempre.

Eles sentaram-se junto à janela, com vista para a *High Street*. Nicky observou o garfo cheio de bolo deslizar na boca de Alex, e uma pontada de paixão provocou uma cambalhota em seu coração

— Mm, Deus, é o melhor bolo de chocolate que eu já provei!

Nicky riu. — Obrigada.

O rosto de Alex se contorceu em várias expressões de prazer enquanto mastigava. Um gemido de orgasmo que ela poderia passar sem.

Seus olhos se encontraram, e Nicky se perguntou como seria a sensação de beijá-lo. Ela arrastou o olhar para longe, amaldiçoando-o por ser tão atraente.

— Nicky?

— Er ... sim?

— Eu não sou um inútil.

Ela franziu o cenho. — Claro que não.

— Sim, mas não é assim que eu sou... essa... piada. Eu vou pra casa todas as noites bêbado, porque eu estou tão cansado disso tudo. Eu não sei quem eu sou, mas eu não quero mais ser esse idiota. É tão chato. Doloroso.

Abaixo do verniz da arrogante autoconfiança de Alex, Nicky viu uma pessoa vulnerável e com medo. Mesmo que ele estivesse vestido com seu jeans e camisa amarrotada, parecia vazio e frágil. Era como ver o Superman se transformar em Clark Kent, enquanto ele ainda estava usando seu traje de super-herói.

— Bem, e por que você não para com isso? Para de brincar o tempo todo?

Alex brincou com o garfo. — Quando eu era criança, eu quase não falava com ninguém antes dos cinco anos de idade. Minha mãe ficou realmente preocupada que eu pudesse ser autista, por causa da inteligência incomum, baixa habilidade social.

— Oh, *Scheiße*[26]. Sinto muito.

Ele lhe abriu o seu lindo sorriso. — Está tudo bem, eu não sou autista. Quando Zach foi morar ao lado da minha casa, eu me abri para ele imediatamente. Mas além dele, eu realmente nunca tive muitos amigos íntimo. Eu sempre me senti como se eu fosse um pouco... estranho.

— Você não é estranho. Ouça, quando Jamie chegou para morar comigo, sentia-se assim como você está descrevendo. Ele foi diagnosticado com transtorno de déficit de atenção, mas eu sabia que na verdade ele estava sendo impertinente, porque sua mãe não sabia como lidar com ele. Eu lhe dei amor e disciplina, e este comportamento perturbador parou. Simples. Porque é que a profissão de médico é obcecada em rotular as coisas?

---

26 Merda

— Eu não sei. O TDAH[27] é um pouco polêmico, para ser honesto. Mas eu diria que é um sintoma da sociedade como um todo. Se você não é perfeito em tudo, então você tem uma doença que precisa ser curada

— É assim mesmo.

Alex engoliu outro pedaço de bolo, acompanhado dos mesmos efeitos sonoros agradáveis. — Então você é a tutora legal de Jamie? — ele questionou.

Ela sorriu com carinho. — Eu sou. Ele vive comigo desde os dez anos de idade. Eu sou apenas doze anos mais velha do que ele, e acho que esta pequena diferença de idade nos ajudou.

— O que aconteceu com seus pais?

— Minha irmã mais velha veio morar no Reino Unido quando tinha dezessete anos, e ela ficou grávida de Jamie logo depois. Ela se esforçou para ser boa mãe, mas eu me liguei a Jamie desde muito cedo. Eu não queria ficar na escola em Hamburgo, então eu mudei pra cá, sozinha, quando fiz dezesseis anos.

— Você saiu de casa aos dezesseis anos?

Nicky olhou para seu chá. — Sim, e eu estava feliz em cuidar de Jamie. Minha irmã não demorou a me passar sua tutela, e eu passei a representá-lo perante a escola, enquanto ela ficava na cama com depressão.

— Sério? E o que aconteceu com sua irmã? Jamie ainda a vê?

— Oh, sim. Ela vive em Reading[28] e eles se encontram a cada duas semanas. Eles tiveram algumas brigas, é claro, mas agora eles se dão bem.

Alex sentou-se em sua cadeira. — Bem, ele é um ótimo rapaz; você fez um ótimo trabalho.

Nicky se lembrou da discussão que teve com Jamie mais cedo, sobre o seu trabalho da escola. — Ele tem seus momentos mal criados. Mas obrigada. Eu sou extremamente orgulhosa dele.

27 Transtorno de Déficit de Atenção e Hiperatividade

28 Cidade do Reino Unido

— Você parece realmente entender as pessoas, Nicky. Alguma vez você já pensou em se tornar uma terapeuta? Melhor do que essa besteira de Reiki.

O constrangimento tingiu de vermelho o rosto de Nicky. — Eu não tenho qualificações.

— Você pode estudar, se qualificar.

— Alex, eu não tenho nenhuma qualificação. Nem mesmo um certificado de natação! A escola foi um enorme pesadelo para mim.

— Então, como você conseguiu um emprego quando você mudou pra cá?

— Eu tive sorte que o gerente na livraria me deu a oportunidade. Meu inglês era uma droga, na época! Eu morei com a minha irmã por um tempo. Então, depois que eu consegui chegar à gerência, eu aluguei o meu próprio apartamento.

— E então esse lugar?

— Sim, eu trabalhei duro. Eu não quero julgá-lo, Alex, mas eu não poderia viver às custas de outra pessoa... Nem mesmo meus pais.

Ele largou o garfo. — Eu sei. Mas eu não sei o que fazer. Eu me sinto preso. E então eu fico bêbado para calar os pensamentos.

Ela sorriu gentilmente, o encarando, decidindo que ele estava pronto para ouvir isso agora: — Então pare de ser um escravo de seus pensamentos, hum? A mente simplesmente produz pensamentos como uma fábrica produz fumaça, certo? A fumaça flui constantemente da chaminé, para, em seguida, tomar a decisão sábia: "Que pensamentos eu devo manter e quais devo desconsiderar?". Mantenha apenas aqueles que fazem você se sentir bem, e desconsidere aqueles que fazem você se sentir mal. Você pode se tornar o analista de qualidade da sua mente, né?

— Uau, Nicky, você é brilhante! Você deveria cobrar por este conselho. Eu pagaria pela sua terapia.

— Não há necessidade; você pode falar comigo quando quiser.

— Vou levá-la em algum lugar para tomarmos chá e comer bolo.

O estômago de Nicky se atou em nós com a perspectiva de ir a qualquer lugar com Alex. — Você não vai encontrar um bolo bom como este em qualquer outro lugar em Maidenhead.

— Tudo bem, então, vamos em algum lugar fora de Maidenhead.

— Quem sabe?

Eles compartilharam um sorriso.

Nicky sentiu que ele estava prestes a pressioná-la para um compromisso, então ela rapidamente mudou de assunto. — O que você acha que o juiz vai dizer amanhã, quando ver esse olho roxo?

Alex tocou a contusão. — Não parece muito bom, né?

— Eu posso mostrar-lhe como cobri-lo, se quiser. E posso emprestar-lhe um corretivo para amanhã?

— Oh, obrigado, eu agradeço mesmo.

— Com certeza. Eu vou pegar a minha bolsa de maquiagem na cozinha.

Nicky correu pelas escadas até o porão, para encontrar Jamie ajoelhado na frente do freezer industrial, contando pacotes de croissants congelados.

Ele olhou para cima. — Precisamos colocar mais croissants folheados de chocolate no próximo pedido. Como vão as coisas lá em cima?

Nicky remexeu em sua bolsa de maquiagem. — Tudo bem, o que você quer dizer?

— Você sabe o que eu quero dizer. Eu e Leia achamos que ele é perfeito para você.

— Ele certamente não é...

Ela tentou fechar o sorriso, forçando-se a não se apaixonar por aquele homem encantador.

— Eu vou subir e ver como vocês estão se comportando em um minuto — Jamie falou. — Olha lá o que vão fazer, hein, hein?

— Não seja atrevido. Lembre-se que eu tenho histórias a seu respeito, de quando você era uma criança. Se você me envergonhar, eu vou te envergonhar.

Ela bateu os cílios para seu sobrinho, e ele riu. Depois, sentindo-se animada, ela voltou para o café, para encontrar Alex olhando para o seu chá.

— Ei, achei o corretivo.

— Ótimo.

Ela se sentou na mesa instável na frente dele.

Alex virou seus olhos longe da vista do seu vestido decotado. Obrigou-se a olhar para o teto, qualquer lugar, menos lá.

Nicky colocou uma gosma bege sobre a ponta dos dedos e passou sobre a contusão.

— Levante a cabeça — disse ela, segurando-o pelo queixo.

Um sentimento de ternura inundou Alex com seu toque. O sentimento se intensificou quando ela passou o corretivo em sua pele; agradável e macio. Ele relaxou seu olhar sobre o rosto dela e estudou a geometria dos ossos, tentando descobrir o traço de cada linha esculpida. A curva suave do seu rosto e a plenitude de seus lábios se encaixavam perfeitamente com a Proporção Áurea - a matemática por trás das coisas esteticamente perfeitas. A visão de seus olhos azuis, cheios de concentração, mantinham os ombros de Alex presos na cadeira, fazendo com que as endorfinas explodissem em seu cérebro. Que encantadora, atenciosa, bonita....

— Argh! — sua cabeça recuou.

— Abra e olhe para cima.

— Mas você pode furar meu globo ocular com as unhas!

— Eu sou delicada. Confie em mim.

— Nicky, essas unhas não estão sob seu controle.

— Abra seus olhos e olhe para cima!

Ele obedeceu.

Ela voltou a sua atenção para a tarefa. — Ok, então você só precisa suavizar o creme sobre o ferimento desse jeito. É fácil. Você pode levar isso pra casa com você e praticar. Vai ficar bom.

Ela continuou a alisar o creme calmante sobre a pele. Era tão bom... como ser lambido por um gato.

— Posso dar uma sugestão? —Nicky perguntou.

— Claro.

— Você deveria parar de beber, o tempo todo, tanto álcool. É muito óbvio que você é um bebedor pesado, você sabia disso?

Uma porta enferrujada bateu no cérebro de Alex. — É mesmo?

Ela suspirou. — Eu sinto muito, mas você está sempre fedendo a bebida. Zach provavelmente está imune, mas em todos os momentos está... qual é a palavra? *Omanando* de você.

Alex lutou para responder, para defender-se contra esta humilhação. Mas tudo o que conseguiu dizer foi um murmúrio. — Deve ser por isso que John sempre diz que ele pode me achar pelo cheiro.

Nicky parou de esfregar e olhou para ele.

— A propósito, é *emanando* — Alex a corrigiu. — Caso contrário, soa como um canto budista e... er... que deu errado.

— Eu sinto muito por ter falado assim. Mas eu queria dizer-lhe para que você soubesse. Tome cuidado com si mesmo, ok?

— É... tudo bem.

Nicky pulou da mesa e colocou o corretivo na frente dele. — Se você fizer isso assim, o juiz nunca saberá que você esteve em uma briga.

Alex voltou a seu modo charmoso, da melhor forma que podia. Levantou-se, também, em uma tentativa de parar de sentir-se tão patético. Eles ficaram muito mais próximos do que jamais ficaram antes.

— Foi uma partida de tênis — disse Alex. — E obrigado.

— Por nada. Eu lhe devia uma, hm?

— Por quê?

— Por conseguir que David consertasse meu boiler.

— Mas... como você descobriu que fui eu?

Ela sorriu. — Você acabou de me dizer.

Ele gemeu. — Caramba, eu não posso acreditar que eu caí nessa!

— Nem eu, Sr. Espertinho. Este é um daqueles truques mais antigos da história.

— É o mais antigo — disse Alex. — Os antigos mesopotâmicos usavam há milhares de anos, antes que o Deus dos hebreus elaborasse os planos para a criação do universo!

Capítulo 14

Doutor Adler instruiu o menino a tirar a roupa e ficar parado no chão brilhante. Ele não foi apresentado aos seis estudantes de medicina de jaleco branco, cujos olhos devoraram seu corpo nu, enquanto ele olhava para os dedos ossudos.

Sua mãe estava sentada no canto da sala, sem fazer nada para evitar essa violação. Na verdade, ela aprovava. *Ela assinou o termo de consentimento na frente dele, traindo-o com estes médicos e explicando:* — É para o seu próprio bem.

— Nós vamos tirar algumas fotos — disse o Doutor Adler aos seus alunos. Ele olhou para a mãe do menino. — Não se preocupe, vamos tampar seus olhos; ele vai permanecer anônimo.

Sua mãe acendeu um cigarro, respirou fundo, exalou fumaça.

Uma voz distante falou: — É proibido fumar aqui dentro.

Ela apertou-o.

Doutor Adler alisou o cabelo fino. — Abra seus braços, por favor, meu jovem. Precisamos ver tudo.

— Estou com frio.

— Isso só vai demorar um pouco, então você pode se vestir.

Doutor Adler inclinou seu corpo duro na cintura e apontou uma câmera para o garoto. — Não fique tão assustado, meu jovem, esta é apenas uma lente normal - e não vai te machucar.

O menino queria atirar-se no chão, bater contra o brilho dos azulejos com os punhos ferozes; gritar. Mas ele concordou roboticamente, mostrando seu corpo pálido e ficando arrepiado.

—Agora, ponha seus braços ao lado do corpo e fique de pé como um soldado; é isso aí.

Clique. Clique. Clique.

O menino olhou para a mãe. Ela moveu os olhos cheios de lágrimas para longe dele. Por que ela estava chorando agora? Culpa? Preocupação? Humilhação?

Sua irmã tinha razão, ele era uma aberração. Sua estranheza o seguia como um mau cheiro, como uma flecha de néon, salientando o quão estranho ele era aos seus professores, aos seus amigos, aos seus pais. Para todos. Ele desejava ir para casa, mas foi-lhe dito para ficar de pé. A câmera clicou e o molestou mais uma vez.

Capítulo 15

Alex e Zach correram para a inexpressiva sala de espera do fórum, para descobrir que ela estava ocupada por um grupo de pessoas insalubres em uma das extremidades, discutindo alto entre si.

Longe da multidão, Edward acelerou o passo, mostrando uma expressão cansada no rosto. Ele havia adquirido mais alguns pontinhos cinza em seu cabelo castanho, desde que Alex o vira pela última vez. Era aquela promoção no trabalho que, finalmente, estava começando a cansá-lo, ou era culpa do seu filho rebelde?

— Alex! Onde você esteve? Você está 20 minutos atrasado - eles estão esperando por você!

— Desculpe, eu estava fazendo a minha maquiagem.

— Estou feliz que você ache que isso é divertido. Você está desprezando...

Alex tirou os óculos de sol.

Edward suspirou. — Oh meu Deus, o que aconteceu?

— Culpa de uma partida de tênis.

— Certo, é o que você diz. Ouça, a juíza principal é uma mulher da cidade. A filha dela morreu num acidente, atropelada por um motorista bêbado, há alguns anos. Deixe-me falar. Não fale a menos que ela fale com você. E não faça nenhuma de suas piadas bobas, certo?

— Ok.

— Você trouxe a sua habilitação?

Seu estômago estava retorcido. — Merda, não.

— Alex, eu lhe disse para trazê-la! Zach você pode voltar e buscá-la, por favor? É extremamente importante. Essas pessoas precisam saber que você respeita as normas - você precisa seguir as regras!

Alex deu a Zach as chaves do seu apartamento, e eles se abraçaram como se Alex estivesse indo para a cadeira elétrica. Alex desejou que Zach pudesse ficar com ele mas, pelo menos, o seu pai estaria aqui, representando-o na frente do magistrado. Era bom saber que alguém estava do seu lado.

Edward enviou uma mensagem ao secretário do tribunal, avisando que seu cliente já tinha chegado, e eles foram orientados a esperar. Edward tentou distrair Alex falando sobre o casamento iminente de seu primo, e em seguida, quinze minutos depois, Alex se arrastava para o tribunal em silêncio. Todos os olhos estavam focados nele. Três magistrados sentados em uma fileira - uma mulher no meio, ladeada por dois homens austeros. Eles estavam empoleirados no alto, atrás de uma longa mesa de pinho. Edward disse a Alex para se sentar ao lado dele, em frente aos magistrados, mas muito mais baixo do que eles. Este local foi projetado para intimidar as pessoas, e estava funcionando.

A culpa tomou Alex, como um rato em um beco. A sala rodou e seu coração batia rapidamente; ele se sentiu fora da realidade, como uma experiência fora-do-corpo. Ele foi ordenado a levantar-se, para que todos pudessem dar uma boa olhada nele. Ele cerrou os punhos suados, e achou que o ataque de pânico o tomaria e o deixaria incoerente.

A juíza pigarreou. — Antes de começar, Sr. Steele, devo avisá-lo que na minha sentença irei multar você em £200 por desobedecer ao tribunal.

— Olha, eu cheguei atrasado porque...

— Alex! — Edward sussurrou. — Não discuta com ela!

O magistrado olhou para ele. — É inaceitável que você chegue atrasado - este é um tribunal de justiça! Você precisa aprender que suas ações irresponsáveis sempre podem dar origem a consequências muito graves.

Alex sentiu-se como uma criança sendo repreendida pelo professor. De repente, ele não se importava com o dinheiro. Ele nem sequer se preocupava com a perda de sua licença. Ele só queria sair daqui. *Acabe com todas as formalidades e condene-me agora!*

— Sr. Steele, você está se sentindo bem? — perguntou o secretário.

— Eu poderia tomar um pouco de água, por favor?

Edward colocou a mão no braço de Alex. — Está tudo bem, vamos lá, se recomponha. Você só está sendo acusado de excesso de velocidade - o pior que eles vão fazer é revogar sua licença. Nada para se preocupar, certo?

— Sinto-me doente.

O secretário veio com a água. — Você pode continuar, Sr. Steele?

— Ele pode — disse Edward. — Ele está apenas um pouco nervoso.

A juíza esperou que Alex tomasse um gole de água, em seguida, ela perguntou, — Você poderia confirmar seu nome e endereço, por favor, Sr. Steele?

Com a boca seca, Alex respondeu à pergunta.

O secretário do tribunal leu as acusações contra ele. — Diz-se que na noite de quatro de abril, você dirigiu em uma via pública, onde intencionalmente ultrapassou o limite de velocidade em mais de quarenta por cento. Além disso, você voluntariamente dirigia sem o devido cuidado e atenção. Culpado ou inocente?

Alex sentiu as solas dos seus pés furarem o interior de suas meias. — Culpado.

A juíza acenou severamente. — Sente-se.

O advogado de acusação se levantou e começou a construir o caso contra Alex.

Alex não podia suportar ouvir os detalhes. A sala ficava turva conforme as palavras agrediam seus ouvidos. — ... Canteiro central... moto... destruição... inconveniente, 160 quilômetros por hora... imprudente.

Alex murchou por dentro. Era tudo verdade.

O advogado de acusação continuou. — O Sr. Steele já havia cometido duas infrações graves. Primeiro, em dois mil e doze ele foi premiado com seis pontos em sua habilitação por excesso de velocidade. E além disso, ele possui multas de estacionamento, cuja soma chega a £97 e cinquenta pence.

— Eu não entendo como meus bilhetes de estacionamento são relevantes!

A juíza lançou-lhe um olhar sério, com cenho franzido. — Sr. Steele, você precisa se acalmar, ou eu vou multa-lo por desrespeito ao tribunal novamente.

Edward foi convidado a ficar em pé e iniciou a defesa. — Os últimos três anos foram difíceis para o meu cliente. Desde a graduação da universidade, tem sido difícil para ele encontrar trabalho e ele está cada vez mais isolado de seus amigos e familiares. Ele se tornou uma concha do cidadão íntegro que já foi um dia – o que é um jeito muito triste para um jovem ser. Ele precisa de ajuda.

Alex sentiu irritação explodir dentro dele. — Eu não estou tão ruim assim!

O tribunal ficou em silêncio.

Edward olhou de boca aberta para ele. E então, voltou-se para enfrentar os magistrados. — Como vocês podem ver, ele está muito confuso e estressado. Tão confuso e estressado que parece querer sabotar suas próprias atenuações de defesa. Ele mergulhou numa espécie de depressão, e encontra muita dificuldade para ficar motivado. O ponto culminante deste esforço veio na noite de quatro de abril, quando, durante um momento de loucura, ele foi à autoestrada M4, e dirigiu de forma imprudente, em alta velocidade. Um ato pelo qual ele está verdadeiramente arrependido.

A juíza acenou para Edward se sentar, então os três juízes falaram entre si. Não demorou muito tempo para que chegassem a uma decisão.

— Por favor, levante, Sr. Steele.

Alex levantou.

— Alexander Steele, — a juíza disse — chegamos ao veredicto de que você não terá permissão para conduzir um veículo por seis meses a partir de hoje. Está multado em £200 por desrespeitar este tribunal, ao se atrasar tarde, e £50 para as custas judiciais. E você vai precisar pagar os bilhetes de estacionamento à soma de £97 e cinquenta, também. Eu não quero ver você aqui de novo. Eu sugiro que você resolva sua vida antes que seja tarde demais. Dispensado.

Capítulo 16

Alex e Edward preencheram a papelada e Alex entregou sua habilitação. Foi um alívio quando tudo acabou. Agora, ele poderia passar o resto do dia ficando bêbado e fugindo da realidade.

Zach estava esperando por eles no foyer. Ele abraçou Alex e apertou a mão de Edward.

— É melhor eu voltar ao trabalho — disse Edward. — Você vai ficar bem?

— Sim.

— Como estão as coisas na Câmara Municipal, Eddie? — perguntou Zach.

— Tudo bem, Zach, tudo bem. E no mundo da música?

Eles iniciaram uma conversa sobre o Arsenal, e Alex sentiu inveja. Por que seu pai sempre conversava com Zach como adulto, mas com ele, como um idiota?

A resposta está na pergunta, Alex...

Edward concentrou sua atenção de volta no filho. — Você deveria ouvir a juíza e tentar se manter longe de problemas, ok? Isso me assusta, pensar que, se você continuar assim, você vai parar no necrotério e não no hospital.

Alex olhou para o tapete. — Bem, eu não posso mais fazer isso, posso? Pelo menos, não por seis meses.

— Sim, eu sei, mas você precisa parar de beber. Olha, você realmente deve trabalhar com Bill na segunda-feira. É uma grande oportunidade, e ele vai dar-lhe algo para você se concentrar. Eu sei que você não quer, mas apenas pense nisso, durante o fim de semana. Eu te amo e estou preocupado com você.

Alex se sentiu como um estranho de cinco anos de idade. — Tudo bem, papai.

— Ok, você vai dar trabalhar com ele?

— Ok, eu vou pensar sobre isso.

Mas ele não queria pensar nisso. Arrastou-se até o seu apartamento, abriu uma garrafa de vinho, e sentiu o álcool acalmá-lo, enquanto escutava alguns dos seus álbuns favoritos: *The Stone Roses, The Smiths, Pink Floyd.* Qualquer coisa para lembrá-lo do quão inseguro e patético ele se tornou. Essa seria a última vez, ele decidiu, e amanhã, ele acordaria um novo homem. Ele tinha sido a lagarta, agora ele era uma grande bagunça dentro da crisálida. Amanhã ele viraria a borboleta.

Ele acordou ao meio-dia, com a cabeça latejando e o estômago enjoado, sentindo-se mais como uma mariposa monótona do que uma borboleta esvoaçante, mas já era um começo. Ele arrastou-se para fora da cama, sabendo que só havia um único lugar que ele poderia ir para seguir as ordens da juíza.

Era uma ótima desculpa para visitar a mulher que se infiltrou tão misteriosamente nos recantos da sua mente. Ele torcia pelo sucesso dela. Só de pensar nela ele se sentia em paz.

Dentro do Ruby in the Dust estava lotado - Sábado, na hora de almoço, era o período mais movimentado, aparentemente. Mas Alex ignorou o tumulto e caminhou até a linda mulher atrás do balcão. Vê-la era como beber um copo de água depois de uma ressaca. Ele sorriu.

Ela estava ocupada, preparando um pedido de cafés. Mas ela esqueceu de tudo ao seu redor, quando o viu.

Ela sorriu, com o filtro de café de metal ainda na mão. — Olá, Alex.

Ele apoiou os cotovelos no balcão. — Oi.

— Como foi ontem? Você perdeu a habilitação?

— Sim, por seis meses. Eu mereci. E eu fui multado por ser um idiota. Duzentas pratas.

— Sinto muito em ouvir isso. Eu não sabia que era contra a lei ser um idiota.

Ele sorriu para ela.

Ela sorriu também. — Você quer um café?

— Americano duplo, por favor — disse Alex. — Feito com 50% de café, mais 50% de café, e 50% de água.

Ela riu. — Cale-se.

Alex ficou sério. — Na verdade, eu gostaria de um emprego.

— Alex... nós já passamos por isso. Eu não posso ajudá-lo.

Ele pegou um avental sobressalente, que estava abaixo do balcão e o colocou. — Por favor, apenas me deixe ficar. Eu sei que você não pode me pagar, mas eu amo isso aqui. A juíza me mandou resolver a minha vida, então eu achei que hoje era um bom momento para começar.

Ela olhou para ele por um momento. — Ok. Leve esses cafés para a mesa três. E parabéns por tomar a decisão de se tornar uma pessoa melhor. Eu sei que você é capaz de fazer - agora você só precisa provar isso a si mesmo.

Capítulo 17

Nicky ficou impressionada com o quão empenhado Alex estava para provar a si mesmo que ele era capaz: ele tinha trabalhado toda a tarde de sábado, atendendo aos pedidos e fazendo os clientes rirem. Depois, ele tinha ajudado a limpar tudo, até tarde, brincando com Leia, enquanto Nicky fazia o fechamento do dia, tentando fingir que não gostava dele. E ele pareceu tão constrangido quando Leia tinha insistido em lhe dar metade de suas gorjetas - não era muito dinheiro, mas Nicky podia ver que era o gesto - o reconhecimento - que tinha tocado o coração de Alex.

Depois que a hora do rush do almoço de domingo passou, Nicky sentou-se em uma mesa, perto da frente do café, com Leia, Olivia, e Lakshmi, trocando ideias sobre marketing. A mão de Nicky estava segurando uma caneta sobre o papel, enquanto as outras três estavam distraídas pelo espetáculo sentado na parte de trás do Café. Alex tinha estado lá o dia todo, fazendo o levantamento das finanças do Café, digitando números em uma planilha, e, esporadicamente, folheando sua edição de Marketing for Dummies, que ele havia comprado em Reading, porque todas as livrarias em Maidenhead tinham fechado.

As três amigas de Nicky estavam olhando para ele, como se nunca tivesse visto um homem antes. Nicky olhou também. Alex estava franzindo a testa com uma fatura na mão, completamente alheio ao seu público. Ele mordeu o lábio, pensativo por um momento, então, depois de formar alguma ideia na cabeça, ele sorriu e fez algumas anotações.

Olivia enrugou o nariz. — Que volume fascinante que o homem tem.

— Não — disse Leia. — É só o jeito como ele está sentado!

— Eu estava falando sobre sua papelada, não daquele volume adorável apertado em sua calça.

Olivia, Leia e Lakshmi riram. Nicky suspirou e anotou uma ideia sobre a colocação de uma placa na calçada.

— Ele é tão, tão estudioso — disse Lakshmi. — Inteligente.

— Você sabe que ele é médico, né? — perguntou Leia.

Olivia suspirou. — Ele é mesmo? Nicky, sua velha raposa safada, você manteve isso em segredo!

— Ele não está trabalhando como médico — explicou disse Nicky. — Foi muito difícil para ele.

Leia olhou para ele. — Eu realmente não sabia que ele usava óculos. E você, Nicky?

— Eu o conheço apenas há alguns dias, como você.

Olivia mexeu o café com leite. — Mas tem algo acontecendo entre vocês dois, Nicky, não negue!

Nicky concordou. — Sim. Nós dois queremos fazer o meu Café lucrar.

Olivia baixou a voz. — Diga-me, como ele conseguiu esse olho roxo?

Nicky se inclinou para frente, fingindo divulgar alguma fofoca. — Partida de tênis. Desculpe desapontá-la.

Leia sorriu. — Nós todos sabemos que ele levou um soco de David Lewis para conseguir que o boiler de Nicky fosse consertado. Quer dizer, nós não vimos David, não é? Ele pode estar horrível!

— Ah, Nicky — disse Olivia. — Isso é tão heroico!

— Leia está deixando sua imaginação correr solta, e você está sendo boba em acreditar.

Olivia não respondeu. Ela estava muito ocupada assistindo Alex, como se ele fosse o Elvis.

— Ele está assim há horas — disse Leia.

Olivia mordeu o lábio. — Agora eu estou curiosa sobre seu poder de permanência em outras áreas.

Nicky rabiscou em seu bloco de notas. — Acredito que você não esteja falando do seu tempo de trabalho na área médica.

— Eu quis dizer entre os lençóis. Imaginem o garanhão resistente que ele deve ser no colchão!

Leia engasgou. — Olivia!

— Eu estou apenas expressando o que todas estão pensando.

— Então, quem tem algumas ideias para o café, hm? — perguntou Nicky.

Elas continuaram a olhar para Alex.

— Ele é muito sexy, Nicky — disse Olivia.

— Bem, por que não o convida para um encontro, então?

— Não me tente! — Olivia falou.

Lakshmi tomou um gole de chá. — Pare de provocar a pobre Nicky.

Nicky abriu a boca para informar Lakshmi que ela não ligava para o que Olivia dizia, mas ela fechou de novo, se esforçando para não ser arrastada para esta conversa de adolescentes lascivas na festa do pijama.

— E você disse que ele é um músico? — perguntou Olivia. — Um baterista?

— Sim — respondeu Leia. — Alex prometeu que tocaria pra mim, e Zach vai tocar guitarra. Podemos praticar em seu estúdio! Vai ser bem legal!

Lakshmi sorriu maternalmente. — Você gosta muito de Zach, não é?

— Eu gosto. Eu me diverti muito na noite de microfone aberto, na última quinta-feira - ele fez eu me sentir tão bem-vinda. — Leia disse em uma voz sedutora. — Estou encantada por ele e espero vê-lo de novo em breve, para que eu possa encantá-lo com chá e outras delícias!

Nicky olhou para a porta. — Oh, olá, Zach, como você está?

A expressão de Leia congelou; ela virou-se lentamente.

Não havia ninguém atrás dela.

Nicky riu, feliz por recuperar um pouco de energia. Talvez ser uma comerciante divertida como Alex fosse uma coisa boa, no final das contas.

Leia virou sua atenção para Alex. — Caramba, ele nem sequer parou para o almoço. Talvez eu devesse perguntar a ele se ele quer alguma coisa para comer.

Olivia riu automaticamente. Ela estava no tipo de humor que encontra um duplo sentido em tudo.

— Ele conhece o caminho da cozinha — disse Nicky.

— Oo, eu só penso numa coisa — disse Olivia. — Imagine o que ele pode fazer com as mãos, já que ele é médico!

— Ele não está trabalhando como médico — disse Nicky.

Nicky observou Alex tirar os óculos e colocá-los em cima da mesa. Ele esfregou a testa com as duas mãos. Era verdade, suas mãos eram adoráveis, e provavelmente eram capazes de todos os tipos de...

Alex olhou para cima e as viu olhando para ele. Então, sorriu amigavelmente. — Nicky, lembre-me de depois lhe dar uma lição de contabilidade de dupla entrada - você está realmente deixando as coisas difíceis para mim aqui.

Nicky baixou os olhos de volta para o bloco de notas. Suas bochechas ficaram vermelhas. Até Lakshmi riu.

Leia falou — E o que você conseguiu até agora, Alex?

— Muito mais do que nós conseguimos, eu acho — disse Nicky.

— Bem — disse Alex, — existem alguns lugares onde você pode definitivamente cortar gastos. Mas, realmente, precisamos divulgar mais este lugar. Devemos criar um site, fazer um folheto de propaganda, e talvez até mesmo anunciar na rádio local.

— Um anúncio de rádio certamente custa uma fortuna — disse Nicky.

Olivia bateu palmas. — É seu dia de sorte! Minha prima, Sandra, é coordenadora de produção na Maidio Rádio. Eu vou dar-lhe seu telefone; basta dizer que fui eu quem indicou.

Alex sorriu. — Obrigado, Olivia. Eu sabia que nós iríamos nos dar bem.

Ela piscou para ele. — É maravilhoso o que você está fazendo por Nicky.

Nicky percebeu que todo mundo estava esperando que ela acrescentasse algo. Ela queria dizer quão grata ela estava por sua ajuda, mas ela sabia como isso seria recebido na mente hiperativa de Olivia e Leia.

Ela se acomodou para algo mais neutro. — Eu tenho certeza que nós vamos...

O sino acima da porta tilintou, e Nicky sentiu alívio inundá-la. Ela viu que seu salvador era uma mulher fascinante. Essa mulher conseguia alcançar naturalmente o que Nicky passava horas na frente do espelho tentando fazer - e Nicky ainda não achava que era bem sucedida. Mas esta mulher irradiava sofisticação e frescor. Se Nicky era Marilyn Monroe - uma pessoa com uma aparência sem graça, se escondendo atrás de uma máscara de maquiagem e cabelo grande - a mulher era como Lauren Bacall.

Nicky se levantou. — Olá. Você gostaria de ter uma mesa?

A mulher inspecionou Nicky, como se ela não esperasse encontrar um Café ao passar por aquela porta. Parecia uma professora, colocando ordem numa classe cheia de meninas risonhas.

— Ou talvez algo para viagem? — perguntou Nicky.

— Você é Nicky Lawrence?

O complexo de inferioridade que Nicky sentia se aguçou. — Sim.

Quem é você?

— Carowyn Jones.

Nicky engasgou. — A psiquiatra?

— Você já ouviu falar de mim?

Nicky resistiu abraçar seu ídolo. — Com certeza! O conselho que você escreveu no A Child of our Making foi inestimável para mim. Eu sou guardiã do meu sobrinho, e seu comportamento era exatamente como você descreveu que o seu filho era. As coisas que você sugeriu foram... Mas, espere, como você me conhece?

Carowyn indicou algo atrás de Nicky. — Meu filho tem me contando tudo sobre você.

Nicky virou.

Alex estava olhando para sua mãe, com os olhos cheios de ódio. — O que você está fazendo aqui?

— Eu poderia te perguntar a mesma coisa, Alexander.

Nicky aproveitou a oportunidade para diminuir sua afeição crescente por Alex. — Talvez você pudesse ter me dito que sua mãe é uma psiquiatra famosa, né?

Alex caminhou para se juntar a elas. — Eu acho que eu poderia apenas lhe entregar uma cópia de um dos seus livros e dizer: "Aqui está a minha biografia. Ela vai explicar tudo a meu respeito", mas parece que você já leu.

— Alexander — Carowyn disse, — Bill Dawson está esperando que você comece a trabalhar com ele amanhã de manhã. E eu também espero que você não me decepcione.

Alex colocou a mão no quadril. — Bem, as suas expectativas vão ser seriamente frustradas, mãe. Eu nunca disse que eu iria trabalhar com Bill. Você não está mais pagando os meus cartões de crédito ou me sustentando, e eu sou velho o suficiente para decidir o que eu quero fazer para ganhar a vida. Tenho vinte e sete anos, não dezessete.

— Você não quer voltar a viver com a gente?

— Não, claro que não. Mas é isso ou viver nas ruas.

Carowyn continuou a olhar para ele.

— Certo, eu entendi — disse Alex. — Então, se eu não trabalhar com Bill, eu posso ir morar nas ruas, é isso que você quer dizer com esse olhar?

— Você sempre tem uma escolha — Carowyn disse — Eu sempre te disse isso — ela olhou para Nicky. — O que exatamente prende você aqui, Alexander? Além da loira atraente?

Constrangimento tomou o corpo de Nicky. Ela sentia-se como a nova namorada que não era boa o suficiente para qualquer filho da mãe.

— Eu disse a David Lewis que eu faria este lugar dar lucro em três meses — disse Alex. — E se eu fizer isso, ele vai acabar com as dívidas de Nicky.

— Como você é magnânimo — disse Carowyn. — E o que está ganhando pra isso?

Alex olhou nos olhos de sua mãe. — O salário mínimo.

Nicky lutou contra seu desejo de chutá-lo. — Alex, eu te disse, eu não posso me dar ao luxo de pagar...

Carowyn encolheu os ombros. — Ela disse que ela não pode se dar ao luxo de te pagar. Agora, Bill Dawson sugeriu ...

— Nicky, você vai poder se dar ao luxo de me pagar, porque nós vamos fazer um lucro enorme. Confie em mim.

As duas mulheres olharam para ele com ar de dúvida.

— Com que fundamentos? — perguntou Carowyn, com uma risada sarcástica.

Alex encarou Nicky suplicando. — Eu não vou te decepcionar.

Seu coração se apertou. — Bem, se você fizer isso, eu estou nas ruas. E Jamie, também. Não tenho pais ricos, para me ajudarem. Eu espero que você saiba disso, antes de começar a brincar com a minha vida.

— Você disse o quê? — perguntou Carowyn. — Antes dele começar a brincar com a sua vida?

— Eu não estou brincando... Olha, Nicky, eu vou conseguir o dinheiro para você, ok? Mas eu preciso que você me pague o salário mínimo para que eu possa viver. Eu já conferi suas finanças, você pode me pagar, eu prometo. Ajude-me e eu vou ajudá-la.

Ela quebrou o contato visual. Era como ser um marinheiro perdido no mar. Alex era um Siren, seduzindo-a com ofertas de conforto, estabilidade e, possivelmente, sexo - mas tudo aquilo, provavelmente, a faria ficar com o rosto molhado de lágrimas.

Alex virou-se para Carowyn. — Olha, eu entendo que não é isso que você quer para mim, mas é o que eu quero.

— Essa coisa toda é ridícula. Você teve a melhor educação que o dinheiro pode comprar.

— Eu sou grato. Mas é isso que eu quero.

— Então, você é um idiota.

— Talvez para você, mas é isso que eu quero.

Carowyn cedeu. — Vou informar Bill que não espere você, então. Mas não me decepcione... você sabe o que aconteceu da última vez que você fez.

— Sim, mas, olha só, aqui estou eu, de pé.

— Não seja estúpido, Alexander.

— Eu não sou estúpido.

Ela o olhou de cima a baixo, em busca de uma resposta. Em seguida, balançou a cabeça, virou-se e marchou de volta para a chuva.

Todo mundo relaxou.

— Você lidou com isso muito bem — disse Nicky.

Ele sorriu; o velho Alex reaparecendo. — Obrigado. Eu encontrei um livro sobre assertividade na sua estante, no outro dia, e fiz uma rápida leitura.

— Oh? Aquele monte de lixo, como você os chamou?

Ele riu. — Bem, alguns dos livros fazem sentido.

Nicky olhou para o seu lindo sorriso, e quase se desfez nele. — Você vai trabalhar aqui ganhando um salário mínimo, para que eu possa pagar David. Como você disse, você me ajuda e eu te ajudo. E, como a sua mãe disse, não me decepcione. Mas acima de tudo, não *se* decepcione.

Capítulo 18

A excitação tomou conta do corpo de Nicky quando Alex entrou no Café, no dia seguinte. Ela estava desesperada para não se sentir assim, mas ele estava começando a infiltrar-se em seus ossos. Ontem à noite, quando ela deveria estar dormindo, ela se conectou no Facebook e procurou seu perfil, simplesmente para que ela pudesse olhar para as fotos dele. Era estranho ela agir de forma tão infantil, mas de alguma forma ela se sentiu obrigada. Graças a Deus que ele se rebelou contra seus pais, e não quis o trabalho com Bill. Agora ela podia vê-lo o tempo todo. E ele parecia muito interessado em estar aqui.

Nesse momento, ele tinha um pote de tinta em uma das mãos, e seu celular pressionado contra sua orelha na outra. Ele estava envolvido em uma conversa com a pessoa na outra extremidade da linha.

Nicky esperava que ele estivesse falando com Sandra, na estação de rádio. Ele disse que iria tentar falar doce para que ela os deixasse divulgar *Ruby in the Dust* no ar, para evitar pagar por um anúncio caro. Mas soava como se ele estivesse conversando com uma gráfica, sobre folhetos. Decepcionante.

Estava morto aqui, esta tarde. Todos os frequentadores estavam por aí, vivendo suas vidas, e, cerca de uma hora atrás, Nicky sentiu como se estivesse em pé à espera de Alex chegar. Ela não queria fazer nada para incentivar esse sentimento, então ela distraiu-se, colocando um pouco de música e foi limpar atrás do balcão.

Mas, agora, ali estava ele.

Nicky observou-o pintar a mesa três e molhar o pincel no pote de tinta. Ele deu a ela uma saudação zombeteira.

Ela reprimiu um sorriso e desviou o olhar.

— Sim — disse ele ao telefone. — Se você puder nos dar aquele extra de dez por cento de desconto, com certeza, vamos fechar com você e não com a outra gráfica ... Ok, ótimo, valeu!

Ele desligou e sorriu para Nicky. — Eu acabei de negociar um desconto para os folhetos. Eu vou dar vinte pratas a Jamie, para distribuí-los.

Nicky tentou segurar seu otimismo crescente – ela sabia que seria necessário mais do que alguns folhetos para tirá-la da dívida. — Boa ideia.

Alex fez um gesto para o pote de tinta. — Gostaria de um pouco de pintura de fim de noite? Vai ser divertido.

Passar o fim de noite com ele? Oh, Deus. — Hm, sim, tudo bem.

— Zach vai trazer mais tinta, mais tarde, por isso, não se preocupe, você não vai ficar sozinha comigo.

— Estou surpresa que você foi capaz de arrastá-lo pra fora do edredom de Leia.

Alex deu uma gargalhada. — Ou, na verdade, de baixo Leia.

Eles compartilharam um sorriso. Nicky andou pelo Café para se juntar a ele. — Isso é bom. Eles estão naquela fase em que estão querendo ficar juntos a cada minuto de cada dia.

— Sim, eles estão, né?

Nicky cortou o contato com os olhos dele e pegou o pote de tinta. — Quanto lhe devo? Ou, não me diga, você conseguiu falar com alguém que deu as latas a você, de graça?

— Está tudo bem, a tinta é por minha conta.

Ela abriu a boca para agradecer-lhe, mas seu telefone tocou.

— Desculpe-me, Nicky — ele respondeu despreocupadamente: — Alex Steele falando... Oh, oi, Sandra, obrigado por ligar de volta... amanhã? Isso é maravilhoso - ela vai ficar em êxtase! Ok, obrigado, tchau!

Ele gritou.

Nicky riu com seu entusiasmo. — E agora?

— Amanhã de manhã, você vai participar do programa da manhã, da Maidio Rádio para divulgar o *Ruby in the Dust*!

— Você está falando sério?

Ele sorriu e acenou com a cabeça.

A alegria atravessou o corpo de Nicky. Ela deu um grito e, em seguida, jogou automaticamente os braços ao redor dos ombros de Alex, abraçando-o com força.

Alex estremeceu de surpresa, então passou suavemente os braços ao redor da cintura dela. Ele a puxou para perto e respirou feliz em seu ouvido. — Estou falando sério.

O cheiro de bebida velha não existia mais. Nicky respirou um agradável perfume de sabão em pó e desodorante masculino, que envolveu seu cérebro e estremeceu suas coxas.

Imaginou-se em uma dimensão diferente, dando um passo para trás e beijando-o agora. Ele iria mover a mão para sua bochecha e o beijo seria passional. Eles podiam fazer amor contra o balcão, ou no chão da cozinha. Ela poderia perder-se nele, e afundar-se numa névoa protetora de amor e luxúria.

Nicky tentou abafar o pensamento. Isto não poderia acontecer, não nesta dimensão.

Ela ficou tensa. Era estúpida em permitir que ele a tocasse assim. Ele já estava sob sua pele o suficiente, ela não precisava que ele engolisse seu corpo, também. Ela arqueou as costas e abriu seus ombros, forçando os braços de Alex abrirem. Então, ela deu um passo para trás e lançou-lhe um sorriso tenso.

Ok, só continue como se isso nunca tivesse acontecido.

— Então você conseguiu falar com a prima de Olivia, né?

— Er... Nicky...

— Você sempre parece conseguir as coisas com facilidade. Eu me pergunto como você faz isso.

Ele olhou para ela distraidamente. — Tudo o que fiz foi telefonar e perguntar se você poderia promover o café no ar. Foi simples.

— Bom trabalho, Alex, obrigada!

— Tudo bem. Ei, podemos celebrar, indo tomar chá com bolo fora de Maidenhead. Como dissemos que faríamos.

Nicky olhou para suas unhas. — Você vai comigo para a rádio, não é?

— Sim, é claro. Mas eu não vou falar no ar.

— Com certeza você vai! Você me meteu nessa.

— Eu não posso.

— Por quê?

— Eu odeio falar na frente de muitas pessoas; fico quente e tonto se as pessoas olham para mim... isso me faz sentir esmagado. Eu sei que é irracional. Eu acho que eu tenho medo de ser rejeitado, ou algo assim.

Com medo de ser rejeitado? Sim, Alex, eu também.

Nicky suavizou sua expressão, admirando-o por sua honestidade. Sua maneira de lidar com o medo era encobri-lo lidar o melhor que podia.

Ela gostaria de poder abraçá-lo novamente, para assegurar-lhe que ele era capaz de muito mais do que ele imaginava. Mas ela precisava se proteger.

Ela foi para trás do balcão. — Veja apenas como você está se sentindo, ok? Agora, que tal a sessão de pintura?

Capítulo 19

Seus joelhos tremiam como se estivesse sendo exorcizado. Este lugar era enganosamente semelhante ao estúdio de gravação de Zach, com a mesa de som, microfones, e espaço para partituras. Mas o equipamento de Zach não o reprimia. Era verdade, Alex sofria da temida síndrome da luz vermelha, quando Zach dizia "*Gravando*", o medo atingia os membros inferiores de Alex, deixando-o incapaz de se mover até que ele arrastasse seus olhos para longe da luz piscando. Mas aqui ele não estava apenas gravando uma *demo* de Zach; ele estava sendo transmitido para a nação!

Bem, ok, para Maidenhead, mas ainda assim, era muito intimidante.

As pessoas na Maidio Radio foram simpáticas e acolhedoras, até mesmo o DJ que tinha cabelo azul e piercings no nariz, sobrancelhas e lábios. Mas agora que o programa estava acontecendo ao vivo, Alex podia sentir suas coxas tremerem, e definitivamente, não do mesmo jeito que tremeu quando Nicky o tinha abraçado ontem. Ele tinha ficado tentado a dar uma chance ao *Jack Daniels*, esta manhã, enquanto olhava para o café da manhã não consumido, mas sabia que Nicky iria sentir o cheiro nele e iria encontrar aquele olhar de desdém. Ele preferia se sentir como um merda que ela encará-lo com desprezo.

Ela parecia sexy usando os fones de ouvido do estúdio, que deixavam seus cabelos bagunçados, e ela parecia bem atrás do microfone.

— Quando eu cheguei aqui, vinda da Alemanha, eu já tinha esse sonho de possuir um Café que serviria meus bolos caseiros e que tocasse boa música. Também dispomos de muitos livros de autodesenvolvimento. Nós somos uma espécie de lugar amigável, positivo.

— E como é a estrutura da loja? — o DJ perguntou.

— Bom, nós passamos por uma redecoração e gostaríamos de convidar a todos para nos visitar. Por favor, venham amanhã de manhã, às nove horas da manhã, e vocês irão desfrutar de uma xícara de cortesia de chá ou café, além de um biscoito.

— Ótimo! E, Alex, você trabalha no *Ruby in the Dust*, também. O que você acha de...?

Alex não entendeu a pergunta. Tudo o que ele conseguia ouvir era o sangue bombeando alto em seus ouvidos, como daquela vez que seu primo o tinha segurado debaixo d'água, na piscina, e ele acabou no hospital com hipóxia[29].

DJ, engenheiro de som e produtor olharam para ele. Ele podia ver vagamente o sorriso encorajador de Nicky.

Ele abafou o desejo de escapar. — Er... Eu tenho... Eu encontrei a felicidade desde que eu comecei a trabalhar com Nicky. Eu estava perdido antes de conhecê-la. E se as pessoas forem ao *Ruby in the Dust* amanhã, Nicky irá dizer-lhes o segredo da felicidade, também. Isso é uma promessa.

O sorriso de Nicky desapareceu. Seu olhar desafiou-o a explicar-se. Mas já era tarde demais.

— Bem, obrigado, Alex — disse o DJ. — Então, a mensagem é, vá até o *Ruby in the Dust* amanhã de manhã, para ganhar uma xícara de chá, grátis, e você irá descobrir o segredo da felicidade! E agora vamos falar com Asif, que tem as notícias do trânsito.

---

29 Baixo oxigênio nos tecidos do corpo.

Capítulo 20

Leia destrancou a porta e colocou a cabeça para fora.

Ela se voltou para dentro. — Eu diria que há cerca de cinquenta.

— Deus — Alex disse: — eu nem imaginava que tantas pessoas ouviam a Maidio Radio.

— Basta uma pessoa postar no Facebook — disse Leia, com uma risada.

— É melhor deixá-los entrar — disse Nicky.

Leia abriu a porta. — A imprensa está lá fora, também, a propósito.

— Perfeito! — disse Alex. — Uma excelente oportunidade para você divulgar *Ruby in the Dust*!

A multidão começou a entrar. Todos os tipos demográficos estavam representados: homens, mulheres, jovens, velhos, todas as raças, ricos e menos abastados. Todos em busca de chá, biscoito, e o segredo da felicidade.

— O que vamos fazer com eles? — perguntou Nicky. — Não há espaço suficiente.

— Deixe-os entrar — disse Alex. — Eles vão ganhar um biscoito só! Se continuar assim, você vai dar a Leia uma promoção e um aumento de salário - você vai precisar se concentrar em ser a gerente, agora, não uma garçonete. Contrate alguns temporários para a semana e mais funcionários fixos.

A pressão sobre os ombros de Nicky parecia como tortura medieval. — Isso está fora do meu alcance.

Alex tomou-lhe as mãos. — Seja você mesma. Relaxe, respire, e diga-lhes o segredo da felicidade. Isso é tudo o que eles querem.

Ela arrancou as mãos dela. — Mas eu não sei o que é!

— Sim, você sabe. Basta dizer-lhes o que você me disse, sobre como estamos sempre procurando a felicidade no lugar errado, por isso tentamos nos distrair com, você sabe... distrações.

— Eu vou dizer-lhes a verdade — ela virou-se para enfrentar a multidão. — Obrigada a todos por terem vindo! Há uma xícara de chá de cortesia para todos vocês, se você é uma pessoa de chá. Se não, há também café.

Ela olhou para Alex e sorriu – aquela era uma piada entre eles.

— Olha, pessoal, — disse Nicky — eu sei que Alex disse ontem na rádio que eu poderia dizer-lhes o segredo da felicidade, mas eu não sou uma especialista no assunto. Tudo o que faço é tentar manter a mente tranquila, e as relações pacíficas, sempre que eu fico chateada. Para mim, é o que me ajuda a ficar tranquila nesta situação. E é isso.

Cinquenta rostos inexpressivos olharam para ela. Ninguém disse uma palavra. Os batimentos cardíacos de Nicky estavam enlouquecidos durante aqueles segundos sufocantes. Sentia-se como um dos relógios derretidos na obra A Persistência da Memória, de Salvador Dalí. Ela coalhou por dentro, como leite rançoso.

Uma mulher com cabelo encaracolado cruzou os braços sobre a sua túnica cor de rosa. — Mas nos foi prometido o segredo da felicidade.

— Sim — algumas outras pessoas murmuraram.

— Certo — disse Nicky. — Ok. Bem, quando foi a última vez que você se sentiu feliz?

A mulher apontou para si mesma. — Eu?

— Sim.

— Er... Bem, acho que foi no último domingo. O meu marido tinha levado as crianças ao parque, e eu estava sentada no Jardim de Inverno com uma xícara de chá. Foi muito tranquilo.

Um homem de terno assentiu. — Sim, eu adoro sentar em silêncio assim, apenas para me sentir vivo. É bom.

— É verdade — disse a mulher. — Então, meu marido e as crianças voltaram do parque e eu fiz o almoço. Eu me senti muito tranquila. Feliz por estar com aqueles que eu amo.

— Bom — disse Nicky. — Bem, é só fazer coisas desse tipo com mais frequência, se é isso que faz você se sentir bem.

Um homem mais velho, com uma barba branca perguntou: — Só isso?

— Bem, sim, e...

Todos eles se inclinaram para frente, esperando a próxima instrução.

— E não fazer coisas que os aborreçam muito.

Um homem com o rosto cheio de sardas, por volta dos seus vinte anos, levantou a mão. — Fiquei feliz ontem quando eu e um colega não conseguíamos parar de rir no trabalho. Não era nada demais, na verdade era algo bem estúpido. E isso tornou ainda mais engraçado, porque os figurões estavam na empresa, de modo que nós estávamos tentando nos comportar, mas... você sabe.

O homem riu com a lembrança, e algumas outras pessoas também riram.

— É bom rir — disse Nicky. — É bom saber que você está fazendo outras pessoas felizes. E, definitivamente, não tente perturbar outras pessoas de propósito – isso me deixa miserável.

Alex deu um passo adiante. — Quando você esteve feliz pela última vez, Nicky?

— Oh. Bem, eu estou feliz agora, na verdade. É maravilhoso estar aqui com você.

Ela segurou o contato visual com Alex por muito mais tempo do que pretendia. Ele sorriu carinhosamente, então ela voltou o olhar para os outros. — Todos vocês, quero dizer. É bom falar sobre o que nos deixa felizes. Isso faz com que eu me sinta feliz.

Nicky sorriu para a multidão, e a maioria sorriu de volta.

— Espero que isso seja útil, pelo menos um pouco.

A mulher da túnica rosa levantou ambas as mãos na altura do peito e começou a batê-las, fazendo um som de aplauso. Então ela levantou as mãos para o alto, e bateu novamente. Nicky achou que ela estava batendo palmas devagar, de forma irônica.

Mas ela não estava. A mulher estava batendo palmas intensamente para Nicky - era o cérebro de Nicky que estava demorando a processar as ações. Seu cérebro se sacudiu e ela notou que a multidão se juntou nos aplausos.

Alex batia palmas, sorrindo com orgulho.

— Nicky — chamou o homem sardento — ontem, na rádio, você mencionou a meditação. Você pode nos dizer mais sobre isso?

Nicky olhou para Alex de novo, mas ele foi para trás do balcão com Leia, e eles estavam trabalhando nos chás.

— ...Porque parece que é calmante — o homem sardento estava dizendo. — Uma amiga no trabalho medita, e ela é mega descontraída.

— Que livros você recomendaria para um iniciante? — perguntou uma jovem mãe.

Nicky levantou as mãos para acalmá-los. — Eu vou responder a todas estas perguntas. Mas, por favor, um de cada vez.

Uma mulher com cabelo trançado tirou um bloco da bolsa. — Eu preciso te perguntar uma coisa importante.

Nicky sorriu amigavelmente. — Essas pessoas estavam perguntando primeiro.

— Sim, eu sei — disse a mulher. — Mas o meu nome é Amber Adeyemi. Eu sou do *Maidenhead Chronicle*, e eu amei o que você acabou de dizer. Você vai nos permitir fazer um artigo sobre você, para o jornal?

Capítulo 21

Alex descansou as mãos sobre as coxas, saboreando a serenidade que parecia um espiral dentro dele, enquanto ele andava de bicicleta pela estrada do rio para a cidade. Zach tinha ensinado a ele a andar de bicicleta sem as mãos aos oito anos - quando os dois voaram pelo balão de retorno da rua sem saída, com os braços abertos como águias, desafiando um ao outro para ir mais e mais rápido. A ludicidade dentro de Alex tentou induzi-lo a abrir seus braços agora, mas ele pensou que era melhor não distrair os motoristas que vinham atrás dele. Um sorriso apareceu nos cantos da sua boca. Era culpa dele que o fluxo constante de carros não poderia passar de 20 quilômetros por hora, por ele. Alex sentia pena dos motoristas enfiados nessas caixas de metal quente, num dia como hoje. Eles estavam perdendo a brisa exuberante, que transportava os aromas de verão diretamente para a parte do cérebro de Alex rotulada como *"Diversão da Infância"*.

Graças ao artigo de página inteira no jornal da cidade, há seis semanas, *Ruby in the Dust* nunca tinha estado tão cheio, e graças a Nicky, Alex nunca se sentiu tão em sintonia consigo mesmo. A prática diária da ioga já tinha substituído o antigo hábito noturno de desmoronar em um estupor induzido por *Jack Daniels* no sofá. Ele ainda tomava algumas cervejas no bar com Zach, depois do trabalho, mas, em geral, ele estava tão ocupado, que não tinha tempo para beber em excesso.

Quando ele se mudou de volta para a casa dos seus pais, há três semanas, ele havia ficado surpreso ao descobrir que eles não tinham mudado nada no seu quarto, desde que ele tinha ido para a universidade. Os cartazes de *Ferraris* e motos ainda estavam presos às paredes, bem como o de Ripley do filme *Alien*, que Zach lhe deu quando tinha onze anos. Seu primeiro violão estava guardado na case, inclinando-se contra a janela, e ao lado dele, estava o telescópio coberto de poeira, ainda apontando para a bela vista do jardim.

Na verdade, foi mais fácil viver com Carowyn do que ele esperava: ele ficava fora do caminho dela, e era o mais educado possível quando os seus caminhos se cruzavam. Além do mais, ele passava a maior parte de seu tempo no *Ruby in the Dust*. Era a sua missão manter a continuidade desse sucesso, e, é claro, conseguir o dinheiro para David, então Nicky evitaria o despejo.

Seguindo as sugestões implacáveis de Alex sobre fornecedores e orçamento, Nicky agora tinha recursos para pagar um auxiliar de cozinha para lavar a louça e ajudar nos dias atarefados. Leia tinha sido promovida a supervisora, e Nicky havia contratado mais dois funcionários, por isso, tudo o que ela tinha que fazer era focar em cozinhar e nas decisões executivas.

Como Alex entraria mais tarde, hoje, ele passou a manhã andando de bicicleta pelos parques empresariais, distribuindo folhetos do Café - que incluía um cupom de uma xícara de chá grátis. Mas agora que a conversa telefônica abrupta que ele teve com sua mãe acabou, ele precisava, urgentemente, falar com Nicky. E ele precisava que estivesse tudo certo; qualquer potencial relacionamento romântico com ela dependeria dessa conversa.

Ele jogou sua bicicleta contra a janela da frente, sabendo que Nicky diria a ele para tirá-la dali se ela a visse. Ele tiraria em um minuto, mas isso era importante.

Ele empurrou a porta aberta e a vibração movimentada o atingiu. Ele sorriu. Foi como chegar elegantemente atrasado para a sua própria festa, quando ela já estava em pleno andamento. Cada cadeira estava ocupada, e alguns clientes ainda estavam felizes em ficar em pé. As estantes na parte de trás estavam cercadas por pessoas ansiosas para saber mais sobre autodesenvolvimento, e a fila para o delivery ia até a entrada, como sempre. A música estava abafada pelas vozes conversando, o que era uma pena, porque Leia tinha um gosto brilhante, mas Alex sabia que eles seriam capazes de apreciá-lo mais tarde, quando fosse limpar o local juntos, quando a loucura do dia acabasse.

Leia estava à frente da fila do delivery. — Bom dia, Alex!

— E aí?!

Uma das novas garçonetes, uma jovem mulher baixinha chamada

Cathy, olhou para cima, de onde ela estava atendendo a um pedido. — Alex, você pode correr até a Waitrose[30], por favor? Estamos ficando sem leite de novo.

— Mas não tivemos uma entrega esta manhã?

— Sim, mas estamos muito ocupados, caso você não tenha notado.

— Ok, eu vou em um segundo.

Patrick levantou-se. Ele estava usando seus suspensórios favoritos e gravata borboleta. — Eu passei na segunda entrevista do trabalho que eu queria!

Alex apertou sua mão. — Brilhante, companheiro. Escute, eu posso falar com você sobre isso depois? Estou com um pouco de pressa.

Alex se virou e viu que John estava sorrindo para ele na mesa quatro. Mesmo seu sorriso sincero parecia sarcástico.

— Lá está ele: o menino prodígio! Zach nos mostrou o seu plano de marketing para o estúdio. Deve manter o gerente do banco feliz por mais um ano - vivas para isso!

Zach sorriu com orgulho. — Alex é um gênio, eu sempre disse a você.

Alex abriu a boca para responder, mas um cliente regular, Jean, puxou a manga da sua blusa, de onde estava sentada. Alex se preparou. Ontem seus olhos estavam vidrados quando ele listou todas as coisas que tinha acabado de comprar na B&Q[31] - uma nova capa para o mobiliário do jardim, seis novas toalhas de mesa, uma mangueira de gás para substituir a antiga da churrasqueira, dois potes de tinta de exterior com secagem rápida, e um pacote de buchas.

— Você já viu Nicky? — perguntou Jean.

— Não, Jean, eu acabei de entrar pela porta.

— Diga a ela que eu quero falar com ela, ok? Timmy está jogando de novo. Toda vez que eu peço a ele...

---

30 Cadeia de supermercados Britânica.

31 Loja varejista de coisas para o lar.

— Sim, com certeza.

Jean baixou a voz. — A propósito, Alex, eu tenho essa estranha erupção se desenvolvendo no meu peito.

— Er ... sério?

— Sim. Agora, diga-me, ela tem a ver com esses furúnculos no meu pescoço?

Alex olhou ao redor do café. — Quem te disse que eu era médico?

— Leia.

— Oh, pelo amor de Deus. Ouça, Jean, posso investigar suas doenças depois que eu falar com Nicky, por favor?

— Bem, não se esqueça de mim, porque há também esse barulho engraçado clicando em meu queixo quando eu falo. É uma preocupação.

— Bem, tente não falar e eu volto para vê-lo daqui a pouco.

Alex se afastou e quase atropelou Cathy, que agora estava ocupada com os cafés.

— Jean já me pediu para chamar Nicky. Eu disse que iria, mas ela está ocupada.

— Onde ela está?

— Cozinha.

— Certo, obrigado.

— Estamos desesperados por leite, Alex!

Ele correu para longe do caos, e encontrou Nicky passando manteiga nos pãezinhos que estavam na bancada cromada de trabalho, ao lado de Bob, o assistente - que estava vestido com seu uniforme branco de Chef de cozinha e avental quadriculado. Eles estavam ouvindo os Rolling Stones, e Nicky estava no meio de uma gargalhada quase histérica. A alegria cintilava pelo corpo de Alex ao ver sua aparência tão livre.

Ela notou-o e sorriu. — Olá, garoto. Como foi a distribuição folhetos? Você visitou o prédio de David? — Ela riu maliciosamente.

Alex se preparou. — Nicky, eu preciso que você vá a um encontro comigo em Londres, amanhã.

Nicky olhou para ele sem expressão. — Bem, já que você pediu tão gentilmente, como uma garota poderia recusar? O que você acha, Bob? Podemos fechar o Café amanhã, não é? Você levaria esses pães lá pra cima, por favor, Alex?

— Nicky, estou falando sério.

— Não posso sair num encontro com você. Eu sou sua empregadora.

— Não é esse tipo de encontro. Eu só preciso que você seja a minha acompanhante. É para o lançamento do livro da minha mãe, em Kensington. Ela me falou sobre isso há muito tempo, mas eu esqueci. Ela vai me matar se eu aparecer com Zach novamente - ela vai dizer que eu não me esforcei. Por favor?

— Bem, você sabe, eu adoraria ajudar, mas amanhã é o aniversário de 18 anos de Jamie.

— Ele está passando o fim de semana com a mãe dele. Por sua insistência.

— Mas, ainda assim... ele está no meio de seus exames finais. Ele pode precisar de mim.

— Nicky, ***eu*** preciso de você. Jamie pode telefonar se alguma coisa acontecer.

— Não, Alex, não posso. Pergunte a Leia, ok? Ela gosta desse tipo de coisa.

— Não acredito que Zach iria gostar se eu convidasse sua namorada para um encontro, independentemente de quão inocente esse encontro será. Eu gostaria que você fizesse isso, por favor, Nicky.

— Qual é o problema com sua audição? Eu estou dizendo que não, mas você ainda está perguntando.

Alex olhou para Bob, mas decidiu contar a verdade a ela. Bem, talvez não a verdade verdadeira, que seria: *"Eu quero estar perto de você a cada segundo, de cada dia. Por favor, saia comigo, e então, diga que você vai ser minha namorada"*. Então, ele optou por uma meia verdade.

— Tudo o que eu sempre quis é que a minha mãe demonstrasse um pouco de respeito por mim, mas...

— Então você precisa respeitar a si mesmo.

— Eu sei, e eu estou começando a aprender a me respeitar. Mas a minha mãe pensa que eu sou um perdedor, e, sim, eu sei que todas as evidências apontam para isso, desde que deixei a faculdade, mas agora eu estou me reconectando comigo mesmo. Com a sua ajuda. E eu preciso de sua ajuda com isso também. Você não tem que fazer nada, basta vir para Londres comigo, amanhã à tarde, estar linda como sempre, e ter uma noite divertida. Minha mãe vai falar por quinze minutos, só para satisfazer sua editora, e depois vai ser como uma recepção de casamento. Haverá uma banda de jazz, para que possamos dançar a noite toda. Nós trabalhamos duro; merecemos nos divertir. E podemos pegar o trem para que você não tenha nem que se preocupar com a condução. Por favor, Nicky.

Ela gemeu mal humorada. — Oh, pelo amor de Deus, qualquer coisa pra você ficar quieto.

O alívio tomou o corpo de Alex. — Obrigado. Nós vamos passar a noite no hotel onde o lançamento do livro vai acontecer, certo?

Ela estreitou os olhos. — O quê?

— Quartos separados, obviamente!

Capítulo 22

Alex estava sempre encantado por ver Nicky presente, toda semana, na noite de microfone aberto de Zach. Ela justificava sua presença dizendo que estava ali para apoiar Leia, mas Leia passava o tempo encantando os frequentadores com seus talentos musicais, e babando sobre Zach - que ficava igualmente feliz em babar de volta. Com o passar do tempo, isso havia funcionado em favor de Alex, porque ele conseguia socializar com Nicky, conversando com ela sobre filosofia, política, música e, é claro, *Ruby in the Dust*. Parecia que eles tinham muito em comum.

Mas, enquanto caminhavam pèlo longo corredor com tapete vermelho, agora, Alex percebeu que ele nunca socializou com Nicky sozinho. Eles, certamente, não estavam sozinhos no trem lotado de Maidenhead para Paddington agora, embora eles tivessem ignorado seus companheiros de viagem. A viagem de 40 minutos tinha passado muito rápido, já que eles conversaram alegremente por todo o caminho. Para alguém que só estava fazendo isso para que Alex ficasse quieto, Nicky estava com um excelente humor. Infelizmente ele teria que dividi-la com uma companhia indesejada um pouco mais: o porteiro estava se arrastando atrás deles, levando a mala dos dois. O porteiro estava vestido com um uniforme cinza, que claramente tinha sido escolhido para coincidir com a sua personalidade, ou melhor, a falta dela. Ele passou toda a viagem do hall de entrada até que o elevador chegasse neste andar, despejando sobre eles os regulamentos de incêndio. Alex tinha certeza que ele já saberia o que fazer se o prédio ficasse em chamas, e não era muito complicado.

— Aqui é o seu quarto, senhora — disse o porteiro. — Senhor, o seu é o do outro lado.

Nicky olhou com admiração para as portas douradas. — Até a porta é elegante.

— Feche os olhos — disse Alex. — Vai ficar mais emocionante!

Ela lançou-lhe um olhar cético, mas atendeu o seu pedido. Os cílios postiços fecharam como persianas de penas.

Alex colocou a mão em seu ombro para guiá-la, e, quando ela entrelaçou os dedos nos dele, ele ficou impressionado com seu toque. Ele ansiava por ficar assim para sempre, se dissolvendo nela.

Mas o porteiro, provavelmente, acharia aquilo um pouco estranho.

— Você pode abrir a porta por favor, companheiro? — perguntou Alex.

A expressão do porteiro permaneceu cinza, mas ele fez o que lhe foi pedido.

— Dê dois passos para a frente — disse Alex.

— Espero que não tenha nada horrível aí dentro — disse Nicky, quando ela atravessou o limiar da porta.

— Eu acho que não — disse Alex.

Ele estava familiarizado com os gostos opulentos de sua mãe, mas isso era como voltar 200 anos atrás, para o tipo de boudoir[32] que Maria Antonieta deveria ter sido acostumada. Detalhes em ouro dominavam o teto abobadado, as paredes eram decoradas com painéis em relevo, e um aparador antigo arrogantemente ladeado por dois dos sofás mais estranhos que Alex já tinha visto.

— Você pode abrir seus olhos, bela dama.

Nicky não disse nada por alguns segundos. — Das ist[33].... Uau.

A alegria dos últimos dias encheu o peito de Alex. Ele queria que Nicky fosse feliz, e ela parecia feliz, naquele momento.

---

32 Termo de origem francesa que significa quarto de vestir

33 Isso é, em alemão

Ele dispensou o porteiro, e então riu - Nicky ainda estava olhando em estado de choque.

— Bem-vinda ao seu palácio, princesa Nicky.

Ela franziu o cenho para ele. — Onde está a cama?

— Acho que naquele canto. Depois do arco.

— Este quarto é maior do que o meu apartamento.

— Minha mãe tem um gosto caro. Você está se sentindo bem?

— Posso pegar um copo de água?

— Claro. Ou você prefere um pouco de chá e bolo?

Seu rosto permaneceu inexpressivo. — Isso é uma pegadinha?

Ele caminhou até a mesa do café, onde ele tinha solicitado que o chá da tarde estivesse esperando por eles. E parecia tão bom quanto ele esperava: um conjunto de prata de chá, cupcakes coloridos e um enorme buquê de rosas amarelas.

Ele estendeu as mãos como um mágico. — Dahh Da!

— Alex... você...?

— Pra você. Eu devia a você chá e bolo, e você disse que deveríamos tomá-lo fora de Maidenhead.

O olhar grato de Nicky atingiu seu cérebro como uma supernova[34], fazendo com que ele visse estrelas.

Sentaram-se um diante um do outro nos sofás luxuosos – a quilômetros e quilômetros de distância dos assentos de tubo ultrapassados em que eles estiveram empoleirados há 15 minutos atrás.

Alex serviu o chá. — Depois que você se instalar, vou levar você para

34 Nome dado a corpos celestes surgidos após as explosões de estrelas com mais de 10 massas solares, que produzem objetos extremamente brilhantes, que declinam até se tornarem invisíveis, após algumas semanas ou meses.

fazer compras em Oxford Street, para compramos algumas roupas para esta noite.

— Eu tenho roupas para esta noite.

— Mas eu quero mimá-la. E eu vou comprar uma camisa nova. Vamos, vai ser divertido.

— Não é necessário.

— Eu sei, mas eu quero. Para agradecer por você ter vindo.

Ela relaxou. — Ok.

Alex levantou a xícara de chá. — Saúde!

Nicky riu e eles brindaram suas xícaras sob a mesa de café.

— Mmm, Chá assamês! — disse ela. — Meu favorito.

Alex cambaleou com sua presença mágica. Mas, em seguida, a tensão o tomou novamente, lembrando-o do que ele precisava dizer.

— Nicky, tem só mais uma coisa que eu... Eu tenho um pedido.

Ela baixou a xícara de chá. — Sim?

— Bem, você estaria disposta a usar menos maquiagem, hoje à noite? E tirar os apliques do cabelo? Só por esta noite, para que você pareça mais natural?

Ela olhou para ele por alguns incômodos segundos. — Para parecer menos como uma drag queen, você quer dizer?

— Não. Só mais como você. Você é linda e você não precisa de toda essa maquiagem de merda. Você me ajudou com a bebida; com tudo... a minha autoestima. Agora, eu quero te ajudar com isso.

— Para que eu não envergonhe você?

O coração de Alex apertou. — Estou orgulhoso de estar com você, seja lá o que você decida usar. Mas eu quero que você esteja orgulhosa de si mesma, sem qualquer "armadura". Eu não sei como dizer isso educadamente, mas você sabia que o seu pó facial é sempre muito óbvio, como eu sempre costumava cheirar a bebida? Mas você não precisa disso, a não ser que sua pele seja verde ou algo assim.

Ela levantou os olhos para encontrar os dele, parecendo uma criança corajosa. — Minha pele não é verde. Ok, talvez eu experimente enquanto você estiver tomando banho, mais tarde.

— Eu normalmente tomo banho sozinho, mas se você insistir...

Nicky riu e chamou-o de idiota, o que Alex achou que era um bom sinal.

Capítulo 23

Após a tarde de compras e uma pizza no Soho, Nicky voltou para sua suíte e tomou uma ducha revigorante no banheiro mais luxurioso que ela já tinha visto. Os pisos de mármore e o toalheiro aquecido eram impressionantes, mas as torneiras de latão ornamentais eram pura ostentação. Ela lavou o cabelo na banheira branca brilhante, em seguida, sentou-se em frente ao espelho da penteadeira, com sua bolsa de maquiagem. Seu reflexo a deprimia: uma pessoa andrógina, fazendo-a sentir-se exatamente como as mechas de cabelo que ela tinha acabado de tirar do ralo com as unhas. Independentemente do que Alex dizia, o trabalho era necessário.

Ela olhou para a roupa que estava pendurada na porta guarda-roupa. Uma coisa ela tinha que admitir a respeito dele: ele tinha um bom olho para estilo.

Era um mistério, no entanto, por que Alex era sempre tão gentil com ela. O que será que ele queria? Ou talvez ele só não tivesse percebido que ela não era a pessoa que ela fingia ser – não tinha notado a fraude que ela era. Ela sabia que estava bem superficialmente, mas no fundo ela era falha. Ela nunca seria boa o suficiente para um homem tão maravilhoso como Alex. Isso só poderia acabar em desastre quando ele descobrisse a verdade.

Ela pegou o pente, e passou por seu cabelo úmido, querendo saber como arrumá-lo sem colocar do jeito habitual, com as extensões de cabelo, e dando volume com mousse. Após algumas tentativas, ela decidiu torcê-lo para um lado e prendê-lo em um rabo de cavalo baixo, que parecia sofisticado e glamouroso. Então, ela começou a fazer a maquiagem, tendo o cuidado de só usar o mais sutil dos tons. Porém, ela não podia ficar sem seus cílios postiços e delineador preto. Alex teria que aceitá-los, ou ela se recusaria a sair deste quarto.

Quando Alex ouviu a batida na porta, ele achou que era Nicky, então ele se preparou para dizer que ela estava linda. Mas a confusão abalou seu cérebro quando ele percebeu que não era Nicky, e sim uma elegante mulher loira que estava na porta, vestindo as roupas que ele tinha comprado para Nicky mais cedo...

— Nicky, uau... eu não a reconheci.

— Não precisa puxar meu saco, está tudo bem.

— Não, é claro, não devo lhe fazer elogios — ele estendeu a mão e apertou a dela vigorosamente. — Olá, Nicky Lawrence, estou contente por finalmente conhecê-la.

Ela riu, puxando a mão. — Pare com isso. Estou me sentindo nua sem meu pó facial e meu cabelo grande. Não sou eu. Ou melhor, sou eu. Isso é tudo o que eu sou.

— Você está linda. Elegante. Glamourosa.

— *Danke*[35] — ela mordeu o lábio. — Na verdade, tenho um certo problema que estou precisando de sua ajuda.

— Oh sim?

Ela levantou as mãos à altura dos ombros, com as palmas viradas para ela mesma.

Alex deu uma gargalhada. Nicky tinha aparado com sucesso as unhas da mão esquerda em um tamanho razoável, mas as unhas da mão direita ainda estavam num comprimento arriscado para seu globo ocular, como de costume.

— Eu não sou boa com a tesoura na mão esquerda — explicou ela.

— Venha. Eu vou te mostrar as minhas habilidades de cirurgião.

---

35 Obrigada, em alemão.

Dentro da sua suíte, Nicky sentou-se no sofá, e Alex se abaixou na frente dela, na mesa de café. Ele pegou os dedos nos seus e cortou as unhas com a tesoura.

— Há quanto tempo você tinha essas unhas longas?

— Anos; antes de Jamie vir morar comigo. Eles eram reais, não eram postiças.

— Você está sendo corajosa em cortá-las — ele olhou para cima. — Você realmente está linda, sem todas aquelas coisas em sua pele. Você deve jogar fora o seu pó facial. E todos os outros apetrechos. E ser você mesma.

— Obrigada — ela levantou os olhos para o teto e Alex viu que ela tinha lágrimas nos olhos. — Scheiße, minha maquiagem vai borrar.

— Eu não queria incomodá-la.

— Estou me sentindo emocional por causa do aniversário de dezoito anos de Jamie. Eu passei por tantos relatórios e interrogatórios para me tornar sua guardiã, e agora ele se foi, assim como isso.

Alex continuou aparando as unhas. — Você falou com ele?

— Com certeza. Ele está se divertindo com sua mãe – eles irão jantar, mais tarde. É estranho pra mim. Eu dei muito amor para ele, certificando-me que ele tivesse tudo, mas agora eu sou apenas sua tia.

Alex fez uma pausa com a tesoura presa em seu dedo. — Você pode ter seus próprios filhos. Você só tem vinte e nove anos. Tem tempo de sobra.

Ela não respondeu. Alex olhou para cima.

— Eu não posso ter filhos — disse ela.

Uma pontada de decepção deu um nó na garganta de Alex. Ele sempre quis ter uma família, e, recentemente, ele estava esperando que Nicky pudesse ser parte disso.

Ele tentou afastar a decepção, pensando em outras alternativas. Ok:

adaptar, adotar e melhorar[36].

— Eu sempre gostei da ideia de adotar — disse ele. — Diminuir o acúmulo de crianças que precisam de uma família amorosa antes de trazer mais para o mundo

Nicky riu. — Talvez você esteja certo — ela inspecionou as unhas. — Não foi um trabalho ruim. Se a sua carreira no setor de alimentos não der certo, você pode sempre tentar a carreira de terapeuta de beleza, ok?

---

36 Lema da Távola Redonda, uma rede social e organização de caridade para homens, aberta a todos os homens entre 18 e 40 anos. A rede oferece uma série de oportunidades sociais e de serviços comunitários para seus membros. A expressão Adotar, adaptar e melhorar, é uma espécie de lema, que prega que "Os jovens homens de negócio e profissionais deste país devem se reunir em volta de uma mesa, adotar métodos que já foram usados no passado, adaptá-los às necessidades de mudança dos tempos e sempre que possível, melhorá-los."

Capítulo 24

Nicky desceu pela grande escadaria, sentindo-se como uma estrela de cinema dos anos 50, descendo à Terra para tirar fotos e dar autógrafos. Ela resistiu a acenar para seus fãs imaginários. Um garçom no pé da escada, que estava vestido em um terno preto e gravata borboleta, olhou Nicky dos pés à cabeça quando ela se aproximou. Ela tinha certeza de que ele sabia que ela era uma fraude, e que ela não pertencia a esse lugar. Ela sorriu levemente para ele, na esperança de transmitir que ela não era apenas uma garçonete em um café - ainda mais humilde do que ele, na verdade.

Alex pegou um par de copos de champanhe da bandeja do garçom.

— Imagine se você tivesse que se vestir como ele, para o trabalho? — perguntou Nicky.

Alex riu. — Os frequentadores iriam se irritar!

Nicky ajeitou a gravata dele. — Você está parecendo muito inteligente esta noite. Os clientes certamente ficariam impressionados que você sabe como usar um ferro de passar. E uma navalha.

Ele lhe entregou um dos copos. — Bem, eu pensei que seria melhor fazer um esforço para uma dama tão especial.

Nicky tomou um gole de bebida. Será que ele estava falando sobre ela ou a sua mãe?

Ela passeava com Alex pelo salão principal, que foi decorado com cenários de publicidade do novo livro de Carowyn, bem como enormes cartazes da própria autora – parecendo uma espécie de Big Brother da mãe dele.

Um pequeno palco estava montado em uma extremidade do corredor, e mesas ricamente cobertas suavizavam o ambiente. O espaço no centro parecia vazio no momento, mas Nicky estava ansiosa para dançar mais tarde, talvez até com Alex se ela fosse corajosa o suficiente.

— Olhe — disse Alex, — aqueles são Laura e Rob - bons amigos do meu pai. Venha, vou apresentá-la.

Nicky notou, quando eles se aproximaram, que ela não era a única fraude aqui, esta noite. Rob usava os cabelos tingidos de preto e um bronzeado laranja, e Laura tinha usado, claramente, injeções cosméticas - sua testa estava completamente congelada e os lábios pareciam de borracha.

Laura e Rob jogaram seus braços em volta de Alex. — É tão bom ver você!

— Esta é Nicky Lawrence — disse Alex.

Ela apertou as mãos de ambos. — Prazer em conhecê-la.

— Nicky é minha chefe — Alex explicou. — Ela é proprietária de uma empresa de catering, e eu sou o seu diretor de marketing.

Alex piscou para ela, e ela decidiu jogar junto. — Sim, Alex tem promovido meu negócio com a mídia com os clientes, localmente. É ótimo tê-lo à mesa.

— *A bordo* — disse Alex, ainda sorrindo.

— Sim, a bordo. Com certeza.

— E vocês dois... estão juntos? — perguntou Rob.

— Oh, não! Você deve saber que nós, alemães, nunca misturamos negócios com prazer.

Alex sorriu e desviou o olhar. Quando ele começou a conversar com Laura e Rob sobre o lançamento do livro, Nicky olhou ao redor da sala enorme e percebeu que ninguém aqui realmente conhecia Alex - e ele estava fingindo que ela era muito mais importante do que ela realmente era. Ela decidiu jogar o jogo de ser uma socialite sofisticada.

Princesa Nicky, ele a chamou, e ela poderia ser quem ela quisesse, hoje à noite, vestida assim. Sentia-se poderosa e glamourosa. E foi assim que ela se comportou quando apertou as mãos de outros membros da família e amigos. Por causa do papel que ela estava representando, as pessoas estavam a tratando-a como se ela fosse do mesmo nível, e não como se ela fosse uma dona de um café endividado. Esta noite, ela era uma empresária estrangeira rica, que era corajosa, interessante e bem sucedida.

Edward chegou, e Alex o abraçou. Edward tinha ido somente uma vez ao café, e ele estava olhando para Nicky como se ele a reconhecesse de algum lugar, mas não soubesse de onde.

— Pai, você se lembra de Nicky? Do *Ruby in the Dust*?

O reconhecimento tomou seu rosto. — Nicky, oh meu Deus! Você parece tão... você está linda.

— Obrigada, Edward.

Eventualmente, Carowyn apareceu e fez um discurso sobre seu livro, que foi baseado na mais recente pesquisa psicológica que ela tinha se envolvido. Parecia fascinante e Nicky esperava conseguir uma cópia autografada para a biblioteca do *Ruby in the Dust*.

Alex pegou outra taça de champanhe, para os dois. — Vamos lá, vamos dizer olá a ela, não é? Você realmente não foi apresentada corretamente na última vez que você a encontrou.

Nicky balançou a cabeça, preparando-se. Eu sou uma mulher glamourosa, bem-sucedida, forte e Carowyn Jones é um ser humano como todos.

Carowyn estava conversando com um grupo de pessoas quando Alex e Nicky se aproximaram, então eles pararam nas proximidades. Ela os fez esperar por um momento, em seguida, se desculpou e caminhou em direção a eles. Ela deu um olhar para Nicky.

— Alex, querido, graças a Deus você fez um esforço. Eu estava preocupada que você fosse trazer aquela moça maltrapilha do medonho café degradado. Agora, quem é esta jovem?

As palavras de Carowyn cortaram a garganta de Nicky, decapitando-a em um ritual que ela deveria ter se preparado esta noite. Sofisticada, glamourosa e bem sucedida? Quem ela estava tentando enganar? Ela ficou tensa, lutando contra o desejo de fugir.

Alex olhou para sua mãe, horrorizado. — Mãe!

Carowyn inspecionou Nicky, sufocando-a com um olhar de *"Será que é ela?"*

Nicky respondeu. — Sim, sou eu, Carowyn. Eu decidi deixar o traje feio no meu medonho café degradado, hoje à noite.

— Não é degradado — disse Alex. — E você está absolutamente linda. Isso foi muito rude, mãe, até mesmo para seus padrões insensíveis.

Carowyn apertou as mãos na frente do peito. — Bom Deus, eu sinto muito, Nicky. Honestamente, eu não te reconheci! Você parece tão diferente. Não como...

— A maltrapilha, sim, eu sei.

Alex bufou. — Então, não há problema em agir como uma cadela com alguém pelas costas, desde que a pessoa não descubra... é o que você está dizendo?

— Fique quieto, Alexander! Nicky, lamento profundamente isso. É surreal.

A sala rodou, e Nicky relaxou os punhos. Tinha passado muito tempo evitando situações desconfortáveis. Fugir a fazia se sentir fraca e envergonhada, mas e se ela ficasse aqui e enfrentasse seu adversário? Carowyn estava claramente devastada. Talvez ela pudesse transformar esse sentimento derrotado em poder.

Ela manteve a cabeça erguida. — Eu entendo por que você disse isso. E você não é a primeira pessoa a dizer algo de natureza similar.

Carowyn brincava com um anel robusto em seu dedo. — Eu só posso pedir desculpas.

— Tenho certeza que ambas aprendemos algo com isso.

— Sim. Bom.

— E agora eu gostaria de sair para tomar um pouco de ar. Mas eu voltarei. Vai ficar tudo bem.

— Certo, certo — disse Carowyn. — Mas não se demore. Vou apresentá-la a algumas pessoas, pegar um pouco de vinho, e você vai se divertir. Certo?

O mal-estar ofendido de Alex diminuía na medida em que Nicky superava o ocorrido. Carowyn era definitivamente alguém para ter ao seu lado, e Nicky animou-se quando ela foi apresentada à sua autora favorita de autoajuda, alguns amigos da família, e tomou vários coquetéis a base de *Baileys*. Após uma hora aturando a excitação de Carowyn, Alex decidiu que era hora de tirar esta bela mulher dos braços protetores da sua mãe.

— Você gostaria de dançar comigo, Nicky?

Ela sorriu sinceramente para ele. — Com certeza.

Eles passaram um tempo na pista, dançando ao som da banda de jazz e dando risada, mas os pés de Alex começaram a doer no seu sapato elegante, então ele sentou-se, com a intenção de ir até o bar em breve. Da sua mesa, nos arredores da pista de dança, ele assistiu Nicky dançando e conversando com um rapaz vestido de uniforme de oficial da Marinha, a quem Alex não conhecia, mas pensou que seria melhor se ele conhecesse. Nicky parecia se divertir muito com ele; ela estava definitivamente flertando.

A atenção de Alex foi arrancada de Nicky e seu marinheiro, quando viu seu primo Gareth chegar em sua mesa. Sem pedir, Gareth deixou-se cair em um assento livre.

— O que está acontecendo com Alexander, hein?

O lado do mundo repleto de perversidade - este idiota era cinco anos mais velho do que Alex e gostava de aterrorizá-lo quando eram crianças. Ele era do lado de Carowyn da família, um membro do que Edward chamava de a *Máfia Tredegar*. Gareth tinha sido um ávido jogador de rúgbi quando adolescente, mas agora seu corpo inchou como um copo de conhaque - o resultado de muitos pós-jogo, movidos à cerveja. Ele incomodou Alex com a sua presença, invadindo seu espaço pessoal.

— Ouvi dizer que você perdeu sua habilitação — disse Gareth, em seu forte sotaque galês. — E amassou aquela linda *Enfield* que seus pais pagaram um bom dinheiro para te dar.

— Eu bati porque estava em alta velocidade — disse Alex. — E perdi minha licença até outubro, e eu mereci isso, ok?

— Tudo bem, cara, não é preciso ser agressivo, eu só estava comentando.

Alex levantou-se. — Eu posso ouvir o bar me chamando. Até mais.

— Sua namorada parece estar se divertindo por lá — disse Gareth.

Alex viu que seu rival - o marinheiro - colocou a mão no ombro de Nicky e estava sussurrando em seu ouvido. Nicky estava sorrindo timidamente.

Alex sentou-se novamente. — Ela não é minha namorada, infelizmente.

— Oh, sua amiga de foda, não é?

— Não!

— Não fique tão chocado, cara. Somos todos adultos aqui.

— Ela é minha chefe, na verdade.

— Essa é uma maneira de garantir uma promoção, né - dormindo com a chefe?

— Pelo amor de deus, Gareth, eu não estou dormindo com ela!

Gareth lambeu os lábios distraidamente. — Você acha que essa cor do cabelo dela é de verdade?

— Eu acho que sim. Ela é alemã.

— Nem todos os alemães são loiros, companheiro. Aposto que ela tinge; ela parece o tipo.

Alex olhou para ele. O sotaque irritante de Gareth o irritou. A maneira como ele arrastava as vogais lembrava a Alex uma vaca morrendo, contorcendo-se em um conjunto de gaitas de foles.

— Ela tem o direito de tingir seu cabelo.

— Devo dizer-lhe a melhor maneira de descobrir?

— Se tem alguma coisa a ver com o púbis, eu não quero saber.

— E os peitos dela, então? Verdadeiros ou falsos?

Os punhos de Alex cerraram enquanto ele lutava contra a besta rosnando dentro de si. Ele ficou de pé novamente. — Eu preciso ir para o bar. Desculpe.

Gareth levantou-se, segurando a caneca. — Tudo bem, tudo bem. Ela se parece com o tipo que eu poderia facilmente levar para cama, se aquele rapaz lá não conseguir. Eu vou entrar na fila, se você não vai.

Gareth deu um passo em direção à pista de dança, mas Alex agarrou-o pela camisa e lhe deu um soco no rosto.

Atordoado, Gareth cambaleou para trás e caiu sobre seu traseiro robusto - os dedos ainda de alguma forma segurando seu copo de cerveja. As pessoas correram para ajudá-lo, mas Alex estava ali, ignorando sua vergonha, e permitindo uma sensação peculiar de libertação crescer dentro dele.

Nicky apareceu ao seu lado. — Alex, o que aconteceu?

— Er... Eu não estou totalmente certo - tudo aconteceu tão rápido. Mas acho que dei um soco.

— Por quê?

— Ele estava sendo rude sobre... a minha mãe.

— Sim, bem, eu acho que sua mãe vai ser rude com você quando ver isso.

— Merda! Oh meu Deus, eu dei um soco em Gareth! — ele riu.

— Você não parece muito chateado — disse Nicky.

— Eu não pareço, né? Vamos sair daqui antes que ele revide?

Nicky olhou para o oficial da Marinha, que estava observando com curiosidade.

— Com certeza. Você não quer ganhar outro olho roxo, né?

Capítulo 25

De braços dados, eles tropeçaram pelo caminho, ao longo do corredor decorado que levava à suíte de Alex, rindo sobre o fato de que ele tinha acabado de dar um soco em Gareth.

Na porta, Alex se atrapalhou com seu cartão-chave. — Isso não é engraçado, na verdade, né? Socar alguém.

Nicky sorriu. — De jeito nenhum. Estou esperando sua mãe te matar.

— Ela deve estar afiando as facas enquanto falamos.

Alex fez um gesto para Nicky entrar, na esperança de não chamar atenção para o fato de que ela estava prestes a se juntar a ele em seu quarto, depois de uma grande quantidade de álcool, antes de dormir.

Alex a seguiu para dentro. Quando ele fechou a porta, viu os dedos vermelhos, ainda doloridos de seu contato com a cabeça ossuda de Gareth. — Oh, merda. Eu preciso de uma bebida.

— Eu posso pegar pra você. Sente-se.

Alex assistiu Nicky ir até o bar totalmente abastecido com autoconfiança. Ele foi obrigado a olhar para os quadris e nádegas curvilíneas balançando, que sua calça enfatizava tão bem. Seu corpo se arrepiou. Ele procurou uma distração.

— Eu vou colocar um pouco de música.

— Boa ideia.

A mente de Alex girou. Ele não tinha estado bêbado há muito tempo, e agora seu desejo estava deixando sua vista desfocada, também. Ele ligou a enorme TV e passou distraidamente pelos canais de música da TV a cabo, procurando uma estação de rádio com música decente. Incapaz de encontrar uma, ele escolheu a rádio que tocava música dos anos oitenta e, em seguida, afundou no sofá e tirou os sapatos, recusando-se a olhar para a mulher bonita preparando as bebidas atrás dele.

— Deus, eu devo estar bêbado. Estou gostando de Duran Duran!

— Esta é uma música feliz — Nicky respondeu, — então fique feliz, ok?

Ele apoiou os pés doloridos na mesa de centro, feliz por estar livre do sapato social.

— Estou feliz, Nicky. Mas, sério, minha mãe vai ficar louca quando ela descobrir que eu soquei Gareth como um idiota bêbado. Eu agi como o Alex que ela espera que eu seja. Droga. Eu estava indo tão bem.

— Isso não é algo que você pode mudar agora. Peça desculpas para ela amanhã, ok? Beba isso.

Um copo de uísque apareceu na frente de seu nariz. — Caramba, a sua mão escorregou? Eu acho que eu deveria misturar toda essa bebida com um pouco de água.

Nicky deixou-se cair no sofá em frente a ele e bateu os cílios, como Audrey Hepburn. — Ah, mas eu ouvi que você gostava disso forte.

Ele riu nervosamente; de alguma forma, Nicky parecia ainda mais atraente do que nunca. — Er, sim, por que estragar uma bebida perfeita? Obrigado por me escolher sobre seu marinheiro, aliás.

— Oh, não, ele era gay e estava me perguntando sobre você, na verdade.

Alex fez uma pausa, dando um gole. Um sorriso se espalhou pelo rosto. — Sério?

— Com certeza. Ele era lindo, mas eu achei que você não estava interessado em homens, então eu disse a ele que eu era sua namorada. Imagine só, ha!

— Não é algo inimaginável, né?

— Bem, se você gosta de homens de uniforme, tenho certeza de que ele ainda está...

— Não, quero dizer, você ser minha namorada.

Nicky o encarou, como se estivesse à procura de uma resposta. Então ela olhou em direção à cômoda de mogno. — Eu encontrei um baralho de cartas ali.

— Sério? Deus, está quente aqui, não é? Gostaria de saber se eu posso pedir para ligarem o ar condicionado.

— Você vai me ensinar a jogar poker, por favor, por favor?

— O quê? Eu não posso ensiná-la a jogar poker.

— Não *precupa*, você não vai me corromper.

Uma espiral de afeto tomou Alex. — Eu não posso ensiná-la a jogar poker, moça bonita, porque eu não sei como jogar poker.

— Oh, Alex!

— O quê?

— Eu sou um ás em jogar poker. Eu estava planejando derrubá-lo.

Ele riu. — Seria muito ruim você se aproveitar de mim quando estou bêbado.

Nicky surgiu na frente dele de repente, fazendo com que Alex vacilasse. Mas ela o ignorou, e caminhou em direção ao banheiro, muito mais baixa agora que ela tirou os saltos.

— Você prefere que eu tire vantagem de você de outras formas? — ela falou de volta.

Um freio de mão foi puxado na cabeça de Alex. — Er... o que você está fazendo?

— *Pipsen.*

— Ah, eles não nos ensinam essa palavra na escola, mas posso adivinhar o que isso significa. *Ich bin* muito chateado.

Nicky não se preocupou em fechar a porta, o que significava que Alex podia ouvir sua voz ecoando nas paredes do banheiro. — Estou chateada também. E eu estou me mijando enquanto mijo em mim mesma! Essa piada *funcia* apenas em *Englisch*, porque isso significa que eu estou rindo enquanto faço pipi.

Um sentimento caloroso apareceu ao redor do coração de Alex. — Você está bêbada, Nicky?

— Estou trocando as *leitas*?

— Não, não, não.

Nicky acabou do banheiro, lavou as mãos, e cambaleou para se servir de outra dose. — Quer que encha?

— Eu achei que você não gostava que eu bebesse, encantadora Nicky Lawrence.

Ela trouxe a garrafa e sentou-se ao lado dele. — Com certeza, tudo tem que ser com moderação, doutor. Não há problema em beber algumas vezes, mas você estava, tipo, todo dia, *num* é?

— Eu não quero te decepcionar.

Nicky descansou a mão em seu joelho. — Estou orgulhosa do quanto você amadureceu. Você tem o meu respeito. Eu realmente quero dizer isso, ok?

Alex perdeu-se em seus lindos olhos. — Isso significa muito para mim; mais do que você imagina.

Ela sorriu com satisfação. Então, *Fields of Fire* de Big Country começou a tocar no rádio e ela pulou.

— *Ach*, eu amo essa música! Dança comigo, nós temos a nossa própria discoteca!

Ela agarrou Alex pelo pulso e puxou-o, o que quase resultou nele puxando-a de novo. Eles riram, então Alex começou a mover seu corpo no ritmo da batida. Ela girou debaixo do braço, e ele ficou impressionado como ela estava baixinha e adorável sem seus sapatos. Alex tinha 1,83m, e ele sempre achou que Nicky tinha mais ou menos 1,74m, mas agora ele percebeu que ela tinha uns 10cm a menos, sem os saltos. Um enorme desejo de protegê-la tomou seu coração - algo que ele nunca tinha sentido, nem por ele mesmo, antes. Ele queria pegá-la em seus braços e ouvir Led Zeppelin com ela e, em seguida, fazer amor e falar de coisas estúpidas para fazê-la rir.

Ele gritou com alegria e ela virou-se quase derrubando sua bebida.

Careless Whisper de Wham diminuiu o ritmo. Nicky ficou parada e pareceu desanimada. — Ohhh, essa música me faz lembrar de ocasiões tristes.

Alex instintivamente a abraçou. — Não fique triste!

Ela se aconchegou e deitou a cabeça no ombro dele. — Você é tão bom, Alex.

Ele a puxou para perto. — Você que é boa.

— Não sou uma moça maltrapilha?

— Não, Nicky. Você é a mulher mais linda que eu já conheci. Absolutamente perfeita, e eu quero dizer isso.

No piloto automático, ele beijou-a na testa.

Eles dançavam lentamente, e então, Nicky colou seus lábios contra seu pescoço. Alex congelou, sem saber se ele tinha imaginado aquilo. Talvez ela estivesse apenas bêbada babando. Não! Oh Deus! Ela o beijou novamente.

— Sua pele é suave — ela murmurou. — Cheirosa e suave.

— Nicky, eu...

Ela levantou a cabeça e olhou para ele com os olhos semiabertos. Um sorriso satisfeito flutuava em seus lábios. Alex moveu a mão para acariciar-lhe o rosto, saboreando a suavidade da sua pele.

Nicky ficou na ponta dos pés e o beijou ternamente nos lábios.

— Você é lindo e maravilhoso — ela disse, mantendo-se próxima dele.

— Eu quero você.

Alex apagou tudo ao seu redor e a beijou de novo, com um pouco mais de fervor neste momento. Uma onda surgiu por seu corpo: um desejo urgente de explorar seu corpo maravilhoso com os lábios. Mas ele se afastou um milímetro. *Vá com calma.*

— Isso foi incrível — ele sussurrou.

Ela se agarrou a ele. — Estou com sono.

— Vamos deitar. Você pode dormir em meus braços.

Ela tropeçou para longe dele. — Você não deve se aproveitar de mim quando estou bêbada.

A mente de Alex ficou em alerta. — Eu nunca faria isso! Eu sei que eu sou um perdedor, mas eu nunca faria isso.

— Você não é um perdedor. Eu gosto de você.

— Eu gosto de você, também... muito. Dorme em meus braços?

Ela balançou a cabeça com um ar sonhador.

Ele carregou Nicky para a cama e ela adormeceu, ou desmaiou, quase que imediatamente. Mas o cérebro de Alex estava muito alvoroçado para cair no sono. A cabeça de Nicky estava descansando em seu peito e ele teve que tomar cuidado para não apertá-la com muita força, para não acordá-la. Ela era como um arco-íris que poderia desaparecer a qualquer momento, e ele não poderia se arriscar de desviar seu olhar para longe dela. E ela gostava dele também! Sentindo como se tivesse um cometa piscando dentro do peito, ele sorriu. Este era o ápice de tudo o que ele tinha feito até agora em sua vida. Foda-se ser médico, que se foda a sua mãe, e até mesmo foda-se *Ruby in the Dust*. Nicky Lawrence era o ponto de sua existência, e com ela como sua namorada, ele nunca teria problemas na vida. A vida brilhava em prata e ouro. Ele iria pedir desculpas a Gareth amanhã e culpar a bebida, e então ele iria abrir uma nova porta dentro de si, e permitir que o Alex que ele nasceu para ser, brilhasse.

Capítulo 26

O menino apertou as palmas das mãos contra a porta do cubículo sujo e se preparou. Só um idiota buscaria refúgio aqui! Este era o pior lugar para se esconder.

Bang! Os três predadores irromperam pela porta principal, suas vozes ecoando contra as telhas de cerâmica. — Você não pode se esconder, bichinha!

O menino olhou para a trava novamente, apenas para se certificar. Sim, estava definitivamente quebrada. Merda!

Ele se esforçou para decifrar o sussurro que estava além da audição. Então, Wham! A porta do cubículo foi empurrada para dentro, chutada violentamente por botas enlameadas.

O menino cambaleou para trás, batendo a coluna contra a cisterna. Os três formaram um bloqueio, fechando sua rota de fuga com seus sorrisos desprezíveis.

— Te peguei!

O maior deles pulou para a frente e agarrou a camisa do rapaz. Os outros dois o arrastaram para fora, pelos cotovelos. Ele lutou, como um peixe encalhado na terra, mas eles eram mais fortes.

— Não, não, por favor. Socorro!

Sua cabeça foi empurrada contra a pia branca; seus gritos foram abafados pela torneira aberta. A água gelada lhe deu um soco e ele sacudiu como um animal selvagem. Seus caçadores riram.

Em seguida, um barulho alto! Ele estava caído no chão.

Uma voz masculina perguntou: — O que diabos está acontecendo aqui?

O menino olhou para cima, com o rosto pingando de água gelada. Seu cavaleiro de armadura brilhante era um monitor que já ele tinha visto na escola; um rapaz bonito do quinto ano que fazia todas as meninas babarem por ele. O menino tinha fantasiado tocar este rapaz; segurá-lo, beijá-lo.

— Saiam daqui — disse o monitor. — Eu sei seus nomes. Vou denunciá-los por isso.

Os algozes arrastaram-se para fora, segurando as risadas. O menino se sentiu aliviado e chorou sobre o piso.

O monitor colocou a mão sobre ele. — Você é um calouro, não é?

O menino permitiu que a mão forte o puxasse para cima. Ele olhou carinhosamente nos olhos do seu herói, desejando que ele pudesse ser uma donzela resgatada, ao invés do idiota pervertido que ele era. Ele deu um passo para a frente e amassou o blazer abotoado do monitor, incapaz de parar os soluços.

— Eu pensei que eles iriam me matar.

O monitor o empurrou. — Está tudo bem; vamos lá, seja um homem.

O garoto deu um passo para trás e acenou com a cabeça. Seu pai estava sempre dizendo-lhe para ser um homem também. Mas os pequenos montes que cresciam sob sua camisa da escola pareciam não estar prestando atenção a estas instruções externas.

O monitor colocou um braço forte ao redor dos ombros do menino. — Vamos, vou levá-lo para o posto médico. *Você pode sentar lá um pouco, ok?*

O garoto balançou a cabeça. — Qual é o seu nome, por favor?

— Lorenz. Qual é o seu?

— Nikolaus.

Capítulo 27

Nicky abriu os olhos e viu algo branco. Um travesseiro. Ok, mas não cheirava como o seu travesseiro, e... não, esse ornamento na porta não pertence a seu pequeno apartamento. *Pense, pense, pense, Nicky.*

Ela moveu a cabeça para o lado e uma onda de náusea a atingiu como um raio. Sentia-se do avesso, como um animal doente; uma coleção de células aleatórias que não funcionavam corretamente. Ela arfava, tentando se recompor. Então, ela notou a pressão empurrando-a para baixo, ao lado de seu corpo. Levou os olhos para sua cintura, com cuidado para não mover muito a cabeça. A mão estava estendida sobre o corpo dela. Ela estava deitada em uma cama com Alex. Oh, *scheiße*! Ela puxou as lembranças da sua memória... Não, nada aparecia, além de um branco total e o desejo de merda.

Tanto ela quanto Alex ainda estavam totalmente vestidos, graças a Deus. Eles deviam ter desmoronado aqui, ontem à noite, depois de beber os coquetéis e champanhe. E uísque, oh, Jesus. Nicky apoiou-se sobre os cotovelos. O quarto luxuoso girou. Ela gemeu e apoiou a cabeça no travesseiro, tentando ficar consciente contra o intenso calor que estava tomando sua pele.

Ela ouviu a voz de Alex, como se estivesse longe. — Bom dia, bela dama. Você dormiu bem?

— Eu vou vomitar.

Sentiu a preocupação de Alex aumentar. — Eu vou ajudá-la a ficar em pé.

— Não, não me toque! Vai ser pior.

Nicky pulou para fora da cama e se arrastou até o banheiro de mármore. Ela baixou a cabeça sobre o vaso sanitário, e uma lembrança da noite passada a tomou. Dançar, beber... beijar Alex. Urghh. A miséria atingiu-a como tesouradas no crânio.

— Nicky? — Alex chamou, do outro lado da porta do banheiro. — Você está bem?

Ela respondeu, lançando-se em voz alta dentro do vaso, desejando que ela pudesse cair lá com o vômito e desaparecer deste lugar para sempre.

Nicky cambaleou de volta para seu quarto, sem dizer uma palavra para Alex, o que a fez sentir-se doente, também. Ele estava determinado em não deixá-la correr dele, então ele bateu em sua porta, dez minutos depois, preparado para defender-se de joelhos, se necessário.

Ela não respondeu a princípio, e ele perseverou, batendo a cada 20 segundos, até que ela, eventualmente, abriu a porta, vestida com um dos roupões do hotel. Seu cabelo estava molhado, mas ela já tinha reaplicado seu delineador. Os cílios postiços pareciam incoerentes a essa hora da manhã, e Alex engoliu o sorriso divertido.

Ela permaneceu meio escondida atrás da porta. — Eu estava tomando banho.

— Eu vou esperar por você; podemos tomar o café da manhã até às dez.

— Eu não posso comer nada. Eu estou indo pra casa. Você pode ficar. Quero ficar sozinha.

Um prego parecia ter entrado no coração de Alex. — Nicky, por favor... você não pode viajar sem nada no estômago. Você deve tomar um pouco de chá e torradas. Vai fazer você se sentir melhor. Eu sei o que estou falando.

— Porque você é um bêbado?

O insulto foi como um tapa. — Porque eu sou médico.

O café da manhã foi tenso. A sala de jantar renascentista estava cheia, com a família de Alex, que ainda estavam animada depois da noite passada. Mas Alex sentia-se como se estivesse arrastando concreto atrás dele. O rosto de Gareth pulsava com uma marca vermelha, e os tios de Alex não paravam de olhar para ele. Carowyn, obviamente, não sabia o que tinha acontecido ainda, porque os joelhos de Alex ainda estavam intactos.

Nicky reclamou que a luz estava muito forte, então Alex emprestou a ela seus óculos escuros, o que lhe deu um ar de menina brincando de vestir roupas de adulto. Mas ele estava muito chateado para mencionar o quão bonita ela parecia.

As pessoas levantaram da mesa, para se servirem, e Alex aproveitou a oportunidade para sussurrar para Nicky: — Você me beijou na noite passada.

Ele sabia que era um pouco sorrateiro dizer isso a ela em público, mas ele esperava que isso significasse que ela não fosse gritar ou sair.

Ela o olhou por trás dos óculos de sol. — Ridículo.

— É verdade. Você disse que eu era lindo e me beijou. Mais de uma vez.

— Isso nunca iria acontecer; nem mesmo se eu estivesse bêbada.

— Você não se lembra.

— Não é que eu não me lembre. É que isso não aconteceu.

Alex sentiu o golpe esmagando sua garganta. Ele cutucou seu café da manhã, e se apagou do mundo mudou ao seu redor. Um movimento chamou sua atenção - uma figura que se aproximava da mesa. O eclipse total da sua mãe.

Ela ficou rígida e cruzou os braços. — Ora, Alexander, você sempre deve envergonhar e estragar as coisas para as pessoas?

As pessoas se calaram; isso parecia interessante.

— Tudo o que eu pedi foi para você se comportar por uma noite. Mas não, você precisava deixar sua marca, como uma espécie de vira-lata territorial ridículo. Onde foi que eu errei com você? Esclareça-me, por favor.

A atmosfera pesada apertou seu peito. Ele sabia que não poderia listar todas as coisas que o ressentiam, não aqui na frente de todas essas pessoas.

— Sinto muito — ele murmurou.

— Oh, jura? Bem, só para que você saiba, você não está impressionando ninguém com esta atitude petulante; isso está fazendo você se parecer uma criança de quatro anos de idade. Como eu vou encarar tia Petra e tio Owen novamente?

— Basta dizer-lhes a verdade.

A expressão de Carowyn permaneceu inalterada.

— É só dizer que Gareth a chamou de infeliz, uma cadela que não tinha noção da própria idade.

Carowyn engasgou. — O quê?

— Então eu bati nele.

Carowyn revirou os olhos para Alex por um momento, então ela girou sobre os calcanhares e marchou até a mesa onde seu sobrinho estava tomando café com seus pais. Ela deu-lhe o mesmo tratamento que tinha acabado de dar a Alex.

Alex olhou para Nicky. Ela estava sorrindo.

— Isso não foi verdade, não foi? — ela perguntou.

— Bem — ele disse, — todos nós podemos maquiar as coisas quando nos convém, não podemos?

Capítulo 28

Eles foram até a estação de trem envoltos em tensão. Nicky parecia frágil e derrotada, e Alex queria abraçá-la, para saber como ele poderia ajudar. Mas, principalmente, ele queria entender por que ela parecia feliz ao beijá-lo ontem à noite, ao passo que agora ela estava agindo como se o odiasse. Talvez tenha sido culpa dele por manipulá-la para vir na festa com ele.

O trem sujo para Maidenhead se afastou de Paddington, e Nicky virou-se para a janela, aparentemente hipnotizada pelos prédios e árvores.

O trem estava quase vazio, além deles só havia outro casal sentado algumas fileiras adiante, de frente para Alex e Nicky. O casal parecia tão feliz e apaixonado, o que causou um desespero invejoso apunhalando o coração de Alex. Certamente, ele e Nicky deveriam estar se comportando assim, esta manhã.

Alex observou o homem feliz colocar o braço em volta de seu amor, e eles se perderam nos olhos um do outro.

Alex olhou para o encosto de cabeça manchado na frente dele.

— Nós não temos que falar sobre ontem à noite, quando você *não* me beijou, se você não quiser.

Nicky olhou para fora da janela. — Ok.

— Mas eu acho que eu tenho o direito de saber por que você está agindo assim comigo agora.

— É minha ressaca; deixa o meu pensamento longe.

— Não, você está obviamente chateada comigo. Você foi educada com o homem na bilheteria. Você até sorriu para aquela mulher que quase derrubou você. Então, o que eu fiz de errado?

— Nada.

O trem vibrou sobre os trilhos abaixo deles. — Então, você gosta de mim da maneira que você disse que gostava, na noite passada?

— Eu sou sua empregadora, Alex. Eu não posso...

Ela parou e suspirou, paralisada pela paisagem de concreto.

A frustração forçou as palavras dele. — Nicky, por que você está tão estranhamente fria?!

Ela girou em seu assento, com o rosto cheio de raiva. — Tudo bem, porque o meu pai morreu quando eu tinha quatorze anos e eu estou lembrando disso agora, está bom pra você, doutor Freud?

Alex engoliu a bomba em sua garganta. — Eu sou... Eu sinto muito.

Ela se voltou para a janela parecendo congelada como uma estátua.

Alex viu que o casal feliz estava encarando-o. Ele sorriu desculpando-se, na esperança de que eles não estivessem pensando que ele era a causa do aborrecimento de Nicky.

Alex desejou que pudesse abraçá-la, mas ele sabia que não deveria arriscar. Ele não podia simplesmente deixar passar a chance de conhecer mais sobre ela - ele precisava fazer mais perguntas. Mas até onde ele poderia empurrá-la?

— Er... Do que ele morreu?

Ela falou para a janela suja. — Psoríase no fígado.

Ele se encolheu. — Cirrose.

— Mm. Ele não era alcoólatra, mas ele bebia pesado. Minha mãe sempre disse para ele procurar ajuda, mas ele não fazia isso.

Uma mola rangeu no peito de Alex. Sua própria dor derreteu, transformando-se em compaixão por esta garota encantadora. Ele colocou a mão em seu ombro, esperando diminuir a distância. Mas, na verdade, ela se virou e se inclinou em direção a ele - o rosto dela agora repleto de angústia. Alex puxou-a para seus braços, e ela enterrou o rosto em sua camisa. Ela rachou; soluços explodiram como um frenesi.

Alex segurou-a firmemente, desejando que ele pudesse aliviar a sua dor. Ele olhou para os jovens amantes, e viu que eles estavam fingindo estar absortos na paisagem lá fora

— Você sente falta dele? — perguntou Alex.

Nicky se levantou e o olhou. — Não. Eu fiquei feliz quando ele morreu. Rezei todos os dias para que ele morresse, até que aconteceu.

As rodas do trem gritaram nos trilhos de metal. — Por que você queria que ele morresse?

— Ele queria que eu fosse algo que eu não podia.

Alex puxou-a de volta para seus braços. — Sim, meus pais são assim também, às vezes.

Capítulo 29

Caro candidato,

Obrigado por seu interesse no coração de Nicky Lawrence. Agradecemos seus esforços, mas lamentamos informar que você não teve sucesso.

Gostaríamos de assegurar-lhe que não é você, é ela. Mas isso seria uma mentira.

Não é ela. É você...

Alex limpou o chão de madeira após outro turno ocupado, hipnotizado pelos fios balançando enquanto esfregava a água com sabão em todo o assoalho.

Sozinho.

Nicky tinha estado o dia todo em um workshop para as empresas locais, onde ela tinha a esperança de aprender novas habilidades e trabalhar em rede com outros empresários. Alex estava contente que ela estava se jogando no papel de empresária mas quando ela não estava aqui, o *Ruby in the Dust* parecia um drone sem graça, como um cão à espera de seu dono voltar.

Sua mente voltou para a viagem de trem de ontem, fazendo-o sentir-se massacrado. Ele flutuava em um torpor de formigamento desde que eles se separaram na estação de Maidenhead, e um espaço vazio se agarrava a suas entranhas agora - um vazio que Nicky esteve ocupando nos últimos meses. Ele tinha ficado tentado a virar algumas doses de *Jack Daniels* ontem à noite, mas ele se distraiu indo encontrar Zach.

Eles se sentaram na sala de estar apertada de Zach, e Alex tinha tentado ignorar uma calcinha jogada de Leia, que estava espalhada sobre a mesa de café.

— Então o que aconteceu em Londres? — perguntou Zach.

— Nicky me beijou, disse que gosta de mim, e dormiu em meus braços. Então, nós acordamos, e agora ela me odeia. Por que ela está tornando-se tão complicada?

— Não tenho certeza. Leia acha que Nicky poderia, facilmente, se apaixonar por você. É por isso que ela não gosta tanto de você. Aparentemente.

— Bem, isso faz tanto sentido como apreciar teatro de vanguarda.

— Talvez isso faça sentido se você...

O sino acima da porta tilintou, tirando Alex de seus pensamentos. Ele automaticamente sorriu enquanto Nicky entrou e ficou emocionado ao ver que ela tinha aceitado o seu conselho de novo sobre as extensões de cabelo e a maquiagem exagerada. Seu cabelo loiro estava preso em um coque, o pó facial tinha sido descartado, e ela estava vestindo um terno preto sóbrio, dando-lhe um poderoso ar profissional.

Alex se inclinou em seu esfregão. — Ei, nós sentimos sua falta hoje. Como foi a conferência?

Nicky caminhou até a mesa e jogou as bolsas em cima. — Ótimo! Estou aprendendo muito. É um trabalho duro, no entanto. E sério. Tudo correu bem aqui?

— Sim. Ocupado para uma segunda-feira, mas tudo bem.

— Ok. Vou fazer o fechamento, então.

— Eu já fiz.

Nicky olhou para a gaveta do caixa entre as cadeiras viradas para cima na mesa.

— Isso me poupa trabalho; obrigada.

— Tudo bem. Eu gosto de ter ideia de quanto foi o total geral do dia. Quer um pouco de chá?

Sua postura mudou. — Na verdade, você poderia sentar-se por um momento comigo, por favor?

Um sentimento como se uma garrafa quebrada tivesse atingido seu estômago tomou Alex. Quando eles se sentaram, ele preparou-se para as palavras: *Eu não quero mais você aqui; você me faz sentir desconfortável.*

Os olhos de Nicky estavam cheios de gravidade. — Eu devo pedir desculpas por meu comportamento no fim de semana passado. Em primeiro lugar, eu estou pedindo desculpas por ficar tão bêbada que eu não sabia o que estava fazendo. Então eu estou pedindo desculpas por beijar você, e depois por ter mentido que eu não te beijei. Então, por me comportar como uma criança no trem. Você aceita o meu pedido de desculpas?

Alívio jorrou por Alex. — Você não precisa se desculpar, Nicky. Eu sei que você foi pressionada a ir para Londres, e eu sinto muito também. Mas não sobre o beijo - foi incrível!

Nicky pigarreou alto quando ele falou a última parte, o que fez Alex dar uma risada.

— E agora podemos voltar a ser colegas, ok? — disse. — É melhor.

— Eu não acho que eu poderia ser apenas seu colega, para ser honesto.

Ansiedade brilhou no rosto de Nicky. — Você não quer mais trabalhar aqui?

— Você quer que eu continue a trabalhar aqui?

— Claro que quero. Você traz o sol sempre que entra no Café.

Alex absorveu o elogio. — Obrigado, Nicky. Mas quando eu disse que eu não quero que sejamos apenas colegas, eu quis dizer que eu quero ser seu amigo. Bem, eu adoraria ser mais do que amigo, mas você está demonstrando que você não quer. Não é?

— Sim, é exatamente isso o que estou dizendo.

— Bem, é melhor ser amigos do que nada — disse ele. — Eu amo estar com você. Eu não vou te perder por causa de uma atitude errada, causada por uma embriaguez.

— Foi um erro, sim. Por causa da embriaguez.

— Foi?

— Sim. Então, vamos esquecer isso e voltar a ser amigos e colegas de trabalho?

Alex fixou seu olhar numa pintura de um artista que ele tinha descoberto recentemente, que era uma ex-viciada em heroína. No entanto, outra pessoa que Nicky tinha tomado sob sua asa, na esperança de que ela poderia oferecer-lhe uma melhor chance de vida. Ajudar os outros parecia estar em seu DNA. Primeiro Jamie, então os clientes do café, artistas, crianças abandonadas... e Alex.

Mas será que Alex era mais para ela do que isso? Certamente ele era mais do que apenas um projeto que precisava de seu apoio e amor, até que ele fosse capaz de voar com suas próprias asas?

Queria fazer um milhão de perguntas sobre como ela realmente se sentia por ele, mas ele não podia arriscar uma possível oferta de paz.

Ele estendeu a mão para ela apertar. — Com certeza.

O rosto de Nicky abriu um sorriso, e ela apertou a mão dele, profissional. Em seguida, ela remexeu na bolsa e tirou um livro.

— Comprei-lhe isto como um símbolo do meu arrependimento. É um dos meus favoritos, e nenhuma menção a Reiki em tudo, eu juro.

Ele olhou para o título: *Um Guia para uma mente racionalmente feliz.* — Obrigado, Nicky. Muito obrigado.

— Por nada. Agora você pode terminar e ir embora. Tenho os bolos de amanhã para fazer.

— Você vai para o bar mais tarde?

— Com certeza. Leia vai cantar algumas músicas novas esta noite. Eu não estou certa da hora que consigo chegar, já que tenho que fazer os bolos todos.

Alex não estava pronto para deixá-la ainda. — Eu poderia ajudá-la, se você quiser.

Nicky sorriu. — Você sabe como fazer cheesecake de chocolate e torta de banana-café?

Ele deu de ombros. — Quão difícil pode ser?

Alex sentiu como se estivesse em um programa de culinária para pessoas que não sabiam nada sobre cozinhar. Ele ficou no balcão cromado da cozinha, ao lado de Nicky, observando com fascinação quando ela quebrou um pacote de biscoitos com um rolo. Ela tirou o casaco preto, arregaçou as mangas da camisa, e colocou um avental, fazendo-a parecer uma mafiosa.

Nicky entregou o rolo à Alex. — Agora tente você. Isso é muito divertido, ok?

Alex bateu com os biscoitos, saboreando a destruição proposital. — Você deve incluir isso em suas sessões de terapia - é ótimo!

— Eu não vou me tornar terapeuta, eu já lhe disse isso. Preciso fazer *terapia* com o Café neste momento. Então, precisamos do caramelo. Você pode abrir a lata, por favor?

Alex abriu a lata de caramelo, molhou o dedo dentro e lambeu.

— Alex, isso é nojento!

— Minhas mãos estão limpas. Quer um pouco?

Ele ofereceu a lata em sua direção. Para sua surpresa, ela mergulhou seu dedo e chupou. O amor de Alex por ela cresceu um pouco mais.

Ele concentrou-se na culinária. — Então o que vamos fazer com o caramelo?

— Er... antes do caramelo, na verdade, vamos misturar o chocolate em pó com o queijo mascarpone. É bastante divertido e pegajoso.

Nicky colocou o chocolate em pó e o queijo macio em uma tigela, e em seguida, mergulhou as mãos para misturar. Isso lembrou Alex de quando ele tinha cinco anos, que pegava massa de pão e esfregava na cara das pessoas. Ele resistiu fazer isso com ela. Provavelmente, ela não acharia isso divertido.

Nicky pegou o pote. — A batedeira elétrica é essa aqui. Você gostaria de fazer isto?

Ele olhou para ela com ansiedade. — Erm.... Ok.

Certo, vamos lá, Alex, você é médico. Você não deve ter problemas para usar um simples aparelho de cozinha.

Ele pegou o aparelho, deu a Nicky um sorriso despreocupado, depois baixou a batedeira para a superfície do creme. Ele ligou o interruptor com o polegar, então, não! Seu cérebro se desintegrou, quando ele percebeu o que estava acontecendo. Como se estivesse em câmera lenta, ele puxou a batedeira para longe, mas ele não conseguia parar as pás de jogarem creme fora da bacia. Direto para o rosto de Nicky.

Ela ergueu as mãos em defesa, gritando: — Não!

Mas já era tarde demais. Creme escorria de sua testa, cílios postiços, e queixo. Ela olhou para a frente em estado de choque. — Alex... você...!

Alex abaixou a cabeça, constrangido. Nicky parecia tensa. Ela baixou os braços e ofegava como um animal raivoso.

O ar quente sufocava seu rosto. — Nicky, estou tão triste, foi um acidente. Honestamente, eu não tive a intenção de fazer isso!

Ela saiu de perto, e foi pegar um pano de prato no balcão. Mas ao invés de pegar o pano, ela pegou o creme, endireitou-se e sorriu, brincando.

— Você não tinha a intenção de me sujar, hm?

Sua mente deu um clique, quando ele percebeu o que o brilho nos olhos dela estava querendo dizer.

Ele ergueu as mãos. — Não, por favor, coloque a tigela pra baixo. Foi um acidente!

A malícia iluminou seu rosto e ela balançou pote para trás, preparando o creme para ser catapultado. Alex desviou, mas o líquido o atingiu na altura do colarinho, o fazendo gargalhar.

— Eu não posso acreditar que você fez isso! — ele gritou.

Nicky riu. — Nem eu.

Ainda pingando creme, Alex virou-se para encontrar algo com o qual retaliar. Ele pegou a lata de caramelo.

Nicky andou para trás. — Não, não, não! Você me pegou, eu peguei você; estamos empatados!

— Você não deve começar as coisas que você não pode terminar!

Alex puxou-a em seus braços, ignorando seus protestos. Rindo, ele derrubou o caramelo sobre a cabeça dela. Ela imediatamente pegou um punhado da gosma pegajosa e esfregou em seu rosto. Ele fingiu estar horrorizado, mas, na verdade, parecia maravilhoso deleitar-se com este jogo glorioso.

Ele agarrou a taça de mascarpone. — Renda-se!

— Nunca!

Nicky avançou para mergulhar a mão no queijo, mas ela perdeu o equilíbrio e caiu no chão, puxando Alex por cima dela. A tigela de vidro no meio. Merda!

Alex se mexeu. Isso foi o mais perto que ele já tinha estado de Nicky. Suas coxas e pélvis se tocando.

Ele olhou para ela, como se tivessem acabado de fazer amor. — Você está bem? Você se machucou?

Ela sorriu com a confusão em seu rosto. — Não, eu estou bem.

Ele passou os dedos pelo cabelo pegajoso. — Você fica linda quando ri.

— Eu me sinto como um bolo.

Um ruído de garganta arranhando na porta os fez olhar para cima. Alex soltou Nicky, quando viu Jamie ali de pé, braços cruzados, com um olhar assustado no rosto.

— Será que eu acabei de entrar em outra dimensão?

Nicky moveu-se freneticamente. — Olá, Jamie.

Ele sorriu. — Desculpe interromper sua guerra de comida. Eu... er... eu vou subir e fazer o jantar, ok? Você vai ficar, Alex? É só macarrão. Espero que você não sinta necessidade de jogá-lo sobre a tia Nicky.

Alex pôs-se de pé e ajudou Nicky a levantar.

Ele estava desesperado para passar mais tempo com ela, mas depois de tudo que aconteceu no fim de semana, ele não queria se impor. — Eu provavelmente deveria ir para casa e tomar um banho.

Alex apontou para si mesmo, para o caso de Jamie ter perdido o fato de que ele estava coberto de mascarpone, caramelo e creme de leite.

Nicky lançou-lhe um sorriso infantil. — Tudo bem. Você pode tomar banho aqui.

— Ótimo — disse Jamie. — Eu posso emprestar-lhe algumas roupas. Você parece ter derramado alguma coisa nas suas.

Capítulo 30

A atmosfera leve continuou durante o jantar, depois que eles tomaram banho. Alex prometeu ir até o supermercado, logo na primeira hora da manhã para comprar bolo, mas Nicky não parecia preocupada. Sua guerra de comida e a conversa de coração para coração que eles tiveram parecia ter mudado algo dentro dela, e ela estava tratando Alex como se ela realmente o quisesse por perto. Ele sentia como se ele pertencesse a esse lugar, com Nicky e Jamie, sentado em sua confortável cozinha em cima do *Ruby in the Dust*, comendo massa, e aproveitando o momento. A vida parecia boa, agora que ela estava brilhando sua luz sobre ele.

Depois do jantar, eles atravessaram a rua e foram para o *King's Arms*, onde, para a surpresa de Alex, Nicky contou a Zach e Leia sobre a guerra de comida.

Leia gargalhou. — Parece divertido... devemos fazer isso, Zach!

Alex piscou para o amigo. — Nós temos uma abundância de creme que você pode pegar emprestado, companheiro.

Zach sorriu. Ele parecia exausto, mas feliz.

Então era hora de começar a noite. O pub sujo estava cheio de amantes da música, e a atmosfera monótona virou barulhenta e estridente, como sempre. Zach aqueceu o público com alguns covers, então os artistas regulares surgiram para aproveitar os seus quinze minutos de fama.

Alex comprou a Jamie uma cerveja e ficou com ele em um canto sossegado, tentando se desligar do homem enorme empoleirado sobre a sua guitarra em um pequeno banquinho de bar, massacrando *Angie* dos Rolling Stones. Agora que Nicky estava sentada num banco do bar, tomando cerveja, Alex esperava interrogar Jamie sobre o segredo de Nicky. Se ele soubesse o que era, então talvez ele pudesse ajudá-la com isso. E, talvez, ele pudesse usá-lo para ter vantagem, em tentar conquistá-la.

— Obrigado novamente pelo CD de aniversário — disse Jamie. — Eu nunca tinha considerado comprar *Let It Bleed* antes, mas eu realmente gostei.

— Bem, eu achei que você provavelmente terá bastante sexo e drogas na universidade, então poderia apreciar só o rock and roll, por enquanto

Jamie suspirou. — Eu não vou para a universidade.

Alex levantou a voz quando o cantor chegou ao clímax. — Sério? Eu achei que você iria.

— Eu sei. Eu tenho feito as provas e tudo mais, mas eu não quero ir. Nicky continua dizendo que eu preciso, para ter uma boa educação, mas na verdade ela precisa que eu tenha, para compensar o que ela perdeu. Eu quero começar a ganhar dinheiro assim que os exames acabarem.

— Bem, você tem idade suficiente para tomar suas próprias decisões, então...

— Nicky não concorda com você sobre isso. Mas eu acho que eu posso encontrar um emprego, ela pode ficar longe de mim. O problema é que não há muitas oportunidades, no momento.

Alex abriu a boca para responder, mas Zach recebeu Leia ao palco, então a atenção de Jamie seguiu para ela, como sempre fazia quando Leia estava por perto. A multidão aplaudiu, e ela começou uma de suas melhores canções.

Alex olhou para Jamie. Ele estava sorrindo em adoração, paralisado pela deusa e sua guitarra.

— Você está apaixonado por ela, não é? — perguntou Alex, sorrindo gentilmente.

Jamie fez uma careta para Alex. — Não seja estúpido! — ele relaxou. — É tão óbvio?

— Trata-se de um típico caso de amor não correspondido.

— Você a ama, também, né?

— Ha! Não, eu acho que ter três homens desmaiando sobre Leia a cada segundo do dia, ficaria um pouco complicado.

Eles ouviram Leia por um momento. Ela era muito talentosa.

Jamie se inclinou para confiar em Alex. — Ela me beijou há seis meses atrás.

— Jura?

Alex de repente sentiu-se protetor. Era razoável que Leia tivesse saído com outros homens antes de conhecer Zach. Foi apenas surpreendente descobrir que ela tinha saído com esse homem em particular. E alguém tão jovem!

— Sim — disse Jamie. — Fomos ver uma banda juntos e ela me disse que realmente gostava de mim. Mas então, no dia seguinte, ela disse que estava embriagada e que não tinha a intenção de ficar comigo. Ela disse que eu era muito jovem - eu tinha dezessete anos e eu acho que ela é cinco anos mais velha do que eu. Mas de qualquer forma, agora ela quis ser amiga. Merda, eu não deveria estar contando isso - você é o melhor amigo do seu namorado!

— Não se preocupe, eu não vou dizer a ele.

— Obrigado — Jamie olhou para a tia. — Eu não disse a Nicky. Leia e eu concordamos que ela não aprovaria. Especialmente porque Leia, tipo... me deu bebida, você sabe.

Alex riu cinicamente. — Hmm... Será que sua tia lhe disse sobre o que aconteceu no fim de semana?

— Sim, ela me disse que ela bebeu muito e teve uma terrível ressaca!

— Bem, na verdade, ela bebeu demais, me beijou, desmaiou, e depois acordou com uma terrível ressaca.

Jamie olhou para ele. — Nicky beijou você?

— Sim.

— Você tem certeza?

Alex esfregou o queixo. — Bem, agora, deixa eu ver, será que ela realmente me beijou, ou eu estava sonhando quando ela apertou seus lábios contra os meus? Desculpe, meu erro! Ela não me beijou. Eu estava interpretando errado essas duas famosas danças da amizade. O tango na língua e o samba na saliva

Jamie riu seu sarcasmo. — Ela não me disse.

Leia terminou sua canção, e todos aplaudiram. Alex olhou para Nicky. Ela estava de pé com firmeza, batendo palmas delicadamente.

— Qual é a verdadeira razão pela qual ela é tão tensa, Jamie?

Jamie cortou o contato visual. — Ela está um pouco mais leve ultimamente, você não acha? Eu certamente nunca a vi participar de uma guerra de comida.

— Bem, sim, ela está usando um pouco menos de maquiagem e agora ela parece ter diminuído... — ele fez um gesto na direção dos seios.

— Alex!

— O quê? Eu ia dizer "*espartilho*"!

Jamie sorriu. — Sim, ok.

— Mas ela é tão difícil às vezes e eu só queria saber o porquê. Ela me disse que seu pai morreu quando ela era adolescente, e deve ter sido terrível para ela. Mas ainda...

Alex bebeu sua cerveja e percebeu que a atenção de Jamie estava de volta à Leia. Ele obviamente não conseguiria qualquer informação sobre Nicky através dele, então ele decidiu pedir alguns conselhos em seu lugar.

— Se você é apaixonado por Leia, como você lida com o fato de vê-la praticamente todos os dias?

Jamie arrancou seu olhar para longe dela. — É difícil, obviamente, mas está tudo bem.

— Isso não o deixa louco?

— Um pouco. Mas, ela não é uma barra de chocolate, você sabe.

Alex deu uma gargalhada confusa. — Ela não é uma barra de chocolate?

— Sim. O que quero dizer é que ela não está no mundo só para me fazer feliz.

— Certo, não, obviamente.

Jamie voltou a sua atenção para Alex. — Olha, a verdade é que ela não quer sair comigo. É doloroso, mas lá vamos nós. Nicky sempre me ensinou a aprender com as minhas experiências, e esta experiência me mostrou que se eu passar a minha vida triste pelo fato de não conseguir estar com uma pessoa, isso transforma o meu tempo com essa pessoa desconfortável. Eu passei por uma coisa parecida com a minha mãe, também. Mas eu entendo, agora, se eu a trato bem e a vejo, isso me faz ficar feliz, independente de como ela está se comportando. Você entende o que eu quero dizer?

— Tente aproveitar o seu tempo com ela, e isso é o suficiente, esse tipo de coisa?

— Sim, exatamente.

Alex sorriu com simpatia. — Então, todos os orgasmos incríveis que Leia tem tido com Zach e a fazem feliz, também te deixam feliz?

Jamie riu. — Eu adoraria estar no lugar de Zach, é claro que eu adoraria. E eu estou com ciúmes dele. Mas Leia não se sente assim em relação a mim. Então, eu posso também apenas tentar ser amigo de ambos, ao invés de ficar carrancudo e com raiva.

Alex estremeceu por dentro. Esse garoto era tão sábio - que o fazia se sentir muito idiota. Melhor educação que o dinheiro pode comprar, sua mãe tinha dito. E era verdade. Mas ele tinha acabado de descobrir como ser feliz, através de um adolescente.

— Eu entendo o que você quer dizer, Jamie. Se você colocar a sua felicidade em suas mãos, então ela te tem pelas bolas. Você se torna seu escravo.

Seu humor depende de seu comportamento. Jesus, quantas vezes eu fiz isso?

— Exatamente. Desta forma, eu ainda consigo ter Leia na minha vida e mantenho-me relativamente saudável.

— Você é muito astuto para um jovem de dezoito anos de idade.

Ele acenou com a cabeça em direção a Nicky, que acenou carinhosamente. — Eu tive um grande modelo. Nicky lia livros de autodesenvolvimento para mim, como historinha, antes de dormir. Para ser honesto, eu não consigo entender por que eles não ensinam essas coisas nas escolas.

Capítulo 31

Quando Nicky conheceu Alex, ela assumiu que ele era um bad boy arrogante e idiota. Ela ficou surpresa que Zach fosse um amigo tão leal a ele, porque ela não conseguia ver nenhuma qualidade agradável nele. Mas, hoje em dia, sempre que eles estavam separados, ela sentia falta dele. E sempre que ele estava por perto, a vida brilhava como a luz do sol em um mar calmo.

Como julho estava um mês escaldante, ela estava grata que não precisava se preocupar com uma opressiva camada de pó facial, que ela usava como um escudo entre ela e o mundo. Nos últimos dez últimos verões, ela tinha estado presa em sua maquiagem, que grudava fortemente a sua pele, no calor. Mas, neste verão ela se sentia leve e livre. Seus olhos ainda pareciam um pouco desconfortáveis, com seus cílios postiços e delineador preto, mas ela ainda não estava confortável para ser vista em público sem eles. Talvez ela nunca estivesse.

A Feira de Vapor[37] estava na cidade para sua visita anual, então Alex tinha convencido Nicky a deixar o pessoal encarregado do *Ruby in the Dust* na parte da tarde. Eles passeavam pela grama árida, juntos, agora, com o cheiro de algodão doce, cachorro-quente, envolvendo suas narinas. As nuvens sufocantes de vapor, a música que soava de uma tuba e as cores berrantes estavam dando a Nicky dor de cabeça, mas ela abriu um sorriso encorajador quando Alex explicou o funcionamento do motor da locomotiva do *showman* que eles tinham acabado de parar em frente.

— Eles têm o mesmo mecanismo de tração que qualquer outro, mas são geralmente pintados com cores brilhantes. Motores de tração são historicamente importantes. Imagine onde estaríamos sem a revolução industrial!

Nicky abriu a boca para perguntar o que era um motor de tração, mas

37 Feira de Vapor é uma feira organizada, para exposição ao público, de máquinas e veículos a vapor.

sua atenção foi atraída por uma mulher atraente em um vestido de verão, que estava olhando para Alex como se ela o conhecesse. Como Alex estava focado no volante do veículo, Nicky a olhou novamente, e percebeu que reconhecia a mulher, mas não lembrava de onde. Talvez ela tenha ido ao *Ruby in the Dust*. Ela tinha olhos brilhantes e espertos, e estava impecável, mesmo com este calor.

— Alexander Steele... é você! Meu Deus, eu não acredito nisso.

Alex se transformou. Ele olhou para a mulher e abriu um sorriso. — Charlotte, que surpresa! Olá!

Nicky ficou para trás quando os dois se abraçaram desajeitadamente, tentando não esmagar a criança no quadril de Charlotte.

Charlotte balançou a cabeça, fazendo com que seu rabo de cavalo perfeito balançasse. — Você não parece nada diferente, Alex! Deus, quanto tempo tem?

— Bem, deve ter... o que, nove anos? Deus, você está ótima, sério, você não envelheceu nada.

— Ah, muito obrigada! Nada mal para uma mãe de dois filhos, não é?

— Uau, você certamente não parece que teve dois filhos.

— Obrigada. Meu personal trainer tem feito um trabalho maravilhoso no meu abdome!

Nicky mordeu o lábio, se sentindo pequena, quando o vórtice de inveja a puxou para baixo. A maioria das pessoas com crianças pequenas tinha um ar abatido, parecendo insone, mas o rosto desta mulher não mostrava nenhum traço de um colapso nervoso iminente.

Alex agarrou a mão gordinha da criança carinhosamente. — Esse deve ser um deles, então, não é?

— Sim, esse é Harry. Diga Olá para Alex, Harry.

— Argh! — disse Alex, retraindo sua mão. — Você está todo pegajoso, Harry!

Charlotte ofereceu a Alex um lenço umedecido. — Então o que você tem feito na última década? Ei, você ainda tem aquela Land Rover? Nos divertimos muito nela, né?

— Caramba, a Land Rover! Rodei muito com ela naquele verão. Cornwall, Glastonbury... Nós não fomos com ela até Edimburgo?

Charlotte riu timidamente. — Sim. E sem mencionar quantas vezes você me levou ao céu no banco de trás!

O sorriso de Alex congelou. — É... bem, você sabe...

Nicky empertigou-se. — Alex, você está corando.

Alex virou-se para encará-la. — Er..., Nicky, esta é Charley... Charlotte.

Charlotte deu a Nicky um sorriso caloroso. Ela tinha dentes perfeitos, é claro. Ela era realmente o tipo de pessoa que Nicky gostaria de fazer amizade, mas, nesse momento, Nicky estava tendo problemas para afastar seus pensamentos do que acontecia no banco de trás do, agora famoso, Land Rover.

— É muito bom conhecer você, Nicky — disse Charlotte, sacudindo a mão. — E permita-me apresentar-lhes o meu marido.

Charlotte virou-se e chamou um homem que estava ajoelhado, falando com uma menina de quatro anos de idade. — David, olha quem está aqui - o meu primeiro amor!

David ergueu os olhos da criança suja de chocolate. Sua boca se abriu. — Meu Deus! Alex, Nicky, que bom ver vocês dois aqui.

As entranhas de Nicky se agitaram com a visão de seu senhorio.

A expressão de Alex se transformou em horror. — Você se casou com David Lewis?

— Vocês se conhecem? — perguntou Charlotte. — Como?

David levantou a menina no colo e passou o braço em volta dos ombros bronzeados de Charlotte. Ele parecia bastante descontraído em sua bermuda e camiseta. Mas o seu fone de ouvido Bluetooth era um elemento permanente, pronto para receber chamadas urgentes. Nicky sentiu pena de Charlotte por ser casada com um homem que não podia se desligar do trabalho, mesmo na feira da cidade.

— Alex e eu fomos para a escola juntos, querida — disse David. — E você se lembra de Nicky Lawrence. Ela é nossa inquilina na High Street.

Charlotte a encarou. — Oh, Deus, Nicky Lawrence, eu não a reconheci! Você costuma se vestir assim... erm... você parece... então... Ela está diferente, não está, David?

David a olhou de cima a baixo. — Ela com certeza está. Você fez algo diferente com seu cabelo, Nicky?

Nicky se recusou a deixar o sarcasmo de David estragar seu dia. — Eu tinha planejado passar em seu escritório amanhã, na verdade, David. Eu estava ansiosa para me refrescar com o seu ar-condicionado. Esta umidade é tão desagradável, você não acha?

— Pulo no meu escritório? O que foi agora? O boiler de novo?

— Não, o boiler está ótimo, obrigada por se preocupar. Mas eu estou surpresa que você tenha esquecido. Os três meses chegaram ao fim e Alex ganhou a aposta. Eu tenho um cheque para você, que eu vou levar amanhã.

David sorriu para Alex. — Oh, parabéns. Estou feliz por você, eu realmente estou.

Alex balançou a mão com cautela. — Está?

— Claro. Eu sou um homem de palavra e você ganhou. O aluguel atrasado de Nicky será esquecido.

Alex olhou para ele, esperando o golpe. Quando não veio, Nicky permitiu a boa notícia vibrar através dela como um pinball difuso. Suas dívidas acabaram e o café estava dando lucro! Os últimos três meses tinham sido de trabalho árduo, mas que tinham valido a pena. Ela sentiu-se relaxar. A música da feira, de repente, soou doce e divertida. O sol estava brilhando; a vida era ótima. Um sorriso apareceu em seus lábios.

Mas então, ela percebeu que Charlotte estava agora inspecionando-a com os grandes olhos. Como poderia Alex resistir àquela cara bonita? Nicky desviou seu olhar para Alex, e viu que ele ainda não conseguia. Ele estava olhando para Charlotte distraidamente.

Os músculos de Nicky ficaram tensos como uma convulsão. A música da feira batendo em seu cérebro. Ela sentiu-se mal.

— Estou tão feliz que você tenha encontrado alguém especial, Alex — disse Charlotte, levantando Harry em seu quadril. — Você sempre soube como cuidar de uma mulher. E eu não estou falando apenas sobre abrir portas e puxar cadeiras, não é, Nicky?

Charlotte piscou para ela de uma forma conspiratória.

— Nós não somos um casal — disse Nicky. — Então, eu não saberia.

— Oh, eu assumi que estavam juntos. Vocês parecem um casal perfeito.

Nicky sentiu os olhos de Alex em cima dela. Ela não se atreveu a responder a tal insinuação.

Felizmente, a criança nos braços de David começou a chorar.

— Venha, querida — disse ele. — Vamos até a casa do monstro de chocolate, não é?

— Sim, querido, tudo bem. Adeus, Alex. Tchau-tchau, Nicky. Esperamos vê-los novamente.

Nicky tentou sorrir, mas saiu como um sorriso de escárnio. Ela olhou para cima e viu que a umidade sufocante tinha virado o tempo, formando espessas nuvens negras de tempestade. Ela tentou agir normalmente quando Charlotte levou sua família perfeita para longe, mas ela foi incapaz de livrar-se do sentimento ofensivo em seu peito. O primeiro amor de Alex era delicado, delicioso, e encantador. Coisas que ela nunca poderia ser.

— Eu senti uma gota de chuva — disse Nicky. — Vamos caminhar de volta para o Café antes que a gente fique molhado.

O céu resmungou com um trovão. Alex olhou para cima. — Sim, vamos levar o nosso casal perfeito para fora daqui.

— Esse é o tipo de mulher que a sua mãe, certamente, aprovaria, né?

Alex sorriu. — Você está com ciúmes, Nicky?

— Claro que não, não seja ridículo!

A chuva caía com mais força, encharcando o vestido de algodão de Nicky, de modo que ele ficou pregado ao corpo dela. Ela puxou-o longe com um som desanimado, esperando que Alex não pudesse ver o contorno de seu corpo.

Alex ergueu a voz acima do dilúvio. — David não parecia muito incomodado, não é?

— Talvez ele esteja seguro do fato de que ela o ama.

— Eu quis dizer sobre eu ganhar a aposta. Você está bem, Nicky?

— Com certeza, sim, a aposta. Irei encontrar David amanhã para dar-lhe o cheque, e esperemos que ele mantenha sua palavra e cancele a minha dívida. Obrigada pela ajuda que me deu; eu aprecio muito. Agora vamos ser capazes de manter *Ruby in the Dust* aberto e tudo funcionou bem. O que mais se pode querer?

Eles atravessaram a feira, em direção à estrada que levava de volta para o *Ruby in the Dust*. Tinha sido um agradável passeio de 10 minutos até aqui, mas agora parecia terrivelmente longe.

Algumas gotas de chuva salpicavam o braço de Nicky. — Nós não vamos conseguir passar por isso sem nos molhar.

Alex agarrou a mão dela. — Venha; vamos nos apressar, se você puder com esses sapatos.

Ela apertou sua mão na dele, acelerando o passo para acompanhá-lo. — Deve ter sido bom ver o seu primeiro amor.

— Charley? Ela não foi meu primeiro amor. Nós só saímos juntos durante o verão antes da faculdade.

— Sim, agarrados no banco de trás do seu carro. Ela parece a pessoa ideal para você. Por que vocês se separaram?

— Fui morar em Londres e ela foi para Sheffield. Eu não acho que alguma vez houve qualquer conversa entre nós sobre ficarmos juntos. Quero dizer, ela é uma garota muito legal, mas eu nunca fui apaixonado por ela.

— Ela parece muito confiante. Apaixonada pela vida. É como se ela nunca tivesse conhecido qualquer sofrimento.

A testa de Alex franziu, e Nicky se amaldiçoou por ser tão infantil. Claro que Charlotte tinha passado por sofrimentos - ela era um ser humano. Se Alex não a tinha machucado, alguém deveria ter feito. Nicky pensou que se pudesse ver o passado de Charlotte, ela sentiria compaixão, não inveja.

Capítulo 32

Uma das coisas que Alex amava sobre Maidenhead é que era fácil de fugir. Sua fuga preferida da sua cidade natal foi uma viagem para a sua vizinha famosa - Windsor. Alex nunca conheceu ninguém que tivesse ouvido falar de Maidenhead, mas Windsor, oh sim, as pessoas conheciam Windsor, com o seu castelo e ruas de paralelepípedos, boutiques e restaurantes de qualidade.

Zach parou o carro no acostamento da estrada estreita. Windsor não tinha essas coisas avançadas como pontos de ônibus ou estacionamentos.

— Você tem certeza que quer fazer isso?

Alex tirou o cinto de segurança. — Eu só vou me encontrar com ela para um café; não é grande coisa. Mas, se Leia perguntar, diga a ela que você estava comigo entre seis e sete.

— Se não é grande coisa, por que você não quer que Nicky saiba?

Alex olhou para o Castelo de Windsor, lutando com a sua culpa. — Eu não sei. Ela simplesmente pareceu não gostar de Charley. Acho que ela ficou um pouco, você sabe, intimidada por ela, talvez. Mas Charley disse que só quer conversar comigo. Tenho certeza de que está tudo perfeitamente correto.

Um carro buzinou atrás deles. — Eu estou engarrafando o trânsito. Tenho que ir. Você vai sair?

— Sim. Você me pega em uma hora?

Zach olhou para ele. — Você quer que eu dirija todo o caminho de volta para Maidenhead, em seguida, pegue o carro novamente, 20 minutos mais tarde, para buscá-lo?

— Por favor?

— Ok. Tente ficar fora problemas.

— Sim, *papai*.

— Ou eu vou te matar!

Alex acenou quando Zach acelerou, então ele andou até pub escolhido por Charley. Era o tipo de lugar que ele esperava que ela fosse, realmente. Um bar pretensioso, onde tudo tinha um brilho falso, incluindo o pessoal e, especialmente, a comida. Talvez Zach estivesse certo e ele não deveria ter vindo. Mas quando ela ligou mais cedo e praticamente implorou para encontrá-lo, bem, tinha soado divertido, e ele não estava ocupado esta noite, então por que não?

Ele andou e viu as costas de Charley num vestido de verão, de designer, e cabelo bem escovado, sentada ereta em uma mesa.

Ele se preparou para ir até lá e dizer oi, mas levou um susto. David estava presunçosamente sorrindo para ele. Não! Ela prometeu que não seria um encontro duplo. Alex olhou para a porta. Talvez ele pudesse fazer Zach voltar. Uma hora com Charley seria bom, mas uma hora com David Lewis... Alex preferia passar uma hora beijando o Chanceler do Tesouro.

David acenou animadamente. — Alex, oi!

Ele caminhou mais, e Charley sorriu para ele com aqueles olhos azuis encantadores.

— Boa noite, Alex — disse ela.

Ele sentou-se no assento almofadado. — Oi.

— Bebe algo? — perguntou David.

— Apenas uma xícara de chá, obrigado.

— Xícara de chá? Alex, este é um bar de vinhos.

Charley foi para o outro lado da mesa e descansou os dedos no braço de David. — Querido, Alex disse que gostaria de uma xícara de chá.

David suspirou dramaticamente e, em seguida, foi para o bar.

— Você prometeu que não ia trazê-lo.

— Eu sei. Mas eu não acho que seria a coisa certa uma mulher escapar para um encontro secreto com uma antiga paixão. Eu espero que você não esteja com raiva de mim.

— Eu só acho que ele é um pouco idiota, isso é tudo.

Charlotte tomou um gole de vodca com limão. — Como está Nicky?

— Tudo bem. Por quê?

— Só estou puxando assunto. Eu tenho a sensação de que ela não gostou muito de mim na feira. Eu fiquei preocupada.

— Ela está bem.

— Eu não quis dizer nada para chateá-la. Eu odiaria ter um inimigo.

— Eu acho que ela estava um pouco intimidada por você, porque você é tão bonita e bem sucedida.

Charley riu modestamente.

David voltou com a bebida de Alex. — Uma xícara de chá para o ex-beberrão! Eu ouvi você dizer a minha esposa que ela era bonita e bem sucedida?

— Você vai me desafiar para um duelo?

— Não seja bobo, Alex. Ela é linda e bem sucedida.

— Nós estávamos falando sobre Nicky Lawrence — disse Charley.

— Oh, sim! — disse David. — Ela está diferente desde que Alex colocou as mãos nela.

Charley assentiu. — Você a transformou, Alex. Quando eu a vi na feira, eu realmente não a reconheci; ela parecia tão bonita!

— E não foi um caso isolado — disse David. — Ela veio com o cheque do aluguel ontem, e estava muito bem vestida. Você fez um ótimo trabalho com ela. E um grande trabalho em seu Café.

Alex absorveu o elogio. — Obrigado. Acho que posso levar um pouco de crédito por isso.

Charley engasgou. — Um pouco!? Nicky parece completamente diferente! E o café está dando lucro pela primeira vez em anos. E tudo se resume a você. Tudo o que você toca parece dar certo. Você é uma força de mudança positiva no mundo.

Alex riu. Ele tinha esquecido como Charley poderia ser charmosa. — Eu acho que eu a ajudei! O lugar era um pouco *trash* quando eu fui trabalhar lá. E Nicky parecia um pouco, bem, *demais*, com todo o respeito.

David sorriu, orgulhoso. — Antes de você aparecer, Nicky era nada mais do que uma tola enfrentando o despejo.

Alex franziu o cenho. — Isso é um pouco duro, David.

David encolheu os ombros. — Bem, de qualquer maneira, você deve estar ansioso agora, procurando pelo seu próximo desafio?

Alex tomou um gole de chá. — Não. Eu gosto de lá: as pessoas são adoráveis e o trabalho é divertido.

— Ah, mas por quanto tempo? — perguntou Charley. — Quanto tempo mais você vai ser capaz de manter o seu cérebro de gênio parado antes de começar a procurar um projeto pós-Nicky?

David riu pretensiosamente. — Querida, você está sugerindo que Alex deva se tornar um guru da moda?

— Não, querido, eu estava pensando mais no lado do desenvolvimento de negócios.

— Oh, sério? — perguntou David. — Você acha que Alex deve trabalhar com gestão de mudança?

Ambos olharam para Alex como se estivessem prontos para atacar.

Ele se inclinou para trás. — O quê?

Charley olhou para suas unhas. — Estamos nos dandobem muito bem, não estamos, Alex? Nós três?

— Eu acho que sim.

— Bom. Porque David e eu temos uma proposta para você.

Alex colocou as mãos para frente. — Olha, eu sei que o tempero às vezes pode fugir do casamento quando as crianças chegam, mas há uma abundância de profissionais que podem ajudá-los com esse tipo de coisa.

Charley gargalhou. — Não seja tolo - não estamos procurando um ménage à trois.

— Não é do tipo sexual — disse David. — Nós gostaríamos de oferecer-lhe um emprego.

As engrenagens rangeram no cérebro de Alex. Ele tinha certeza de que David tinha acabado de dizer que queria oferecer-lhe um emprego, mas David nunca diria isso.

Alex olhou para a barra de cromo e vidro, tentando se reconectar com a realidade, apenas para verificar novamente que não estava sonhando.

Ele se focou novamente em David. — Desculpe, você poderia repetir, por favor?

David sorriu calorosamente. — Foi tudo um teste pra você, esta aposta boba. Para que eu pudesse ver o quão longe você iria para pegar um negócio.

— Você armou para mim?

— Oh, não fique tão chocado — disse David. — Quando eu vi você lá no café eu pude ver que você não estava bem, mesmo antes de ouvir sobre a coisa de andar por aí bêbado. Mas você só precisava de uma segunda chance. Eu pensei em você muitas vezes ao longo dos anos. Sobre como seríamos bons como parceiros de negócio.

— Então você me testou?

— Eu tinha que fazer, não é? Você era um gênio na escola - muito melhor do que qualquer outra pessoa em matemática, ciência, economia, estratégias de negócios... Lembra quando fizemos o projeto *Young Enterprise* juntos? Você me ensinou muito.

Alex cambaleou com a notícia. Virou-se para Charley. — E você estava ciente disso também?

Charley franziu o nariz perfeito. — Sim! Eu não pude acreditar quando David disse que esbarrou em seu velho amigo de escola, Alexander Steele - imagine o quão animado nós dois ficamos quando percebemos que estávamos falando sobre o mesmo Alex! Quando eu te vi na feira, eu estava desesperada para *derramar o feijão*, mas precisávamos do cheque na mão de David, para ter certeza.

Alex balançou a cabeça, atordoado. — Incrível.

Charley continuou. — Estamos incrivelmente ocupados no momento. Nós temos um grande projeto em curso, por isso gostaríamos que você cuidasse de pelo menos três dos nossos edifícios - possivelmente mais. O pacote que estamos oferecendo incluiria um salário generoso, um plano de pensão, e um carro da empresa - você pode conseguir um como o de David!

David falou. — Está sendo insensível, coelhinha. Ele perdeu sua licença, lembra?

— Oops, sim, desculpe, Alex!

Alex abriu a boca para protestar que a sua proibição acabaria em breve, mas ele ficou sem palavras, por isso, não falou nada.

David se inclinou para frente. — O salário que estamos oferecendo seria mais do que suficiente para você sair da casa de seus pais. Você seria capaz de pagar um lugar agradável em Maidenhead - não são muitos jovens de 27 anos que podem fazer isso, certo? O que você tem a perder?

— A minha dignidade.

— Oh, por favor! Nós vamos pagar-lhe muito bem para cobrir qualquer orgulho ferido. Você não precisa gostar de mim. Eu não estou pedindo para você ser meu amigo - eu só quero contratar o conteúdo de sua mente e pagar-lhe ridiculamente bem pelo privilégio. Estamos desesperados por ajuda, agora que a empresa está se expandindo tão rápido. E porque Charley está tão amarrada com as crianças.

Charley cerrou os dentes. — Eles são seus filhos também, David.

— Sim, mas maior responsabilidade pela maternidade, é sua, não é, meu amor?

— Não é por falta de pedir sua ajuda, querido. Falamos sobre isso quando eu engravidei.

— Vamos discutir isso em outra ocasião, sim?

Charley sorriu ironicamente para o marido, em seguida, virou-se para Alex. — O que você diz? Nós pensamos que seria uma adição maravilhosa para o nosso império em expansão. Seria mutuamente benéfico, posso garantir.

Alex sentiu o assento almofadado apoiando seu peso. Era tentador, não é? O dinheiro e status. Mas não interessava. — Eu não preciso de vocês. Estou feliz trabalhando no *Ruby in the Dust.*

— Mas por quanto tempo? — perguntou David. — Você ama um desafio - você vai se cansar de tal beco sem saída. Você vai começar a procurar ao redor por outra coisa pra fazer, além de querer ganhar dinheiro, mas quem mais vai contratá-lo, agora que você não tinha emprego, nos últimos três anos? Charley e eu conhecemos todos os seus pequenos pontos fracos e nós estamos dispostos a lidar com eles. Quem mais poderia dizer isso?

Alex olhou para a madeira da mesa. Ele queria dizer a David para se foder. Mas um elfo malvado sussurrou em seu ouvido, encorajando-o a aceitar a oferta sedutora.

Charley pegou uma pasta com capa de couro de debaixo de sua cadeira. — Basta olhar para o contrato, ok?

Passou-lhe os papéis e colocou a mão em seu ombro, causando arrepios em sua coluna. Ele olhou para o item marcado como *Salário sugerido.*

Jesus! Isso era cerca de cinco vezes o que um médico júnior faria. E a empresa era baseada em sua cidade natal. Sem deslocamentos, sem aborrecimentos. Tudo o que eles estavam pedindo para ele fazer era mergulhar em projetos interessantes e transformá-los, assim como ele tinha feito com *Ruby in the Dust*. Seria divertido e gratificante. E ele ganharia uma fortuna.

David oferecida uma caneta de ouro para ele. — Assine, Alex.

Alex se contorcia contra a tentação. Seus joelhos batiam com a memória da humilhação que ele passou. — Eu nunca poderia trabalhar com um idiota que me fez implorar como você fez.

David mordeu os lábios, cobrindo seu sorriso.

Charley levantou uma sobrancelha. — O que você fez, David?

A vergonha daquele dia reapareceu. Alex olhou para Charley. — Oh, seu querido marido não falou sobre o jogo de tênis, que terminou em degradação e chantagem, então?

Charley deu a seu marido um olhar perplexo. — Não, talvez ele possa me esclarecer?

— Olha, eu sinceramente peço desculpas — disse David. — Eu estava tendo um dia ruim, e estava sendo infantil, porque eu tinha inveja de você na escola. Posso assegurar-lhe que não vai acontecer novamente. Charley vai manter o meu lado bobo em cheque, não é, querida.

— Eu costumo fazer, querido.

David abriu uma expressão sincera. — Na verdade, eu não sou tão horrível quando eu estou do seu lado. Nós somos muito mais parecidos do que você imagina. Você precisa de tempo para pensar sobre isso? — perguntou David.

Alex assentiu imperceptivelmente, evitando contato com os olhos.

— Pegue o contrato, leve-o com você e peça ao seu pai para ler. Depois, você pode nos dizer "*sim*" até o fim da semana. Será o melhor. Eu prometo.

Zach estava estacionado na colina perto do castelo, com o motor ligado e as luzes de alerta piscando. Ele estava obviamente desesperado para voltar para Leia.

Alex entrou. — Ei.

— Você parece uma merda — disse Zach, afastando-se.

— Sim. Eles me ofereceram um emprego.

O carro sacudiu. Zach recuperou o controle. — O quê? Eles?

— David estava lá. Ele armou para mim. Eu tenho um contrato de ouro para analisar.

— E você disse para ele se foder, certo?

— Eles estão oferecendo muito dinheiro, Zach. É tentador.

— Alex, você não quer trabalhar para alguém que fez você implorar de joelhos.

— Ele pediu desculpas por isso. Disse que ele estava tendo um dia ruim.

— Um dia ruim?

Alex abriu o contrato. O salário sugerido piscou para ele. — Olha, eu acho que é melhor eu não contar a Nicky sobre isso, ok? Apenas enquanto eu estou pensando a respeito.

— Não há nada em que pensar, Alex. David Lewis é uma péssima ideia - não deixe que ele o seduza com dinheiro. Aposto que há algo que ele não está dizendo a você. Ele provavelmente está planejando algo desagradável, e quanto mais cedo descobrir o que é, melhor.

Capítulo 33

Edward Steele virou o resto de seu café frio, buscando os vestígios de cafeína. Eram essas reuniões assassinas de três horas que lhe perturbavam mais. Ele pegou sua agenda e abanou-se com ela. O ar condicionado estava quebrado mais uma vez – como era típico, o conselho não se preocupou em consertá-lo. Obrigou-se a lembrar a sua motivação para estar aqui; não era para ficar fresco e confortável. Ele cresceu em uma propriedade do conselho de Essex, onde sua linda mãe tinha incutido nele a vontade de dar algo de volta à sociedade, por isso, quando ele decidiu estudar para ser advogado no final da adolescência, ele sempre pretendeu usar seus talentos para o bem. Felizmente, ele tinha conhecido Carowyn depois que ele se formou - uma mulher rica, de família rica, que apoiou o seu desejo de fazer o bem à comunidade. No próximo ano, ele esperava emprestar seus talentos legais para uma instituição de caridade local, ou até mesmo começar a sua própria fundação, financiado pelo dinheiro de sua esposa. Mas, no momento, sua vocação escolhida era como advogado de propriedade comercial para a autoridade local de Maidenhead. Quando ele tinha aceitado esse papel há 19 anos, ele não tinha contado com todas essas reuniões chatas, ouvindo a baba interminável de Timothy Pratt - chefe de planejamento - que, na verdade, estava apenas atrasando os movimentos, tanto quanto todos os outros. Edward estava ansioso pelo fim de semana, quando ele seria capaz de arrasar Timothy no campo de golfe, como uma retribuição amigável pelo sofrimento que ele estava fazendo com que ele passasse atualmente.

Timothy reprimiu um bocejo. — E ponto vinte e seis é uma solicitação do Corporista Café PLC para comprar número sete da High Street, de David e Charlotte Lewis da Lewis Propriety Trading.

A porta bateu no cérebro de Edward. — O quê?

A atmosfera entrou em colapso languidamente. Os colegas do conselho de Edward soltaram a sua desaprovação sobre ele. Não era normal que as pessoas importunassem essas reuniões; o que na terra ele estava fazendo? Susan, Mary, Michael e os outros olharam para ele, de bochechas vermelhas, suado, e murcho.

— Você queria dizer alguma coisa, Edward? — perguntou Timothy.

Edward sentou-se esticado. — Já não temos um daqueles Corporista Café em Maidenhead?

— Na outra ponta da High Street, sim, e está indo tremendamente bem. O edifício que o Sr. Lewis está querendo vender está em condições precárias, por isso o Corporista irá financiar a demolição. Eles propõem a instalação de um imóvel comercial construído especificamente para esse fim, na High Street. Ok? Agora, há um pequeno...

— Mas já não temos o suficiente bares, restaurantes, pubs, discotecas, cafés, e deliveries em Maidenhead?

— Sim — disse Timothy. — Mas se conseguirmos um grande nome como Corporista lá, então podemos voltar a desenvolver esse lado da *High Street*, e, talvez, outros grandes nomes vão investir também. Já existe o interesse da *Snappy Burgers*, mas eles estão à espera de alguém dar o primeiro passo, por isso temos de dizer sim ao Corporista. Alguma outra objeção?

— Eu acho que é uma grande ideia — disse Susan. Isto poderia ser traduzido como, *"eu preciso pegar as crianças em breve, assim podemos apressar isso?"*

Michael brincava com seu lápis. — Apoiado.

— Concordo — disse Mary, tamborilando os dedos sobre a mesa.

— Agora — disse a Timothy: — há uma pequena questão com o imóvel já em ocupação. Mas o Sr. Lewis afirma que ela deve vários meses de aluguel atrasado, e seu contrato deveria ser renovado em novembro, de todo jeito. E se ela não ficar satisfeita em ser despejada, bem, podemos sempre contar com Edward para entrar em contato com os advogados do Sr. Lewis para garantir que a lei seja respeitada. Certo, Edward?

Capítulo 34

Nove, dez, onze!

Alex sorriu para o tomate no ar. Depois de sua formação dedicada, que tinha começado há cinco minutos, ele agora era autodidata na arte de malabarismo, e ele tinha acabado de atingir sua melhor marca pessoal de dez segundos. Mas, com um tomate no ar aos 13 segundos, ele se atrapalhou, deixou cair tudo, e decidiu continuar com o jantar. Ele pegou uma faca e fingiu ser um apresentador do *Blue Peter*, usando a enorme cozinha de seus pais como seu estúdio de televisão. Não que eles tocassem Led Zep como no *Blue Peter*, mas esta era a sua fantasia, e ele podia fazer o que quisesse na privacidade da sua própria mente.

As janelas estavam abertas, e o tempo estava fresco. A vida era boa. Fazia três dias que Charley e David fizeram a oferta de trabalho, e na noite passada, Alex finalmente criou coragem para telefonar a Charley e dizer-lhe que não podia aceitar. Ela ficou desapontada, porque achava que seria perfeito, e ele sabia que uma oportunidade como essa nunca cairia em seu colo novamente. Mas ele amava *Ruby in the Dust*, e seria desleal com Nicky assumir um emprego com o seu senhorio desagradável, que, vamos combinar, era um pentelho, não importa o quanto ele estivesse disposto a pagar Alex. Agora, ele poderia simplesmente esquecer a coisa toda, com a certeza de que Nicky nunca iria descobrir. Com sua consciência intacta, ele poderia voltar a ser um garçom no café que ele amava, com a mulher que amava. As coisas estavam fáceis, e ele se sentia bem. Ele estava até mesmo se dando bem com seus pais.

— Esta delicioso, Alex, muito bem feito — disse Edward, quando estavam sentados na sala de jantar arejada.

— Obrigado, pai.

Edward pegou o copo de água gelada. — Dizem que o tempo deve mudar na sexta-feira.

— Típico da Inglaterra! — disse Alex. — Poucos dias de clima quente, em seguida, uma tempestade, e de volta ao normal.

Carowyn tomou um gole de Rioja[38]. — Certo, Alexandre, você provou o seu ponto - você foi capaz de fazer desse café um sucesso. Agora é hora de conseguir um emprego adequado. Eu suponho que você vai aceitar a oferta de David?

— Não, eu recusei.

Carowyn segurou seu olhar. — Bem, eu sugiro que você entre em contato com ele e diga que você mudou de ideia.

— Sim — Edward disse, — esse contrato que você me mostrou é incrível. Você seria um tolo por não aceitar essa oferta.

— Então eu sou um tolo. Eu estou feliz que a torta de tomate e ricota ficou boa. Nicky me deu sua receita secreta!

Carowyn falou sem jeito. — Você não pode mais trabalhar no *Ruby in the Dust*, Alexander, eu sinto muito.

Alex se recusou a deixá-la acabar com seu humor jovial. — Você não pode me dizer o que fazer, mãe - eu sou um homem adulto!

— Edward, você se importaria de dar a notícia para o seu filho?

— Que notícias? — perguntou Alex.

— Isso ainda é confidencial — disse Edward. — Mas, eu sinto muito, David tem planos para vender o edifício de Nicky para os incorporadores.

Alex sentiu como se uma garra tivesse atingido seu rosto. Sua atenção pairou sobre seu pai, querendo mais informações. — O quê?

— Nós tivemos um pedido de planejamento do Corporista Café —

38 Tipo de vinho.

Edward explicou. — Eles querem demolir o local e usar o terreno para construir um café de dois andares.

— Corporista Café? Não, pai - diga-lhes que não pode!

Edward largou a faca e o garfo. — Vai trazer um monte de negócios para a cidade. Nós realmente não podemos recusar. Sinto muito, Alex.

— Você pode recusar. Você sempre tem uma escolha. Certo, mamãe?

Carowyn suspirou. — Parece que eles já fizeram suas escolhas, Alexander.

— Mas e Nicky? É seu meio de subsistência. E a sua casa.

— Seu contrato de arrendamento está chegando na época de renovação, em novembro — disse Edward. — Então David não vai renová-lo.

— Mas e cadê a consideração com ela como ser humano? E sua felicidade?

— Isto não é sobre felicidade — disse Carowyn. — É sobre negócios.

Uma ideia surgiu na cabeça de Alex. — Ei, vocês dois poderiam comprar o edifício e alugá-lo para Nicky! *Ruby in the Dust* está tendo um grande lucro. Por favor. Faça isso por mim. Eu sei que vocês têm o dinheiro.

Carowyn apertou-o com um olhar. — E por que faríamos isso, após a nítida falta de consideração que você sempre teve por nós? Você continua dizendo que mudou, mas onde está a prova? Você não pode simplesmente nos enrolar com histórias e sentimentos - onde está a prova irrefutável?

Alex vacilou. — Eu tenho um emprego. Eu não estou bebendo muito agora.

— Você não está ganhando o suficiente para sustentar-se, não é? Quando você está planejando fazer uma hipoteca para ter o seu próprio imóvel?

Alex olhou para o seu jantar, que de repente parecia ridículo.

Carowyn continuou com a agressão verbal. — E deixe-me lembrá-lo que você socou o seu primo no rosto e arruinou o lançamento do meu livro.

Você não pode me dizer que não foi induzido pelo álcool. Quando é que você vai crescer e começar a comportar-se como o adulto que você legalmente tornou-se há quase uma década?

A mente de Alex prostrou-se aos pés de sua mãe. — Eu vou fazer o que você quiser. Eu prometo. Vou trabalhar em Londres. Vou voltar a estudar para ser médico, que é o que você quer, não é?

Carowyn balançou a cabeça. — É tarde demais, Alexander.

— Por favor, compre o edifício de David, pai. Deixe-o como parte da minha herança.

— Quem disse que você está como beneficiário da nossa herança? — perguntou Carowyn.

— Ha ha.

— Quem disse que eu estou brincando? Por que eu iria deixar todos os meus bens para um bêbado preguiçoso?

Alex agarrou a borda da mesa — Por que estamos falando de mim? É sobre Nicky.

Edward tocou-lhe no braço. — Sua mãe e eu não estamos preparados para assumir qualquer projeto de negócios nesta fase de nossas vidas. Queremos comprar uma casa em Portugal como sempre falamos; nos aposentar. Eu quero começar a minha fundação de caridade. Eu realmente sinto muito, mas o escritório de planejamento já se reuniu com o Corporista; e o negócio será ótimo.

Alex bateu com o garfo em cima da mesa. — Não, certamente não será.

Capítulo 35

A foto estava brilhante, mas borrada. Nela, eles estavam sentados juntos, sorrindo em volta da fogueira. Os braços dele estavam ao seu redor, como se ele a amasse mais do que o universo, e, naquele momento, ela sentia como se fosse verdade. Seu sorriso encantador não tinha mudado nada nos últimos nove anos. Após o seu encontro casual na feira, a atração de Charlotte por Alex havia ressurgido com borbulhante intensidade.

Ela precisava convencê-lo a aceitar o trabalho. Ela se recusava a aceitar o seu não.

Charlotte tinha acabado de colocar as crianças na cama, mas acreditava que elas não ficariam deitadas por muito tempo, com este calor. O ar estava espesso como esponja. Sem deixar de ficar atenta às crianças, ela foi para o sótão, por dez minutos, e acabou vasculhando a caixa de sapatos com fotos antigas, enquanto David estava ocupado no escritório, no andar de baixo.

Charlotte amava o marido profundamente - ele era leal, carismático, e tinha uma cabeça maravilhosa para negócios - mas às vezes ela se arrependia de começar uma família tão jovem. Esses dias com Alex tinham sido divertidos.

Ela estava prestes a colocar a foto na caixa para pegar a próxima, mas a campainha tocou, então ela se levantou rapidamente e foi até o corredor, esperando que Rebecca e Harry continuassem a dormir, mesmo com o barulho.

A campainha tocou novamente quando ela chegou ao pé da escada. — Estou indo!

Ela atravessou o corredor brilhante com seus pés descalços, e abriu a porta de carvalho o mais silenciosamente possível.

A visão dele encheu o seu coração de alegria. — Alex!

Alex não devolveu o sorriso. Charlotte olhou para os outros. Nicky Lawrence, uma mulher que ela não conhecia e aquele só poderia ser...

— Zach! Oh, meu Deus!

Zach sorriu. — Ei, Charley.

— Como é maravilhoso te ver. Você está tão crescido, mas parece exatamente o mesmo! Como você está?

Alex entrou. — Nós não viemos aqui para uma reunião. Nós viemos para ver David.

— Todos vocês?

Nicky cuspiu as palavras. — Só eu, se ele não puder receber a todos nós.

Enquanto eles entravam, Charlotte sentiu-se ameaçada por este grupo de visitantes noturnos. Era óbvio que não estavam aqui com boas intenções. Sentia-se exposta em seu vestido de verão, então, ela puxou o xale de seda em volta dos ombros para se proteger.

Ela apontou para a jovem desconhecida. — E quem é ela, posso saber?

— Eu sou apenas uma mera garçonete no *Ruby in the Dust* — disse a menina. — Mas não por muito tempo se o seu marido executar seu plano mestre.

Charlotte olhou para ela, com o cuidado de não deixar nada passar. Como eles haviam descoberto sobre os planos do Corporista? Ela alertou David para não anunciar isso para Nicky até depois da reunião de planejamento. O que ele fez?

Ela afastou-se e gritou: — David, você pode vir aqui, por favor?

Alex não tinha a intenção de intimidar Charley. Percebeu agora como os quatro deveriam parecer, parados no corredor de sua casa, furiosos com a traição. Ela tinha treinado bem David, no entanto. Ele surgiu de um dos quartos do andar de baixo quase no exato momento em que ela o chamou.

David pareceu surpreso ao ver os quatro, mas se recuperou rapidamente.

— Bem, se não são os Três Mosqueteiros e... Leia, não é? O que os trazem ao nosso humilde lar nesta noite agradável de verão?

Alex abriu a boca para dizer a David que ele não iria se safar dessa, mas Nicky deu um passo à frente. — Eu não posso acreditar que você está fazendo isso comigo, seu bastardo!

Alex e Leia seguraram Nicky antes que ela pudesse atacá-lo fisicamente.

David não vacilou. — Nicky, por favor não grite - meus filhos estão tentando dormir.

— Bem, eu estou feliz que eles têm um lugar para dormir. Onde eu devo viver quando você terminar de demolir o meu negócio pelas minhas costas?

— Oh, você já soube da notícia, não é? Eu entendo.

— O pai de Alex está no comitê de planejamento do conselho, infelizmente para você — disse Leia.

— Sim, sim, por isso que vocês sabem. Não é azar pra mim, na verdade, porque o conselho está me apoiando. Eu não estou fazendo nada contra você, pessoalmente, Nicky, é negócio. É meu prédio, então eu posso fazer o que quiser. Estou agindo dentro da lei. E está em mau estado - você sempre me disse isso.

— Sim, mas eu não quis dizer para você derrubá-lo!

David olhou-os, disfarçando um sorriso de satisfação. Ele olhou para a porta aberta. — Meus vizinhos devem estar se perguntando por que há um Ford Escort velho em frente à minha garagem. Presumo que aquela lata velha enferrujada seja sua, Zachary?

— Há uma razão para Zach dirigir um carro merda — disse Alex. — Ele não é o tipo de pessoa que destruiria o sustento de alguém para conseguir um dinheirinho rápido.

— Todos nós precisamos ganhar a vida. Como você conseguiu meu endereço, afinal? Me perseguindo?

— No contrato de locação de Nicky.

— Oh, que inteligente.

Nicky respirou fundo. — David, deve haver algo que eu possa fazer você mudar de ideia.

David suavizou sua expressão. — Eu já disse que vou abrir mão do aluguel atrasado que você me deve. Alex ganhou a aposta.

— Mas deve haver algo que eu possa fazer para impedir isso.

— Bem, você poderia me levar ao tribunal, mas eu não te aconselharia isso. Eu vou ganhar, e então você vai ter que pagar as custas judiciais.

Ela olhou para ele. — Você está me cobrando por esse conselho maravilhoso?

— Considere isso como um brinde.

A tensão era esmagadora em torno deles. Nicky olhou para longe, derrotada.

Charlotte sorriu amigavelmente. — Você já repensou sobre a oferta de emprego, Alex?

A cabeça de Nicky girou. — Que oferta de emprego?

Alex se sentiu mal. Os olhos de Nicky o encaravam com raiva, fazendo com que a realidade o atormentasse. Ele olhou para o teto, perguntando-se como ele ia sair dessa.

— Nós oferecemos a Alex uma posição lucrativa em nossa empresa — disse David. — Ele não disse a você?

Os segundos se arrastaram enquanto Nicky ficava imóvel. Então, ela simplesmente disse: — Não.

— Oh, não se sinta mal, Nicky — disse Charley. — Era exatamente sobre isso a nossa pequena reunião em Windsor na segunda-feira.

Alex viu o queixo de Nicky apertar. — Encontro em Windsor na segunda-feira?

— Oh, ele não lhe disse sobre isso?

Nicky olhou para ele. — Não, ele deve ter esquecido.

Alex descongelou, e tentou explicar. — Me desculpe por não lhe contar. Mas era irrelevante, eu nunca planejei assumir o cargo.

Charley fingiu soar confusa. — Mas você demorou um bom tempo analisando o contrato, não é, Alex?

— Sim, Charley. Mas eu recusei, não foi?

Tensão girava em torno dos seis. Em uma tentativa de evitar o olhar de Nicky, Alex olhou para Charley e percebeu que ela estava escondendo alguma coisa.

— Oh — ela disse. — É uma foto de nós dois! Aqui, olha.

Ela mostrou-lhe e ele não pôde deixar de sorrir. — Merda, eu realmente era assim?

Zach olhou por cima. — Ei, eu acho que eu tirei essa foto. Fomos todos para Bude num fim de semana, não foi?

— Sim! — disse Charley. — Era típico de Alex não querer ir para Newquay como todo mundo, então acabamos em Bude.

— Nós viajamos no Land Rover de Alex e dormimos na praia — disse Zach, nostalgicamente.

— Bem, nós dormimos no Land Rover, não foi, Alex?

Alex sorriu. — Você se lembra.

Ela deu uma risadinha. — Sempre!

Nicky suspirou. — Se vocês tiverem terminado de tropeçar na estrada da memória, eu gostaria de discutir a destruição planejada da minha casa e do meu sustento por essa puta e seu marido.

Charley suspirou, parecendo genuinamente ofendida por este insulto.

— Vamos, Nicky — disse Alex. — Não há necessidade de fazer insultos pessoais contra ela.

Nicky abriu a boca, provavelmente para insultar Alex, mas David falou primeiro. — Ah, a propósito, Leia, um amigo meu é um executivo na Transfix Records. Você deveria me dar uma cópia do seu trabalho. Eu ficaria encantado em entregar a ele.

Leia olhou para ele. — Transfix Records?

— Sim. Eu acho que você pode ser o que ele está procurando.

— Uau! Sério?

— Sim. E, Zach, certifique-se de colocar seus créditos como produtor, de modo que a gravadora possa avaliar as suas competências, bem como as de Leia.

Leia e Zach começaram a fazer perguntas a David e a atmosfera sombria acabou, como se todos fossem grandes amigos.

Nicky fervilhava em silêncio. Alex se sentia estranho. Ele queria confortá-la, mas ele sabia que se ele desse o passo errado com ela agora, ele estaria ferrado. Ele abriu a boca para sugerir que saíssem; implorar para ter a chance de se explicar. Mas ele ouviu Charley respirar fundo e falar, então voltou seu olhar para ela.

Charley sorriu profundamente em seus olhos. — Venha trabalhar conosco, Alex. Se você não quer fazer isso por você, faça por Nicky. Aproveite esta oferta, e você pode cuidar dela.

De repente uma bomba explodiu. — Não fale sobre mim como se eu fosse uma instituição de caridade! Eu não vou receber caridade nem ser dependente de ninguém, especialmente de Alex, financiado pela sua oferta desprezível.

David a olhou, como se ela fosse uma criança rebelde. — Nicky, embora eu perceba que você é uma mulher orgulhosa e independente, você não é alguém com bom senso - não é sua culpa, você não foi muito bem-educada, eu sei. Mas, eu juro a você, não há nada que você possa fazer para me impedir de vender o edifício para o Corporista. Se você tiver um pouco de inteligência, você engolirá seu orgulho e incentivará Alex a trabalhar para mim. Tenho certeza que ele vai apoiá-la, pelo menos até que você possa encontrar uma outra maneira de se sustentar.

— Eu não preciso dele. Sempre cuidei de mim mesma.

— Sério? Discordo. Você é um nada; uma ninguém. Você é uma ignorante da classe trabalhadora, uma estrangeira, o seu inglês é terrível. Há uma recessão acontecendo. Alex é um gênio; vem de uma boa família. Ele é um médico qualificado, charmoso, bem sucedido. Em um mundo ideal, ele notaria que é muito melhor do que você e seu café ridículo. Mas por alguma razão, eu acredito que ele te ama. Se eu fosse você, eu iria aceitar qualquer ajuda que ele oferecesse, porque, a não ser na profissão mais antiga do mundo, eu realmente não posso ver como você conseguirá se manter e a seu sobrinho. Você não concorda, Alex?

— Não, claro que não. De modo nenhum.

— Sim, você concorda — disse Charley, inocentemente. — Lembra do que você falou na outra noite sobre transformar o Café de Nicky? E sobre sua aparência estranha. Nós até brincamos sobre você se tornar um guru da moda, não foi?

— Ah, sim, isso mesmo — disse David. — Você comparou-se a Pigmalião ou Svengali, ou algum outro tal sociopata narcisista.

— Maquiavel — Alex sussurrou.

— É isso aí!

Alex forçou-se a olhar para Nicky. Seu corpo caiu, como se tivesse levado um tapa.

— Eu sinto muito — disse ele.

Nicky empertigou-se. — David, você é o idiota mais condescendente que eu já conheci e eu vou ficar feliz quando você estiver fora da minha vida. Se não há nenhum jeito que eu possa salvar meu edifício da demolição, então que seja. Eu gostaria de dizer que trabalhar com você, por esses anos, foi ótimo, mas não foi. Você é um scheißkerl e sua esposa é uma vadia metida.

David soltou a gargalhada desconfortável. Nicky desviou o olhar de David, e se virou para olhar para Alex por alguns segundos.

Alex murmurou para o chão. — Eu só queria o melhor para nós, isso é tudo.

Nicky ficou rígida. — Oh, é, né?

Ela aproximou-se de Alex, quase batendo o rosto no dele. Alex temia que ela também desse um tapa nele, então arqueou as costas e se afastou. Ele estava morrendo de vontade de chegar perto dela desde o beijo, mas não era bem assim que sua fantasia tinha sido.

— Fique longe de mim! Eu não preciso que você salve a minha vida.

Alex abriu a boca para se defender, mas Nicky tinha ido embora, saindo da casa, deixando Alex grudado ao chão, cambaleando com o choque.

Leia correu atrás dela. — Nicky!

— Vou verificar se está tudo bem — disse Zach, deixando-o, também.

Alex olhou para o chão, sem saber o que fazer. A vida parecia fora de controle. Mas ele estava preso ali; congelado.

Ele forçou seus músculos para sair. — Muito obrigado, David. Fiquei feliz por cinco minutos.

— Bem-vindo de volta à realidade. Ela vai ficar bem; ela é casca-grossa. Enfim, vamos parar de besteira. Assine o contrato. Se você tiver alguma dúvida, deixe-nos saber, ok?

— Eu tenho uma pergunta sobre o trabalho, na verdade.

— E qual é? — perguntou Charley.

— Em qual dos seus traseiros vocês gostariam que eu o enfiasse?

Capítulo 36

Nikolaus apertou os ombros contra a madeira dos galpões de bicicleta. Ele deveria ter imaginado que Eisenberg viria procurá-lo depois da aula. Esta semana, ele já tinha perdido hockey, futebol e corrida de 5000 metros. A sua ausência deveria ter sido como um sino soando nos vestiários - não tinha ninguém para atormentarem nos chuveiros, estragando a diversão de todos.

Sr. Eisenberg lambeu os lábios e moveu a mão para o rosto de Nikolaus. Ele se preparou para o impacto de uma bofetada. Mas em vez disso, Eisenberg o agarrou e empurrou seu rosto contra a grama.

— Eu sabia que ia te encontrar aqui, seu merdinha. Você precisa correr mais do que isso para fugir da minha classe.

— Eu machuquei meu ombro, senhor — Nikolaus chiou.

— Qual? Este aqui? — Eisenberg agarrou Nikolaus e cravou seu polegar na articulação.

Nikolaus gritou, mas sabia que era melhor do que lutar. Sofrer o aperto da morte nas mãos do ex-militar do exército era algo que a maioria dos meninos de sua idade já tinha passado, e as técnicas de sobrevivência tinham sido ensinadas: não lute e logo vai acabar.

A pressão diminuiu, e a expressão de Eisenberg suavizou. Ele sorriu e passou a mão sobre o rosto do menino.

Nikolaus sentiu suas vértebras contraíram. Isso não era um sinal de ternura.

— Eu sei qual é o problema — disse Eisenberg. — Você não gosta de tomar banho na frente dos outros. Eu vi você tentando esconder o seu corpo deformado. Um pau minúsculo, quase inexistente e peitinhos de menina. Que tipo de garoto é você?

Nikolaus engoliu em seco, cerrando os dentes para conter as lágrimas.

— Você está se transformando em uma garota — disse Eisenberg.

A vergonha tomou o corpo de Nikolaus. Apesar do que todos diziam, ele sabia que sempre foi uma menina.

Eisenberg moveu a mão para o peito de Nikolaus. — Não se preocupe, não vou contar a ninguém. Tenho certeza de que podemos chegar a um acordo. Seria algo assim: você não precisa fazer exercícios se você me der o que eu quero. Se você fizer isso por mim, eu não vou contar aos outros sobre o seu corpo nojento.

Eisenberg pairou sua mão gananciosa na frente da camisa de Nikolaus. Ele pensava se deveria empurrar seu joelho para cima, para esmagar a virilha do professor, queixo ou nariz.

Ele exalou. Talvez ele devesse aceitar esta oferta obscena de proteção. Ele normalmente resignava-se a fazer qualquer coisa que o mantivesse longe de problemas. Sobrevivência era seu objetivo. E na verdade, até agora ele havia sobrevivido. Mas uma pergunta aparecia a toda hora em sua mente. Será que só sobreviver era tudo o que ele teria na vida? Sobrevivência até então só tinha resultado em exploração - em uma sensação de paredes se fechando, todas as manhãs e todas as noites, fazendo com que ele se sentisse um pedaço de merda.

Foda-se, ele lutaria! Com o impulso do galpão de bicicleta atrás dele, Nikolaus empurrou o professor, com a bota, fazendo com que Eisenberg tropeçasse e caísse para trás.

— Você pode dizer para quem você quiser sobre o meu corpo deformado, mas eu nunca vou fazer o que você quer. Mantenha suas mãos longe de mim.

Nicholas pegou sua mochila, enrijecendo sua coluna, antecipando o soco nas costas que não veio. Ele afastou-se em transe, para longe dos galpões de bicicleta, em direção aos portões da escola, e para a estrada para a liberdade. Aos quinze anos, ele sabia que nunca mais iria voltar para a prisão cruel. Mas estava tudo bem; Jamie precisava dele na Inglaterra. Ele iria deixar a Alemanha, e viver com sua irmã numa pequena cidade onde ninguém jamais descobriria o seu segredo. Ele poderia recomeçar, mais uma vez, em Maidenhead.

Capítulo 37

O tempo virou e a chuva caiu com força.

Agora que você já está molhado, paciência, Jamie pensou consigo mesmo, quando a roda de sua bicicleta jogou água suja sobre suas canelas. Mas, felizmente, era chuva quente, como nos trópicos, e não o granizo afiado que cortaria sua carne se estivessem em dezembro.

Sob o capuz do seu casaco, seu cabelo se agarrou miseravelmente em sua testa - o tempo que ele passou se arrumando foi arruinado. A perspectiva de Leia vê-lo com os cabelos crespos o irritou mais do que a perspectiva de passar a noite com as roupas pingando. Mas não havia muito que ele pudesse fazer sobre isso agora. Ele não tinha pensado para trazer o seu secador de cabelo, escova, e mousse fixadora com ele. Além disso, Leia provavelmente estaria muito ocupada com a língua na garganta de Zach para notar como o cabelo de Jamie estava. E ele provavelmente ficaria com Alex.

O homem teve um colapso. Durante as últimas cinco manhãs, Alex tinha aparecido no Café, apenas para ser mandado embora por Nicky. Alex tinha voltado a cada tarde, e Nicky o ignorava até que ele fosse embora, então depois de terem fechado, ele chegava bêbado, tocando a campainha do apartamento, exigindo que Nicky falasse com ele.

Hoje à noite, durante o jantar, Nicky tinha se inclinado para fora da janela e gritado para Alex deixá-la sozinha. — Ou eu vou mandar prendê-lo!

Jamie esperava que ela fosse jogar um balde de água sobre ele. Ele não sabia o que fazer com sua tia. Ele lhe devia muito. Ela o salvou de uma potencial infância de dor e uma vida de possível imprudência. Ela o encorajou a ter uma boa educação, a ser atencioso com os outros, acreditar em si mesmo. Ele queria que ela fosse feliz, e ele tinha visto as transformações nela ao longo dos últimos três meses, que ele nunca pensou que era possível, considerando-se toda a merda que ela tinha passado quando era criança. Alex era tão bom para ela, perfeito, na verdade, e Jamie queria que ela fizesse as pazes com ele. Mas o que ele poderia fazer?

Como um cão molhado, Jamie balançou seus braços e pernas na varanda do bar, então caminhou para dentro para encontrar Alex sentado, com a cabeça abaixada. Jamie podia sentir o atrito estático que emanava por toda a sala. Zach e Leia estavam montando o equipamento de música, no canto, então Jamie acenou para eles, e seguiu em silencio até seu amigo desamparado.

Alex olhou para cima. — Hey, Jamie. Está chovendo lá fora?

Jamie olhou para a camiseta e o jeans encharcados. — Não, eu só entrei em autocombustão, espontaneamente.

Alex quase cuspiu a cerveja de tanto rir. — Brilhante! Você deveria trabalhar no corpo de bombeiros!

Jamie sentou-se no banco do bar ao lado dele. — Você está bem depois daquilo?

— Você realmente acha que ela vai chamar a polícia se eu for no café de novo?

— Não, eu não vou deixá-la. Ela está exagerando, é o que acho.

Alex bebeu sua cerveja. — Como posso dizer a ela o quanto eu sinto? Nunca tive intenção de aceitar a proposta de David; foi tudo tão... — ele balançou a cabeça. — Eu preciso de Nicky. Ela ilumina tudo; torna a vida digna de ser vivida. Eu não tenho nada agora.

Jamie olhou para Leia. — O que aconteceu com "*estou feliz se ela estiver feliz*"?

— Mas ela não está feliz. Eu não posso continuar assim.

— Você precisa deixar o tempo passar, Alex. Como diz o ditado, tudo muda, até mesmo os maus momentos.

— Eu nunca ouvi falar nisso.

— Bem, se não é um ditado, deveria ser. Inverno parece triste e escuro, mas ele sempre se torna primavera. Este é apenas um sentimento doloroso. Mas o tempo vai melhorar as coisas. E para Nicky, também. Basta dar-lhe algum espaço para sentir sua falta.

Os olhos de Alex brilharam com lágrimas. — Mas ela pode me esquecer.

Jamie sorriu carinhosamente. — Alex, eu não acho que alguém poderia esquecer você.

Capítulo 38

Na noite seguinte, Zach parou do lado de fora do *Ruby in the Dust* e viu que a placa na porta simplesmente dizia "*Fechado*". As luzes ainda estavam acesas, assim, ele adivinhou que Nicky estava lá dentro. Zach sentia-se esmagado pela tristeza de Alex. Ele amava esse cara como um irmão, e desejava que ele pudesse fazer uma magia para mandar para longe o que tinha acontecido - especialmente considerando que não era realmente culpa de Alex, desta vez, não realmente.

Não só foi Alex afetado pelo mau humor de Nicky, mas as belas asas de borboleta de Leia estavam murchando também. Ela estava tão preocupada com Nicky, que até seu desempenho na noite do microfone aberto, ontem à noite, tinha sido sem brilho. Talvez Nicky só precisasse de alguém para conversar. Ela estava se recusando a discutir as coisas com Leia, então Zach não via por que não deveria ser ele.

Ele abriu a porta e caminhou para dentro.

Nicky não levantou os olhos de sua papelada. — Quantas vezes devo dizer-lhe para não vir aqui?

— Esperando alguém?

Ela levantou a cabeça. — Oh. Zach. Alex normalmente está chegando a essa hora. E na primeira hora da manhã. E quando eu estou lá em cima comendo meu jantar. E quando eu vou para a cama. Eu lhe disse que iria chamar a polícia se ele não me deixasse em paz.

Zach puxou uma cadeira e sentou-se. — Eu sugeri que ele não viesse tanto aqui. Mas, sério, coitado, ele vai ficar louco.

Nicky soltou uma risada tensa. — Oh, pobre Alex.

— Eu sei que você está sofrendo, Nicky, mas Alex não está exatamente melhor do que você.

O rosto dela piscou com preocupação. — Ele começou a beber de novo?

— Um pouco, mas não como ele costumava fazer.

Nicky suspirou. — Eu sabia que ele beberia.

Parecia tão escuro e sombrio aqui esta noite. Foi-se a atmosfera vibrante usual que Nicky e Alex criaram juntos. O aparelho de som estava em silêncio e o ar parecia estranho. *Ruby in the Dust* tinha morrido, e alegria de Nicky foi junto com ele. Mas Zach sabia que não era tarde demais para uma ressurreição tanto do Café quanto da alegria de Nicky.

Ele olhou para a papelada. — Você pensou em algo mais que você possa fazer, como trabalho?

— Não.

— Quando você vai contar para os clientes sobre o que está acontecendo?

— Eu disse a eles hoje. Alguns deles tinham visto o aviso no jornal e perguntaram se era verdade.

— Como eles reagiram?

— Eles ficaram chateados e com raiva. Eles disseram que vão escrever para o conselho e ir para a reunião de planejamento para falar o que eles pensam sobre isso.

— Eu vou também. Quando é?

— Terça-feira. Em quatro dias, a contar de hoje, vou ficar de pé em frente ao comitê do conselho e dizer por que o *Ruby in the Dust* deve ser autorizado a permanecer aberto.

— Isso é ótimo!

— Hm, e David vai dizer por que deve ser demolido.

— Você é boa em fazer discursos - você pode convencê-los.

Nicky pegou a caneta e brincou com ela. — Amber, do jornal, disse que ela está do meu lado. Ela adora este lugar. Ela gosta de vir aqui, ler os livros e tomar uma xícara de chá. Ela disse que aqui é descontraído e amigável; que trata as pessoas como seres humanos.

— Esse é o *Ruby in the Dust*, certo?

— Com certeza — ela ergueu o olhar e falou olhando nos olhos de Zach. — Talvez nós ainda possamos bater David. Eu duvido, mas temos que tentar.

Zach estava tão feliz que Nicky não estava preparada para desistir. Talvez ela não fosse desistir de Alex também.

— Leia disse que ela nunca viu você assim — disse ele. — Ela está preocupada.

— Estou prestes a perder tudo.

— Eu sei. Mas você precisa de todos os amigos que você puder contar, nesse momento, certo?

— Não me diga que eu estou exagerando com Alex. Eu já tive o suficiente disso com Jamie - de repente, ele é uma autoridade em relacionamentos.

— Bem, por que você está reagindo assim? Alex não aceitou a oferta de emprego. E se ele aceitasse, seria um problema dele, certo?

— Ele me traiu. Indo a reuniões nas minhas costas. Você ouviu o que ele disse sobre mim.

Zach inclinou para frente. — Isso faz com que se pareça uma boa história dramática para você acreditar, não é?

Os olhos azuis de Nicky estavam presos aos de Zach. Alex estava certo sobre ela; você não quer ficar contra ela.

Zach se lembrou porque ele estava aqui - não deixe que ela o intimide; isto é para Alex e Leia.

— O que eu acho é que você inventou essa história para que possa punir Alex - empurrando-o. Assim, enquanto você achar que ele te traiu, você nunca mais vai precisar deixá-lo entrar.

— Oh. Você é uma autoridade em relacionamentos, também, não é?

— Bem, não, mas eu sei por que é tão fácil de ser com Leia. Nós nos amamos. Queremos que o outro seja feliz. Nós não temos medo um do outro.

A expressão de Nicky parecia vazia. — Eu não tenho medo de Alex.

Zach pressionou as palmas das mãos sobre a mesa. — Eu acho que você está com o coração partido, assim como ele, e esta é a sua maneira de lidar com isso. Ele bebe e limpa o chão; você endurece e muda de assunto.

Ela sentou-se esticada. — Eu realmente deveria continuar com essa papelada.

— Olha, Nicky, por favor... Eu só estava pensando, talvez você possa dizer a Alex o que é que deixou você tão... assim. Então, pelo menos, ele vai saber por que você não vai ficar com ele, mesmo que você esteja obviamente apaixonada por ele.

Os olhos de Nicky se arregalaram. Ele resolveu insistir um pouco mais.

Ele perseverou. — Se você realmente decidiu que você vai chafurdar na sua miséria sem Alex - mesmo que ele te faça feliz - você não acha que ele merece, pelo menos, uma explicação do porquê?

— Eu não sei do que você está falando. Por que eu iria dizer a Alex algo pessoal? Ele só vai me deixar para baixo.

O espírito protetor de Zach apareceu. — Diga-me alguma coisa que Alex já fez para deixá-la para baixo.

Nicky respirou fundo. Ela fez uma pausa, em seguida, fechou a boca.

— A sua briga é com o David. Não tem nada a ver com o Alex. Você o ama, mas...

— Ridículo!

— Mas você acha que ele vai rejeitá-la se ele descobrir tudo o que você está escondendo, e você não pode suportar isso. E agora, esta situação é a oportunidade perfeita para você se livrar dele completamente.

Nicky olhou para ele. — Meu Deus, Zach, você descobriu isso tudo por conta própria?

Ele caiu na gargalhada. — Não. Leia me ajudou com as partes difíceis.

Nicky sorriu. — Eu imaginei.

— Ela não vai me dizer o que você está protegendo, mas ela disse que é provavelmente o que está prendendo você com relação a Alex.

Nicky fechou os olhos e lutou contra suas emoções confusas.

— Então, vai lhe dizer a verdade? — perguntou Zach.

— Eu não posso.

— Não pode, ou não quer?

A testa de Nicky franziu como se estivesse prestes a explodir em lágrimas. Mas Zach não podia deixar a perspectiva de uma mulher chorando detê-lo - ele havia caído naquele artifício muitas vezes antes.

— A vida é muito curta para não estar com a pessoa que você ama, Nicky. Especialmente se essa pessoa te ama também. Quando Alex aparecer aqui amanhã, você vai pelo menos falar com ele?

Ela balançou a cabeça lentamente. — Talvez.

Capítulo 39

Alex acordou sentindo-se como se ele estivesse em um túmulo, com suas entranhas embalsamadas e empilhadas em frascos ao seu redor. Ele arrastou-se para fora da cama e se arrastou pelo corredor até o banheiro, onde ele bebeu um copo de água para aliviar o tapete enrolado na boca.

Ele levantou a cabeça e olhou-se no espelho. Um homem com olhos vermelhos, cabelo desalinhado, e pele pálida o olhou de volta. Foi o suficiente para deixá-lo doente.

Era ele.

Quando a onda percorreu suas entranhas, ele não pôde impedir o vulcão de vômito. Havia apenas um lugar para ele ir - e gravidade tomou conta do resto.

O som da projeção do líquido irregular no vaso, combinado com o mau cheiro em suas narinas, agitou seu estômago, tanto que ele vomitou novamente.

Ele prendeu a respiração e se apoiou na pia ornamentada.

— *Oh, é você* — *ele disse ao seu reflexo.* — *Eu pensei que você tinha ido embora.*

Foda-se ela! Foda-se ela! Merda!

Alex franziu a testa, preocupado que o seu diálogo interno fosse resultado da síndrome de Tourette.

— *Você não precisa de Nicky, é o que estou tentando falar para você.*

— *Não, eu não preciso dela. Filha da puta.*

— *Mas um café seria bom. Em seguida, algo para comer.*

Alex olhou para si mesmo. — *Não, tem que tomar um chá fraco e torradas para a dor de estômago.*

Ele esperou por uma resposta arrogante. O sangue assobiou através das veias em seus tímpanos, mas além disso, fez-se silêncio.

— Você se foi, não é?

— Vamos, Alex, você sabe que a melhor cura para a ressaca é mais álcool! Não vamos para o café, ser humilhado de novo hoje. Vamos tomar uma última bebida. Só mais uma. Então vamos ser sensatos e conseguir um emprego. Venha!

— Ok. Mas não em Maidenhead.

Alex tomou banho, pegou um café forte, e tomou um trem para Reading.

Sim! Aqui é um ótimo lugar para conseguir uma bebida e abafar todos os pensamentos sobre Nicky! A boa notícia era que Reading tinha uma abundância de bares - e toneladas de restaurantes. Mas, hmm, também tinha um grande número de pessoas que conheciam Alex de sua adolescência, quando ele e Zach tinham frequentado um clube sujo chamado Agincourt. Ele estava relutante em topar com qualquer uma dessas pessoas, especialmente se isso significasse admitir que ele acabou por ser um bêbado inútil, como eles.

Ele parou no saguão da estação e olhou para o painel de partidas. Havia um trem indo para Bristol em dez minutos. Talvez ele fosse pegá-lo e descer em Bath - fazer um pouco de exploração histórica. Ou ir para Bristol, poderia pegar o trem que liga a Weston-Super-Mare. Sim! É isso o que ele faria - o ar do mar lhe faria bem. Não estava particularmente quente hoje, mas pelo menos tinha parado de chover. A emoção dessa aventura espontânea fazia sua ressaca e sua situação romântica parecerem quase suportáveis.

Para comemorar sua excursão para o litoral, ele desviou até um supermercado, comprou uma garrafa de meio litro de vodca, em seguida, voltou para a plataforma.

O trem estava cheio, mesmo a esta hora do dia, mas Alex não se preocupou com isso - ele tinha comprado um bilhete de primeira classe, então ele caminhou direto para o trem elegante e se sentou em um dos bancos de grandes dimensões. A tensão evaporou de seus ombros, e ele suspirou contente pela primeira vez em dias. O compartimento estava vazio, então tecnicamente ele tinha o seu próprio transporte privado - que diversão!

Sua memória voltou ao passado, quando ele e Zach tinham feito coisas espontâneas como esta, e se sentiu culpado por sair sem dizer a seu amigo. Ontem à noite, Zach tinha telefonado para dizer que precisava falar sobre algo importante, mas Alex estava bêbado demais para ouvir qualquer coisa pesada, então ele só tinha feito comentários evasivos e estúpidos. Zach provavelmente só queria dar-lhe o sermão de costume, mas Alex sabia que ele tinha sido desrespeitoso com o amigo. Ele enviou-lhe um sms rápido, para que ele soubesse que ele não queria ser incomodado.

O guarda soprou seu apito e o trem começou a sair. Alex sorriu, aliviado por estar deixando Nicky e seus caminhos implacáveis e estúpidos para trás. Ele sentou-se em silêncio por um tempo, assistindo a estação se afastar, então ele virou a vodca. Café da manhã líquido - perfeito! Ele tirou a tampa e levantou a garrafa à boca. Mas um sentimento desconhecido apertou seu coração. Ele fez uma pausa com a borda da garrafa contra seus lábios. O que ele estava fazendo? Ele não tinha aprendido nada nos últimos meses? Este não era o lugar onde a felicidade estava. Ele descobriu isso. Com a ajuda de Nicky.

O braço dele se contraiu. — *Vá em frente, Alex, vire!*

Ele baixou a garrafa. — *Eu não posso.*

— *Você não precisa de Nicky!*

— *Não. Mas eu não preciso de você também.*

Alex sentiu-se sacudir. O trem desviou nos trilhos, como se estivesse prestes a sair do controle. Ele segurou-se no banco e colocou sua fé no maquinista. O trem se acalmou e voltou a um ritmo suave, e Alex suspirou. Ele riu da emoção.

Um alarme soou em sua cabeça. Ele pulou do seu assento, e, segurando a garrafa como uma bomba, ele foi até o banheiro sujo, onde derramou o álcool na pia quase transbordando.

Ele encostou-se ao lavatório plástico, e arquejou. O travesso Alex sussurrou que seria engraçado encher a garrafa com água e deixá-la lá para algum idiota pensar que iria se dar bem. Mas ele decidiu que não. Em vez disso, ele destrancou a porta do banheiro, jogou a garrafa vazia em uma lixeira, e voltou para a primeira classe.

O vagão da primeira classe ainda estava vazio, por isso, Alex decidiu brincar de surf no trem, como ele e Zach tinham feito quando estavam descobrindo as delícias das viagens independentes quando eram mais jovens e mais estúpidos - bem em seus dias de juventude, de qualquer maneira. Ele enraizou seus pés firmemente no chão acarpetado, firmou-se em um par de encostos de cabeça, e jogou o seu sorriso até o teto.

Ele riu em voz alta. Isso foi emocionante, seguro e legal.

Eu não preciso de Nicky. Eu não preciso ficar bêbado! Eu não preciso de nada, além do que eu tenho aqui, agora mesmo!

Os motores zumbiam, e o trem parou na estação de Swindon. Alex se focou em sua euforia, mas quatro pessoas subiram a bordo, então ele pensou que seria melhor se sentar e se comportar.

O trem apitou e tornou a acelerar uma vez mais. Alex olhou para fora da janela, cativado pelas árvores, nuvens, céu azul e campos verdes. Embora elas estivessem lá fora e ele aqui, ele sentiu como se fosse parte deles. Ele estendeu a mão e tocou o vidro frio, percebendo que ele nunca tinha realmente tocado no vidro antes, não com consciência. Tudo parecia fascinante.

Seus pensamentos se chocaram com outra manobra. Talvez ele devesse ter aceitado a oferta de trabalho de Bill. Viagens para Londres, de trem, todos os dias não seriam tão ruins - ele poderia usar o tempo olhando pela janela e aproveitar essa sensação de liberdade.

Mas ele não queria trabalhar na cidade com Bill. Ele queria...

Ei, espere um momento!

Um apito vibrava em seu cérebro. Ele pegou o telefone celular e localizou o número de Bill. O correio de voz atendeu, então ele decidiu deixar uma mensagem.

— Bill, oi, é Alex Steele - filho de Carowyn Jones. Olha, eu queria pedir desculpas por ter deixado você na mão, em abril. Eu vou ser honesto e dizer que era a minha mãe que queria que eu trabalhasse para você, e não ia dar certo, porque eu não queria isso pra mim. Foi, no entanto, extremamente generoso de sua parte me dar essa oportunidade, e, a coisa é, eu conheço um jovem que realmente quer trabalhar; ele é um rapaz proativo e um cara adorável. Ele tem apenas dezoito anos, e acabou o colégio agora, mas você consideraria entrevistá-lo? Eu ficaria muito grato. Deixe-me saber o que você acha!

Alex desligou, e o alívio tomou conta de seu corpo. Era bom se desculpar como um adulto. E ele se sentiu muito bem em fazer algo bom para Jamie. Mesmo que Bill não concordasse em fazer uma entrevista com Jamie, pelo menos, Alex sabia que tinha tentado.

Ele olhou para o seu telefone. A voz de Nicky girava em sua mente, como muitas vezes tinha feito: *Você ainda precisa ter essa conversa com a sua mãe, hm?*

Antes que ele pudesse mudar de ideia, ele discou o número do celular de Carowyn, sem esperança de ouvir a sua voz.

— Olá, Alexandre, o que há de errado?

— Mãe! Oi. Nada há de errado. Eu não achei que você fosse responder.

— Certo. Por que você me telefonou, então?

— Eu não tenho certeza. Vou ver você mais tarde, porque eu estou em um trem no momento e eu preciso falar com você, você tem um tempo, para que possamos falar hoje à noite?

— O que você quer? Dinheiro?

— Não.

— Bem, o que é, então?

— Preciso dizer uma coisa. Para você. Há algo que eu preciso te dizer.

— Ok. Você tem a minha atenção.

Alex correu os dedos sobre o encosto de cabeça aveludado, na frente dele. *Vamos. Basta dizer isso. Um, dois, três...*

— Mãe, eu estive zangado com você por toda a minha vida, porque eu pensei que você só se casou com o meu pai por que achou que seus genes eram bons.

— Oh. Não é isso que a maioria das mulheres faz?

Isso desestabilizou Alex por um momento. — Talvez. Mas eu pensei que você só me teve para que você pudesse me usar como um experimento, para escrever seus livros.

— Eu entendo.

— Mas eu esqueci o quão difícil deve ter sido para você ter um pai como o vovô, que esperava que você fosse como ele queria que você fosse. Você não é um dragão, você é apenas uma mulher que foi uma menina no passado, e que ainda está presa a sua merda de infância. E eu te amo.

— Eu também te amo. Claro que eu amo.

— Você nunca disse.

— Nem você.

Ele riu. — Isso é verdade.

Carowyn suspirou. — Quando a parteira lhe entregou a mim, depois de ter nascido, você sabe o que eu pensei?

— Houve algum tipo de confusão?

— Não. E eu não comecei a me perguntar como a adoção poderia ser fácil de ser arranjada, antes que você diga isso.

Ele riu. — Então o que você pensou?

— Olhei em seus lindos olhos e eu pensei *"Aconteça o que acontecer, por favor, deixe-o ser feliz."* Você é tão precioso para mim, Alexander. Você era naquela época, e você é agora.

Ele engoliu a emoção. — Me desculpe, eu te magoei.

— Você nunca me magoou. Você está realmente em um trem?

— Sim!

— Onde você vai?

— À beira-mar!

Capítulo 40

Alex enrolou seu jeans na altura dos joelhos e caminhou até a praia, carregando seu balde e pá recém-comprados. Ele sorriu. Bill havia lhe telefonado de volta. O cargo que Alex teria ocupado era muito alto, mas Bill estava em processo de recrutamento para um cargo júnior. O problema é que ele queria alguém com qualificação e alguma experiência de trabalho, mas ele concordou em entrevistar Jamie, porque ele gostava muito de Carowyn.

Alex havia telefonado para Jamie para lhe dar a notícia, e ele pareceu muito feliz - ainda mais animado do que quando ele precisava passar um turno inteiro no *Ruby in the Dust* sozinho com Leia.

Weston-Super-Mare era um típico resort à beira-mar quebrado: Cais feio, paredes das casas desintegrando-se, lojas de gosto duvidoso e passeios de burro na praia. Mas era pela praia que Alex estava aqui; e era enorme. O azul do céu, as areias deslumbrantes, e o grande mar faziam com que Alex se sentisse grande - assim como ele se sentia quando passava as férias de verão com sua avó em Southend. Ele fechou os olhos e respirou o ar salgado, as gaivotas voando. Este era o lugar onde a vida tinha começado. Bem, não especificamente aqui, em Weston-Super-Mare, mas certamente no mar. O som das ondas batendo trazia lembranças. Ele estava em casa.

O tempo se transformou a sua volta. Milhões de anos atrás, havia uma montanha aqui. Mas agora, havia areia, corroída pelo tempo e água salgada, esperando pacientemente se tornar uma montanha novamente.

Este ciclo de montanha-praia-montanha-praia iria durar para sempre; por muito tempo depois que a raça humana fosse esquecida. Alex cerrou os punhos com alegria e correu até o mar, sentindo a areia acariciar as solas dos seus pés.

Ele deixou-se cair de joelhos na beira do mar e encheu o balde com areia úmida, então ele virou-o de cabeça para baixo, fazendo um castelo de areia. Havia algumas famílias espalhadas pela enorme praia, e provavelmente pensariam que este era um comportamento estranho para um homem de vinte e sete anos de idade, mas Alex não ligava para o que eles pensavam. Ele costumava brincar com sua avó e Zach nesses dias maravilhosos de verão. Quanto tempo podemos manter o mar longe? Desta vez, vamos construir uma fortaleza tão grande que as ondas não vão levá-lo embora! Naqueles dias, é claro, seu cabelo estava curto, de modo que o vento que vinha do mar não tinha sido capaz de explodir grãos salgados em sua boca. Mas, de alguma forma, não era um aborrecimento; isso só o fazia se sentir ainda mais em harmonia com a natureza.

Alex construiu uma linha de castelos de areia ao longo da costa, de olho nas ondas, esticando o seu caminho em direção a sua fortaleza. A água espumosa não foi capaz de chegar, então ele desistiu e se esgueirou de volta ao mar novamente, aguardando seu tempo, reunindo a sua força.

Alex fez uma pausa, no meio da areia. Havia dois pequenos pares de pés em sua visão periférica. Ele olhou para cima e sorriu para uma menina de dez anos de idade, que estava girando uma das suas longas tranças em seus dedos. Seus outros dedos estavam segurando a mão de seu irmão mais novo. Bem, Alex assumiu que era um irmão - ele estava vestindo um traje de Homem Aranha, ou seja, Alex não conseguia ver o rosto dele. O pequeno Homem Aranha estava segurando um balde cheio de Barbies e conchas.

— Oi, crianças — disse Alex.

— O que você está fazendo? — a menina perguntou com um sotaque de Bristol.

— Mantendo o mar longe.

— Por quê?

— É divertido.

— Mas o castelo vai acabar sendo derrubado pelo mar, né?

— Eu sei, mas faz parte da diversão.

A menina olhou para ele. Homem Aranha parecia estar olhando também.

— Você quer ajudar? — perguntou Alex.

A menina sorriu e os dois meninos se agacharam ao seu lado dele. Eles trabalharam juntos em mais alguns castelos, em silêncio, ouvindo a inalação e exalação das ondas na praia, se aproximando a cada respiração.

Alex virou a cabeça para verificar se as crianças estavam bem. Quando ele olhou ao longo da praia, uma nota musical ecoou dentro dele - o que ele tinha começado! Haviam cerca de vinte crianças agora, e alguns adultos também, todos construindo castelos ao longo da praia, tentando mantê-los longe do mar. A água já estava começando a atravessar algumas das defesas mais fracas, mas de alguma forma o tornou mais emocionante. As crianças gritavam de alegria cada vez que o mar alcançava alguma de suas criações.

Alex iniciou uma conversa com as primeiras crianças, Lucy e Homem Aranha, que na verdade se chamava George. Ele não tinha certeza se eles estavam interessados em suas divagações sobre Nicky, ou mesmo se eles entenderam, mas o peito estava tão cheio de amor, que ele não poderia deixar de falar.

— Eu adoro ela, sabem? Mas eu não preciso dela para fazer qualquer coisa. Amar por amar é a sensação mais maravilhosa do mundo. Você é obrigado a tratar todos ao seu redor com amor e carinho, e isso faz a sua vida valer a pena. Ainda mais do que a Barbie. Você entende, Luce?

Lucy franziu o rosto. — Minha mãe está sempre dizendo ao papai que o amor não paga as contas.

— Não, não paga. Mas faz com que, apesar de ter as contas, seja um pouco mais fácil de suportar.

— Isso é estúpido! Se você tivesse uma conta para pagar de um milhão, por exemplo, amar alguém não faria você ser capaz de pagá-la, se você só tiver cinquenta e sete pence, não é?

Alex riu - ela era tão bonita e teimosa. Ele abriu a boca para defender o amor, mas ela o interrompeu. — Por que é que aquela mulher está pulando ali?

Alex olhou para cima e viu um tumulto na praia. Uma multidão estava em volta de uma mulher, que parecia ferida.

Ele correu em direção a eles. — Eu sou médico; o que aconteceu?

A mulher ferida mostrou o pé, mostrando o caco de vidro marrom, que havia cortado-a.

— Ela pisou em uma garrafa de cerveja — disse um homem corpulento. — Se você é médico, então ajude-a pelo amor de Deus!

Ignorando a rudeza do homem corpulento, Alex caiu de joelhos na frente da mulher preocupada. Ele percebeu que ela estava usando um kaftan de seda laranja que Nicky teria amado.

Ele inspecionou a laceração. — Fique calma, está bem? Qual o seu nome?

— Kasia — disse ela, com um sotaque polonês.

— Você tem problemas de circulação? Diabetes?

— Não.

— Ok. Eu só preciso limpar o ferimento.

Alex olhou para o homem corpulento - presumivelmente o namorado de Kasia - que parecia estar mantendo guarda.

— Preciso de sua garrafa de água — disse Alex.

— Por quê? — perguntou o namorado.

Alex travou uma resposta sarcástica. *Porque eu estou com sede. Não se preocupe; eu vou comprar mais.* — Para limpar a ferida.

O namorado enfiou a garrafa no rosto de Alex.

Alex derramou a água sobre o corte. — O vidro não está muito profundo. Eu vou ser capaz de retirá-lo, certo?

Kasia assentiu.

Alex olhou de volta para o namorado. — Qual o seu nome?

— Roger.

— Tudo bem, Roger, em um momento, eu vou puxar isso para fora e vai sangrar muito. Vamos precisar conter o fluxo de sangue jorrando, então você se importaria de sacrificar a sua blusa, bem como a sua água?

O rosto de Roger permaneceu fechado. Ele parecia pálido, como se ele não estivesse se sentindo muito bem. Talvez seu suéter fosse caro. Ele desamarrou as mangas que estavam amarradas em torno de sua cintura e ofensivamente entregou a Alex.

— Obrigado. Certo, Roger, eu não quero que essa ferida fique infectada, então eu tenho que puxar o vidro pra fora, em linha reta. Você precisa segurar o pé de Kasia, ok?

Roger se agachou ao lado dele, e Alex deu um puxão experimental no vidro, fazendo sangrar ainda mais do que ele esperava. Mas Alex não esperava que Roger fosse dar um pulo e uma guinada em direção ao mar. Todo mundo viu quando Roger segurou a cabeça, balançou por um segundo e, em seguida, entrou em colapso como uma árvore abatida. A água rasa respingou quando ele caiu.

Grande. Dois abatidos.

Alex levantou-se e arrastou o corpo inerte de Roger para fora da água e, em seguida, deitou-o de costas. Ele checou suas vias aéreas, e pediu um voluntário.

— Você pode manter seus pés acima do seu rosto, por favor? Ele voltará a si em um segundo.

O que era para ser um dia de diversão para toda a família acabou se transformando. Especialmente para o homem que agora estava de pé acima de Roger, segurando os tornozelos, e observando seus sinais vitais.

Alex se agachou ao lado de Kasia.

— Você sabia que ele tinha fobia de sangue? — perguntou Alex.

Kasia riu. — Sim. Só Deus sabe o que ele vai fazer quando tivermos bebês!

— Diga a ele para não se levantar rapidamente, quando ele se sentir tonto no futuro. E colocar a cabeça entre os joelhos, isso deve impedi-lo de desmaiar. Ok, vamos tirar isso do seu pé.

Ele agarrou o pedaço de vidro liso com os dedos. — Tente relaxar.

Ela ficou tensa.

Alex sorriu. — Como Roger está?

Kasia olhou por cima do ombro de Alex para onde seu namorado parecia ter recuperado a consciência. Ela sorriu carinhosamente.

Satisfeito que ela estava distraída, Alex arrancou o vidro.

Ela engasgou. — Ai!

Alex empurrou o suéter de Roger contra o corte jorrando. — Vai coagular em breve. Você deve ir para uma clínica de ferimentos leves para que eles possam colocar os curativos para você. Fique de olho nele. Não há necessidade de pontos.

— Obrigada por isso.

Roger se arrastou e abraçou Kasia. Em seguida, ele a pegou para levá-la de volta para o carro.

Como era maravilhoso que Kasia adorasse seu namorado corpulento, independentemente do fato de que ele desmaiava ao ver sangue. Ela o amava do jeito que ele era. Se pudéssemos nos ver através dos olhos de quem nos ama, Alex pensava. O que veríamos?

Alex não teve tempo para contemplar isso, porque Lucy e Homem Aranha - agora sem máscara, correram para ele, como um par de filhotes.

Lucy agarrou Alex pela mão. — Você salvou a vida dessa menina!

Esta afeição espontânea fez Alex recuar, mas ele rapidamente relaxou.

— Barbie teria feito o mesmo por Ken.

— Eu quero ser médico — disse George. — Eu quero cortar cadáveres!

— Esse é um desejo nobre na vida, jovem George.

Alex permitiu que eles o arrastassem de volta para os castelos de areia.

— Quantos cadáveres você cortou, Alex? — perguntou Lucy.

Alex contorceu seu rosto em sua melhor imitação de Ricardo III. — Inúmeros. Especialmente as crianças de Bristol!

Lucy gritou, e George gritou com prazer.

Eles voltaram para o negócio de construção dos castelos de areia, tentando o seu melhor para mantê-los longe do mar durante o tempo que podiam.

Capítulo 41

Alex amava as longas noites de agosto como essa. Ele se afastou da praia, decidindo que era hora de jantar, sentindo-se feliz que ainda havia muita luz clara pela frente. Ele encontrou um pub divulgando uma noite de microfone aberto, e ele se apresentou ao Mestre de Cerimônias. O cara era mais animado do que Zach, e ele parecia ser um comediante. Ele perguntou a Alex se ele gostaria de tocar algumas músicas mais tarde e, então, Alex foi para o bar e comprou uma cerveja - mesmo após a sua decisão de jogar a vodca fora no trem, ele não poderia fazer isso sóbrio. Esperava um dia criar coragem. Talvez da próxima vez, ele fosse para a noite de microfone aberto de Zach – se seus amigos pudessem obrigá-lo. Mas, por hoje, uma cerveja seria suficiente para dar um pouco de coragem, e ele não quis beber nada depois disso.

Alex se sentia como se estivesse em um filme, assistindo a si mesmo na TV. Toda conversa e cada canção era uma nova cena. Uma cena mostrava Alex conversando com um grupo de alunos; outra cena mostrou-lhe juntando-se com o coro de American Pie, quando uma menina com dreadlocks tocou com sua guitarra acústica. Outra cena mostrou Alex tocando uma canção de Tim Hardin, e ainda uma outra o fez desfrutar de uma limonada com seus novos amigos. Ele estava rindo nas cenas; feliz, livre.

Ele conversou com um cara vestido com uma camisa do time de futebol do Weston-Super-Mare, quando o barman avisou que em breve fecharia o bar. Alex olhou para o relógio. Dez para a meia-noite.

Ele empalideceu. Que horas era o último trem para casa?

Alex apertou o botão de avanço rápido em seu filme, abraçou seus novos amigos se despedindo, e correu para a estação, onde o trem estava, é claro, saindo da plataforma.

Uma sensação estranha envolveu Alex. Ele passou as mãos pelos cabelos e virou no local, sem saber o que fazer. Todas as lojas no saguão da estação estavam fechadas e a bilheteria estava vazia. Ele percebeu que não havia nada que pudesse fazer, então ele caminhou até um banco e sentou-se, preparando-se para esperar até as seis horas, pelo primeiro trem do dia.

Capítulo 42

Alex acordou ao som de música, ou estava sonhando?

Não, era o seu toque: *All Along the Watchtower* por Jimi Hendrix.

Ele sentou-se rigidamente no banco, pegou seu telefone celular, e olhou para a tela, que lhe informou que eram 06:08.

— Oi, Nicky!

— Alex, oh... Achei que você estaria dormindo. Eu estava pensando em deixar uma mensagem de voz.

As palavras de Alex ecoaram pela estação vazia. — Não, eu estou acordado, obviamente. Coisa estúpida de se dizer, desculpe! É muito bom ouvir você; como você está?

— Tudo bem. Eu queria agradecer por esta coisa boa que você fez por Jamie, da entrevista.

— Sem problemas. Ele parecia muito animado.

— Ele está animado. Eu lhe disse para não se empolgar muito, porque ele pode não conseguir. Mas foi muito gentil de sua parte pensar nele, obrigada.

— Por nada.

Nicky não respondeu. Alex não tinha certeza se deveria falar de novo, mas ela tomou a frente.

— Você não veio ao *Ruby in the Dust* ontem de manhã. Ou na noite passada.

— Você disse que iria chamar a polícia.

— Mm. Leia e Zach me disseram que você foi para o litoral ontem. Parece que você precisava de alguns momentos a sós.

— Eu fui para Weston-Super-Mare e construí castelos de areia com algumas crianças. Depois fui para o pub legal onde toquei algumas músicas. Eu realmente me diverti muito.

— Ótimo. Você parece muito mais feliz do que antes.

— Eu estou. Principalmente, por que eu estou falando com você, é claro.

Alex queria perguntar se eles poderiam se encontrar para um bate-papo, se ela estaria livre depois. Ele fazia questão de dizer a ela que agora ele percebeu que não precisava dela. Mas ele ainda queria ser seu amigo, se ela fosse capaz de perdoá-lo por toda essa coisa de David.

Mas ele não chegou a dizer nada disso; o anúncio do primeiro trem da manhã soou no alto-falante da estação, informando que um trem estava partindo para Yatton.

— Alex, onde você está? — perguntou Nicky.

— Oh. Estação de trem Weston-Super-Mare.

Nicky riu. — Você está falando sério?

— Não tanto quanto eu deveria estar.

— Alex, olha, eu... Eu devo a você um pedido de desculpas.

Seu coração batia forte em seu peito. — Você?

— Sim. Por ser essa puta com você. Não é culpa sua o que aconteceu com David.

Alex escolheu suas palavras com cuidado. — Eu entendo porque você ficou com raiva de mim. Eu nunca quis te magoar, mas eu deixei Charley e David me seduzirem. Eu sinto muito.

Nicky respondeu com o silêncio. Alex assumiu que deveria dizer algo mais — E eu aprecio você me telefonar - obrigado.

— É só isso? — ela perguntou.

— O que você quer que eu diga?

— Eu esperava algo cômico. Bem, algo que você acharia que era cômico.

Ele sorriu. — Eu tenho um senso de humor único.

— Você tem!

Ele relaxou, feliz que eles estavam se dando bem. Ele imaginou um futuro onde ele e Nicky eram grandes amigos, rindo sobre essa briguinha boba, porque a amizade deles era muito maior do que...

— Alex, você gostaria de sair comigo? Um encontro?

Alex caiu para trás. Ele colocou a mão para se firmar no banco, então, sorrindo como um ganhador da loteria, ele disse: — Com certeza!

Capítulo 43

Ali estava o verão escaldante que eles previram. Com o sol brilhando sobre ele, Alex parou na frente do *Ruby in the Dust*, e corou. Seu estômago se contorceu com a lembrança da última vez que ele esteve aqui, bêbado. Mas, agora... isso realmente vai acontecer? Não só ela pediu desculpas, como o convidou para vir aqui. E eles estavam indo para um encontro.

Um encontro!

Uma fisgada de nervoso lambeu amargamente seu peito, misturando com a culpa por estar feliz após a notícia que ele recebeu esta manhã de seu pai. Sua avó tinha sido internada no hospital na noite passada, com dores no peito. O médico tinha certeza de que ela tinha apenas sopros cardíacos, por isso ela estava com dores, mas Alex ainda sentia uma certa preocupação. Ele prometeu ligar para ela mais tarde, após este...

Encontro!

Alex caminhou para dentro, acenou para alguns frequentadores, em seguida, foi até o balcão, para encontrar Jamie e Leia. Jamie estava abanando o amor de sua vida com um bloco de papel, e ela estava rindo, fingindo ser uma rainha egípcia. Alex sabia que era apenas um flerte inofensivo, então ele não iria relatar isso para Zach, como se fossem contos escandalosos de traição.

— Ei, vocês dois. Eu vim para levar Nicky para longe de tudo isso.

— Vai levá-la para onde tem ar condicionado, não é? — perguntou Leia. — Meu escravo não tem agilidade suficiente no pulso para me satisfazer.

Jamie e Leia explodiram em risos.

— Eu suponho que vocês dois vão para a reunião de planejamento amanhã?

— Com certeza — disse Leia. — Eu não perderia o abate público de David Lewis por nada.

— Eu também — disse Jamie. — E vários clientes também vão. Vai ser uma confusão.

Leia inclinou-se sobre o balcão. — Nicky disse que ela chamaria algumas pessoas para falar, se fosse permitido.

Alex agarrou os lados da cadeira. — Deus, eu espero que ela não queira que eu fale qualquer coisa. Odeio falar em público.

Jamie sorriu. — Talvez você pudesse fazer uma abordagem mais sutil, e furar os pneus de David.

Alex riu. — É tentador.

Jamie abriu a boca para acrescentar mais alguma coisa, mas ele fechou-a novamente quando ouviu os saltos altos de Nicky batendo até as escadas da cozinha.

Ela apareceu diante de Alex como uma deusa, vestida com um de seus vestidos da década de 50, de bolinhas vermelhas, que a deixava linda, feminina, e lhe dava um ar de sofisticação. Seu cabelo estava bagunçado num coque, em um estilo que poderia ter tomado um minuto, ou uma hora, mas independentemente do tempo que tinha tomado, o penteado aperfeiçoava suas belas maçãs do rosto de uma maneira que deixou Alex feliz por já estar sentado.

— É muito bom vê-la — disse ele. — Você está maravilhosa, como sempre.

Ele estava com as pernas tremendo e a beijou na bochecha, tentando recuperar o controle da situação e de si mesmo.

A mente científica de Alex sabia que era impossível perceber se outras pessoas estavam olhando para você, mas uma voz no fundo de sua mente estava gritando que todos os olhos estavam queimando nele agora, e isso o fez sentir-se como uma mosca esmagada.

— Você está pronto para ir? — perguntou Nicky.

— Sim. Você pode querer trocar os seus sapatos.

— Estes estão bons.

— Ok, bem, vamos precisar de um pouco de pão, então.

— Eu pensei que nós íamos almoçar em um restaurante.

— Sim, mas depois do almoço nós vamos alimentar os patos! Tudo bem, senhora?

Nicky sorriu. — Com certeza; parece bom.

Leia colocou algumas fatias de pão numa embalagem para viagem, e entregou-o a Alex. — Divirta-se.

Jamie piscou sugestivamente para ele. — Boa sorte!

Alex associou a jovialidade de Jamie ao fato de que ele provavelmente estava ansioso para passar uma tarde inteira com a mulher que animava sua vida, ele podendo tê-la ou não.

Alex sabia como ele se sentia.

Capítulo 44

O centro da cidade de Maidenhead era como um pombo, em um aviário cheio de pavões. As aldeias encantadoras e a exuberante paisagem ao redor da cidade mais do que compensavam a aparência úmida e desbotada da High Street. O parque ribeirinho onde Alex e Nicky foram passear atualmente era chamado de Ray Mill Island, e originalmente tinha sido criado para ser um lugar para os velejadores eduardianos passearem em suas melhores roupas, em uma era de inocência pré-guerra. Os carvalhos e salgueiros eram altos e sólidos. Esta tarde, suas folhas verdes borravam no sol nebuloso, dando ao mundo um ambiente estilo Monet.

O almoço tinha ido bem. Nicky e Alex tinham sido deliberadamente gentis um com o outro, discutindo coisas neutras, como o café, a reunião de planejamento, e um documentário sobre Pink Floyd que tinha passado na TV na outra noite. Qualquer coisa, menos sobre eles.

E agora, enquanto eles alimentavam os patos, Alex explicou à mulher de seus sonhos as diferenças entre marreco, zarro comum e o pato-mandarim.

Nicky jogou mais pão em direção à água. — Eu gosto desse seu lado nerd.

Ele sorriu. — Vou considerar isso como um elogio.

— Você decide! Ah, olhe para os pequenos patos bebês. São tão adoráveis. É como se eles flutuassem sobre a água.

— Eles flutuam na água, estranha moça alemã.

— Não, quero dizer, tipo, eles nem sequer rompem a superfície.

Alex suspirou satisfeito. — Eles são macios.

Nicky limpou a última das migalhas de suas mãos. — Estes têm tanto potencial, hm? Como quando nós éramos pequenos pintinhos. Nós poderíamos ter feito qualquer coisa, sermos qualquer um.

Alex balançou a cabeça, obrigando-se a não fazer uma observação engraçada. Ele sentiu que Nicky precisava contar-lhe algo e esperava que fosse o segredo que estava impedindo-a de ficar com ele.

Nicky olhou para seus saltos. — Vamos sentar naquele banco. Meus pés estão me matando.

— Eu não estou dizendo nada sobre seus sapatos.

— Não, se você quiser continuar vivo.

Nicky riu, e eles trocaram um olhar afetuoso.

Alex atreveu-se a entrelaçar seus dedos nos dela, enquanto se dirigiam para o banco. Nicky retirou a mão, e cruzou os braços sobre o peito. Nicky era jogo duro, mas Alex não desistia tão facilmente.

Sentaram-se com o sol batendo levemente sobre a pele. Nicky cruzou as pernas e passou os braços nas costas do banco. Nesta posição, atrás de seus óculos escuros, ela parecia uma modelo de capa de revista. Alex sentiu a excitação e foi obrigado a desviar o olhar.

— Alguma ideia sobre a sua carreira? — perguntou Nicky.

— Minha carreira? Nós podemos ainda vencer David.

— Sim, mas precisamos ser práticos também.

— Hm, eu acho que sim. Eu não tenho nenhuma ideia do que eu vou fazer, para ser honesto. Mas com certeza, nada que envolva David.

Ela sorriu. — Você pode trabalhar com ele, se você quiser.

— Não. Isso nunca iria funcionar, ele e eu. Imagine um magnata dos negócios, articulado, bem-sucedido, de boa aparência. E David.

Ela engoliu o riso. — Suas piadas estão se tornando muito previsíveis.

Estou, obviamente, passando muito tempo em sua companhia.

— Ou talvez você esteja começando a entender as sutis nuances intelectuais do senso de humor britânico.

— Eu acho que nunca vou entender isso.

Ela lançou-lhe um sorriso gentil.

— E você? — perguntou Alex. — O que você está pensando em fazer se as coisas não derem certo?

Nicky tirou uma linha imaginária do seu colo. — Eu vou voltar para a Alemanha.

Alex sentiu como se uma pedra de gelo tivesse batido em seu rosto, e a realidade o derrubou como um carro em um triturador. Havia um milhão de respostas para o que ela tinha acabado de dizer, mas não havia nenhuma que pudesse expressar o quanto ele desesperadamente queria que ela não fizesse isso.

— É o melhor — disse ela. — Jamie já tem idade suficiente para se cuidar sem mim. Eu posso viver com a minha mãe por um tempo, em Munique.

Alex se inclinou para frente. — Nicky, por favor, não volte para a Alemanha.

— Por quê? Sem o meu negócio e a dependência de Jamie, eu não tenho nada que me prenda aqui.

— E Leia? E todos os seus amigos do Café?

— Eles têm um ao outro. Eu vou fazer novos amigos.

Ele pegou sua mão. — Mas, Nicky, e eu?

— O que tem você?

— Eu te amo.

Ela retirou a mão. — Não estrague esta tarde agradável.

A dor da rejeição momentaneamente eclipsou Alex, mas ele avançou.

— Nicky, eu te amo. Eu realmente amo. Apenas o pensamento em você ilumina meu dia. Eu tinha uma existência miserável, mas, em seguida, Nicky Raios de Sol Lawrence chegou e aqueceu meu coração. Eu poderia passar o resto da minha vida com você, segurando-a em meus braços. Temos momentos fantásticos juntos - você não pode negar isso. Você não consegue parar de sorrir quando está comigo - não pense que eu não tenho notado o quanto você tenta resistir a mim.

Não havia nenhum sinal de sorriso no momento. Os óculos escuros de Nicky obscureciam seus olhos, e ela estava emanando sua habitual expressão gelada.

Alex se recusou a desistir. — Eu nunca te disse isso, mas você realmente me faz lembrar a minha mãe. Ela é forte como você, e dura, e eu tenho um pouco de medo dela. Mas eu a respeito mais do que qualquer outra pessoa no mundo. E... Eu só quero que ela me ame.

Nicky olhou para ele. — Ela também tem um pouco de medo de você. Ela não quer demonstrar isso, porque ela odeia sentir-se vulnerável. É por isso que ela o mantém à distância. Mas ela o ama.

— Você está falando sobre a minha mãe, ou...?

— Não.

— Você me ama?

Ela contou nos dedos. — Alex, você vive com seus pais, você perdeu sua habilitação por ser um bêbado, e você trata a vida como uma grande brincadeira.

— Tudo isso é verdade. Mas isso não significa que você não me ame.

Nicky caiu na gargalhada. — Pare de ser tão preciso. Eu odeio isso em você mais do que eu odeio suas piadinhas sem graça!

Alex riu, sentindo-se deslumbrado com a sua mudança de tratamento. Ele decidiu abraçar a oportunidade para falar sobre ele. — Eu já cortei a bebida da minha vida, então você não pode usar isso como uma desculpa. E, por mais que minhas piadas estúpidas possam irritá-la, eu acho que você está muito apaixonada por mim. E eu estou muito apaixonado por você. No trem, no outro dia, eu tive uma revelação - eu te quero, mas eu não preciso de você. E eu acho que você pode me querer, também. Além do mais, você não disse em momento algum que não está apaixonada por mim, então por que não podemos ficar juntos?

Nicky olhou para o céu azul. — Por favor, me dê um momento. Eu tenho certeza que eu posso pensar em alguma coisa.

Alex riu. Ele agarrou-se no fato de que ela lhe convidou para sair - aquelas foram suas palavras exatas: um encontro. Ele sabia que ela estava agindo assim por causa de algo que aconteceu em seu passado. Então, tudo o que ele precisava fazer era deixá-la saber que ela podia confiar nele o suficiente para se abrir, então, eles poderiam acabar com toda essa confusão e navegar ao pôr do sol.

Ele se levantou e pegou as mãos dela. — Vamos lá, linda. Vamos passear até o açude para que eu possa enchê-la.

Ela riu, cansada. — Você não desiste.

— Não, a menos que você explicitamente diga não. E talvez nem mesmo assim eu vá desistir. Eu sou persistente; você sabe disso.

Nicky riu, e, para surpresa de Alex, ela entrelaçou os dedos nos dele, então ficou de pé. Eles caminharam em direção ao açude, e Alex resolveu investir mais uma vez. Nicky olhou para ele, como se estivesse aterrorizada.

Ele passou o braço em volta dos ombros e puxou-a para perto. — Eu não posso resistir a você; você está deliciosa.

— Deve ser meu shampoo de maça e framboesa.

Nicky gargalhou. Mas Alex não ia deixá-la começar a se menosprezar, então, ele mudou de assunto e falou sobre a vez em que ele e um casal de primos tinham subido num carvalho e tinham ido para casa cobertos de lama, para grande desgosto de Carowyn.

Eles chegaram ao fim do caminho e pararam lado a lado na frente das grades de metal preto, que os impediam de se aproximarem do açude. Nicky agarrou o corrimão de metal. — Você já se sentiu como se estivesse pulando de uma ribanceira?

Ele olhou para o seu perfil bonito. — Desde que te conheci.

Nicky descansou a cabeça em seu ombro, então ele pôs o braço em volta dela.

— Isso é bom — disse Alex. — Estou feliz aqui. Só você e eu, e uma enorme parede de água.

Ela riu educadamente para seu humor estúpido. — Sim. Estou feliz, muito, infelizmente.

— Tem certeza de que isso é bom?

— Tenho. Eu já estive aqui antes.

— Acho que sim - você vive em Maidenhead há quatorze anos.

— Outra coisa a acrescentar à lista: você não consegue falar sério.

— É um dos meus traços mais cativantes.

Ela olhou para ele, reprimindo um sorriso.

— Então, você já esteve aqui antes? — ele perguntou. — Com um homem que tem o braço em torno de você?

— Deixar alguém entrar. Começar a ter sentimentos por ele.

— E o que aconteceu? Deixe-me adivinhar, você se afastou?

Nicky se afastou e colocou as mãos na cabeça. — Eu não posso fazer isso, Alex. Sinto muito.

— Por que, Nicky? Por favor, eu não entendo.

Sua testa franziu. Alex suspeitou que ela estivesse prestes a confessar, e ele queria ter certeza de que ela estivesse o mais confortável possível. Ele apertou-se entre ela e a grade, para que ele pudesse olhá-la, mas ela não olhava para ele. Ele estendeu a mão e gentilmente agarrou seus ombros.

— Nicky, diga-me. Seja o que for, está tudo bem, eu prometo.

Ela levantou a cabeça, e seus óculos de sol deslizaram para baixo de seu nariz. O coração de Alex ficou esmagado quando viu que a maquiagem estava correndo em marcas pretas lacrimejantes.

— Você não pode estar apaixonado por mim — disse ela. — Você nem mesmo sabe como eu sou. Não de verdade.

— O que você quer dizer? Claro que sim. Você é linda.

— Não, você não me viu sem meu delineador. Meus cílios postiços.

— Você realmente entende o que sinto por você? Quando você ama alguém, não se importa como ela se parece sem seu delineador.

— Mas você não pode saber como eu sou realmente sem me ver sem isso.

Ele correu o polegar sobre a bochecha dela para enxugar uma lágrima perdida. — Eu tenho cem por cento de certeza de que você vai ser tão bonita sem os cílios postiços e o delineador. Talvez até mais.

— Não.

— Por que você não me deixa entrar?

— Pela mesma razão que você faz todas as piadas estúpidas.

— Eu não vou te machucar.

— Como posso saber isso?

Ele tomou-lhe as mãos. — Confie em mim, meu anjo. Eu sei que sou um pouco idiota, mas eu nunca falei mais sério na vida. Tudo que eu quero é que você seja feliz, porque quando você sorri, faz minha vida valer a pena.

Capítulo 45

Nicky foi com Alex para a casa dele, sentindo-se como se estivesse indo para a forca. Ela o fez jurar que seus pais estariam fora, porque isso já seria difícil o suficiente sem eles por perto. Alex levou-a até seu quarto e ela viu a confusão, mesmo que, aparentemente, tivesse sido arrumado quando ele voltou. Havia roupas amassadas no chão, cópias da National Geographic e Private Eye espalhadas, e duas canecas usadas, na estante. Nicky estava tentada a acrescentar *"E você é mais bagunceiro do que o meu sobrinho adolescente"* à lista, mas ela pensou que era melhor não, pois seria muito cruel com Alex, considerando o quão bom ele estava sendo. E considerando o choque que ele estava prestes a ter.

Ela olhou para sua mesa, no canto da sala, que tinha um laptop, um bloco de papel, um pente (o que era uma surpresa), e outra caneca usada. Havia um espelho encostado na parede, de modo que ela achou que era ali que ela faria a sua transformação.

Alex pegou um hidratante de sua penteadeira. — Será que isto vai servir?

Nicky abriu o pote de creme com as mãos trêmulas. — Acho que sim.

— Sente-se. Vou colocar uma música, assim você pode relaxar um pouco.

— Sim.

Nicky olhou para o seu reflexo e viu uma bagunça loira de falsidade e ilusão. Seus circuitos estavam em curto e ela sentiu sua temperatura despencar. Nicky desejou poder virar a chave e continuar com a sua vida como de costume, mas ela comprometeu-se com ele. Isso certamente sinalizava o começo do fim de seu caso de amor com Alex - um homem que era maravilhoso, e amável e carinhoso. Um homem que poderia ter muito mais do que a aberração no espelho.

Quando o álbum do Led Zeppelin começou a tocar no fundo, Nicky respirou fundo e tirou os cílios falsos. Alex tinha falado em várias ocasiões que este era o seu disco favorito de todos os tempos, e ela concordava que era muito bom. Pelo menos, eles poderiam continuar amigos e afalar sobre música depois que ele balbuciasse suas desculpas pela inevitável mudança no seu coração.

Ele estava casualmente assistindo, deitado na cama atrás dela, a cabeça levemente inclinada. Ela evitou olhar para os olhos dele no reflexo - ela não queria testemunhar a sua decepção.

Nicky arrancou um pedaço de algodão da caixa a sua frente, embebeu no creme hidratante, e passou o líquido frio por cima do delineador, rímel e sombra para os olhos. Primeiro um olho, em seguida, o outro. Obrigou-se a respirar profundamente e se forçou a parar de tremer. Ela não fazia isso na frente de outra pessoa há muito tempo. Quando toda a maquiagem havia sido removida, ela baixou a mão e olhou para o algodão, agora negro e dourado, com seu antigo disfarce. Tudo o que a deixava atraente ficou para trás, em uma confusão desfigurada. Ela levantou a cabeça e olhou para a aberração andrógina, aquela figura simples no espelho, desejando que apenas uma vez ela pudesse ver alguém bonito. Ou, pelo menos, atraente.

Horrível, horrível, horrível. Era como ver uma pétala se transformar de volta em uma folha. Por que ela concordou em fazer isso? Mas ela não podia ficar assim para sempre. Alex estava à espera para ver a verdadeira Nicky Lawrence.

Ela virou-se para encará-lo. Ele estava batendo o pé no ritmo da música, como se isso não fosse grande coisa. Ele sorriu para ela, inocentemente.

Sua expressão ficou séria. — É só isso? Você parece exatamente a mesma.

Exatamente a mesma! O peito de Nicky apertou com a frustração. — Você está apenas sendo gentil.

— Não, é sério. Você se parece com um cruzamento entre Debbie Harry e Brigitte Bardot. Deslumbrante e sensual.

Ela franziu o cenho. — Eu não.

— Você sim — ele apontou para o espelho. — Olha.

Ela virou para trás, para olhar para si mesma, para conferir se ela magicamente foi transformada na pessoa que Alex estava falando.

Não... Ainda era a mesma Nicky Lawrence.

Alex caminhou até ela e parou a seu lado. — Você é a mulher mais linda que eu já vi, Nicky.

Ela abafou a sensação sufocante que surgia dentro dela. Isso estava ficando insuportável - por que ele estava dizendo esse tipo de besteira? Memórias da infância a estrangularam por dentro, e no piloto automático, ela se levantou e desabotoou o vestido.

Alex levantou-se como se tivesse sido queimado. — O que você está fazendo?

Ela deslizou o vestido até a cintura. — Meus seios não são reais!

Alex olhou para seu sutiã. — Oh. Bem, você sabe, muitas mulheres têm implantes. Não é nada para se... enver...

Ela queria dar um tapa nele. — Escute, seu idiota, fui criada como um menino!

Alex congelou. Ele fechou a boca e olhou para ela, confuso.

Nicky engoliu em seco. — Isso te chocou, hein?

Alex passou a mão pelo cabelo. — Eu não entendi. Você é um transexual pós-operado?

— Não!

Seu olhar caiu sobre os seios dela novamente, e Nicky percebeu que ela estava ali de sutiã - talvez ela tivesse ido um pouco longe demais.

Ela colocou seu vestido novamente. — Eu fui erroneamente criada como um menino.

O entendimento se refletiu no rosto de Alex. — Genitália ambígua?

Nicky fez uma careta. — Como você sabe sobre isso?

— É chamado DDS atualmente, não é? Distúrbios do desenvolvimento sexual. Embora haja alguma controvérsia sobre isso, por causa dos poucos casos desse tipo de distúrbio. Havia apenas algumas linhas em um dos meus livros médicos, então eu realmente não sei muito sobre isso. Mas eu gostaria de aprender mais.

— Algumas linhas em um livro...

Alex olhou para Nicky com profunda simpatia, fazendo-a sentir-se doente. Ela girou sobre os pés e se lançou em direção à porta, lutando contra seus soluços.

Alex segurou-a pelo braço. — Não vá.

— Sinto muito!

— Por favor, está tudo bem.

Ela caiu em seus braços e enterrou a cabeça em seu ombro. Em seguida, ele arrancou dela a besta que ela tinha reprimido por tanto tempo. Ele abriu espaços e frestas, tirando dela todo aquele drama, de uma mulher desesperada para permanecer segura por trás daquela embalagem plastificada que a escondia.

Alex acariciou seus cabelos. — Está tudo bem.

As lágrimas quentes de Nicky molharam a camisa de Alex, caindo como uma tempestade. Ele a abraçou com mais força, estimulando ainda mais suas emoções. Ela não conseguia parar agora, estava além de seu controle. Ela estava chorando, e não conseguia segurar as lágrimas. Era um alívio depois de uma vida de resiliência.

Então, inesperadamente, o pranto de Nicky diminuiu, e ela começou a se acalmar. A sensação sombria foi deixando seu interior, libertada como um trovão.

Ela ficou nos braços de Alex, sentindo-se esgotada, pacífica, e um pouco boba.

Alex deu um passo para trás, para olhar para ela. — Eu te amo, Nicky.

Eu honestamente não me importo com o modo como seus órgãos genitais se parecem.

Nicky riu de sua candura. A emoção a derrubou e ela começou a chorar novamente.

Alex a abraçou.

— Sente-se — disse ele. — Conte-me tudo sobre isso.

Sentaram-se na cama, e Nicky respirou fundo algumas vezes. Alex segurou a mão dela.

Ela olhou em seus olhos bondosos e sabia que podia confiar nele. — Eu nasci com uma vagina normal, um pênis subdesenvolvido, sem testículos e sem ovários. Eu urinava através do "pênis", de modo que o médico e os meus pais decidiram que era melhor me criar como um menino, porque isso era o que eu parecia ser. Os médicos haviam parado de insistir em cirurgia a essa altura, porque eles achavam que era melhor deixar-nos fazer as nossas próprias escolhas. Mas eu não pude escolher, eles escolheram por mim. É necessário que algum tipo de gênero seja classificado em você, ou, de outra forma, você não se encaixa, mas eles entenderam errado. Eu sempre me senti como uma garota. Eu sou uma mulher.

Alex apertou a mão dela. — É apenas um defeito de nascença, como uma fenda palatina.

— Sim. Mas quando eu cheguei à puberdade, eu desenvolvi seios, seios pequenos, mas seios. Sem pelos faciais, o "pênis" não cresceu, minha voz não engrossou. Eu não vou nem te contar como era tomar banho depois de praticar esportes na escola. Eu não estou certa do que era pior, se os espancamentos dos meninos ou as observações maldosas das meninas. Acho que até os professores me viam como uma aberração.

— É por isso que você estava tão ansiosa para se afastar da Alemanha?

— Hum-hum. Jamie tinha me conhecido como Tio Nikki nos seus primeiros quatro anos de vida. Então, eu me mudei para cá e passei a viver como mulher. Que é o que eu sou, e sempre fui.

— Você mudou seu nome?

— Nikolaus Bauer para Nicky Lawrence.

— E você começou a usar toda aquela maquiagem e as outras coisas para provar sua feminilidade para o mundo?

Ela assentiu com a cabeça. — Eu sei que usar vestido seria o suficiente, mas eu queria provar que eu era uma mulher de verdade. Eu queria ser glamourosa e feminina. A prótese de silicone foi feita pelo SNS, porque eu estava muito subdesenvolvida, não era apenas pela vaidade. Eles autorizam que você escolha o tamanho, então eu escolhi grande.

Alex falou como um médico. — E os seus órgãos genitais externos? Você já fez a operação?

— Não. Pouco antes de eu me mudar para o Reino Unido, a minha mãe me avisou que, se eu quisesse ter relações normais, eu deveria me "consertar" - essas foram as palavras dela. Na época, eu fiquei com raiva, pensando que ela deveria ter tomado esta decisão, quando eu era um bebê. Mas o passado já foi. Eu não pude ir adiante com a operação; eu fiquei com muito medo da dor - a colocação da prótese de silicone foi dolorosa o suficiente. E por que eu deveria me mutilar apenas para me encaixar num padrão? Mas, ao mesmo tempo, eu quero me sentir normal. Meu corpo está todo errado.

Alex sorriu gentilmente. — Não. Seu corpo é absolutamente perfeito.

— Você ainda não o viu.

— Eu não preciso, Nicky. É dentro da sua cabeça que está o problema. Sua cabeça e a realidade não são iguais. Lembra-se de todas as coisas que você me disse? Sobre como as coisas são como são, e então nossa mente vem e cria uma história sobre como as coisas deveriam ser. Quanto mais a nossa história é diferente da realidade, mais sofremos.

A afeição por Nikolaus Bauer escorria em seu peito. — Eu preciso seguir meu próprio conselho, hm?

— Sim — Alex esfregou-a delicadamente no queixo. — Como você se sente agora que você me contou?

— Deus... er... apavorada. Leia e minha família são os únicos que sabem disso. E teve o cara com quem namorei por alguns anos, mas eu era paranoica que ele pensasse que eu era uma aberração. Eu sabotei esta relação, porque eu me senti muito envergonhada.

— Obrigado por confiar em mim, Nicky. Eu agradeço.

— Obrigada por ser este cara tão bom.

Eles olharam nos olhos um do outro por um momento, enquanto Led Zeppelin os acalmava em segundo plano.

Alex esfregou os dedos dela com seu polegar. — Você está julgando a si mesma por uma pequena parte de você, quando você é um ser humano complexo. Você realmente é maravilhosa. E linda. Então você urina pelo seu grande clitóris. Isso é apenas uma pequena parte de você. Não há necessidade de definir quem você é com base nisso.

— Obrigada, Alex. Estou impressionada por você estar reagindo dessa maneira. Tenho estado tão preocupada que você fosse me odiar.

— Eu nunca poderia te odiar. E olhando pelo lado bom, tenho certeza de que há muitas mulheres que adorariam ser capazes de mijar de pé!

— Ha! Leia disse isso antes! E sem menstruação, é claro.

Nicky sorriu, desenrolando-se dele.

Alex colocou a mão em seu joelho. — Você lembra quando você me beijou, no lançamento do livro da minha mãe? Você gostou?

Oh, Deus, agora vinha o próximo passo assustador de um novo relacionamento.

— Bem, eu estava muito bêbada.

Alex riu.

Nicky olhou para o teto e foi atingida por uma lufada de libertação infantil. Sentia-se como uma menina que perseguia borboletas num dia de verão sem fim. — Eu gostei, sim.

Alex se arrastou em direção a ela, até que eles estavam quase se tocando. — Você poderia me encontrar no caminho?

Ela se inclinou para frente. Ele abriu aquele sorriso de menino dele, que nunca deixava de derreter suas entranhas em uma poça. Seus narizes se tocaram e, em seguida, seus lábios. Ela o beijou suavemente, apenas uma vez, em seguida, se afastou.

Alex riu alegremente. — Isso é tão legal!

Alex abriu a boca para dizer alguma coisa, mas Nicky não conseguiu resistir, por isso, ela o beijou na boca novamente. Ela não se afastou dessa vez, mas beijou-o mais profundamente. Sentiu arrepios pelo corpo. Ela soltou um gemido suave, e colocou os braços em volta dos ombros de Alex. Ele cheirava divinamente. O beijo tornou-se apaixonado, fazendo com que o tempo e o espaço se desfocassem ao seu redor. Alex e Nicky eram tudo o que existia.

Alex se afastou dela. — Espere. Há algo que eu preciso te dizer.

— Oh, Deus, o quê?

— Está tudo bem, não é nada muito ruim. É que na primeira noite que você não quis me ver, eu comprei uma garrafa de Southern Comfort e bebi até desmaiar.

Sentimentos maternais e uma pitada de culpa atingiram o estômago de Nicky. — Está tudo bem.

Alex balançou a cabeça. — Eu fiquei pensando "foda-se" a cada gole. Eu pensei que eu estava fazendo isso para te machucar. Mas eu acordei me sentindo uma merda e passei o dia vomitando. Mas eu não parei. Todas as vezes que você me mandou cair fora, eu continuei bebendo como um maldito idiota. Então, no trem para Weston-Super-Mare, percebi que enquanto eu pensava que eu estava dizendo "Foda-se Nicky", eu estava na verdade me punindo, eu estava dizendo "Foda-se Alex". Uma das coisas que você me ensinou é ter autorrespeito. Eu joguei fora uma garrafa inteira de vodca, e desde então eu fiquei determinado a não ficar assim nunca mais - por mim. Eu sou responsável por Alex Steele, não você, nem ninguém.

Um sentimento doce atravessou o coração de Nicky. — Obrigada por sua honestidade.

— Você já fez muito por mim. Eu quero fazer você se sentir orgulhosa. Eu te amo tanto.

Ela sorriu. — Eu estou orgulhosa de você, Alex. Agora venha aqui e me beije de novo.

Capítulo 46

Alex abriu os olhos na manhã seguinte e sorriu para o teto.

Depois de várias horas beijando e conversando ontem à noite, Nicky tinha ido embora, assim que o sol começou a nascer. Alex queria que ela para ficasse e dormisse em seus braços, mas ela disse que não. Ela queria dormir por algumas horas, porque hoje era o dia da reunião de planejamento. O futuro do *Ruby in the Dust* dependia daqueles cinco minutos que Nicky falaria, esta tarde, de modo que ela precisava estar alerta.

Alex se sentou na cama e pensou em seu pai. Edward sempre o havia apoiado financeiramente, e geralmente, emocionalmente, mas agora Alex precisava que seu pai usasse sua influência no conselho para ajudar a salvar o Café. Eles haviam discutido algumas vezes e Edward parecia relutante em intervir, mas Alex sempre foi bom em convencer as pessoas - certamente o próprio pai seria um alvo fácil. Ele planejava fazer uma visita ao pai esta manhã, e talvez a influência de Edward fosse suficiente para influenciar o resto do comitê na reunião desta tarde.

Mas primeiro...

Ele pegou seu telefone celular. — Vovó, é Alex. Como você está se sentindo? Você me deu um susto!

— Oh, eu estou bem, obrigada, patinho. É só um pouco de indigestão.

— Não deixe de ligar para o papai, se você começar a se sentir mal de novo, ok?

— Pode deixar. Como você está?

— A vida é maravilhosa!

— Ah, então você cortejou aquela jovem você estava todo animado?

— Sim! Nicky; ela é absolutamente perfeita!

— Estou feliz por você, meu querido.

— Eu vou levá-la à Essex para conhecê-la.

— Isso seria ótimo.

Alex encostou-se na cabeceira da cama. — Ouça, vovó, você pode telefonar para o papai pra mim? Eu preciso que você peça a ele para usar sua influência no conselho esta tarde. Eles querem fechar o Café de Nicky, e eu preciso de você diga a ele que não pode.

— Bem, eu realmente não costumo me envolver, querido. Mas seu pai disse que ia me ligar na hora do almoço, vou tentar falar algo sobre isso, ok?

— Obrigado, vovó, eu realmente aprecio isso. Tenho que ir, mas eu vou vê-la em breve, eu prometo!

Alex terminou a chamada e sorriu. — Estou de volta, David Lewis, seu bastardo presunçoso. E, desta vez, você não vai me vencer!

Capítulo 47

Alex caminhou pela recepção da Câmara Municipal, pensando em qual loira bombástica Nicky tinha se inspirado. Ele sorriu com a lembrança da sua valentia ao confessar seu segredo. Ele estava orgulhoso dela. E agora chegou a hora de deixá-la orgulhosa dele.

A área de recepção da Câmara Municipal tinha sido reformada desde que Alex tinha estado aqui, há dez anos, para trabalhar num verão. Lá se foram os tapetes duros, os móveis baratos de MDF e a iluminação maçante. Em vez disso, agora o piso era laminado, havia quadros na recepção, e muita iluminação.

"*Jogue fora o que é velho, que venha o novo*" era o lema que Maidenhead parecia estar abraçando, começando bem aqui na Câmara. Se ao menos eles não estivessem tão ansiosos para igualar todos os edifícios que não brilhassem com cromo e vidro. O *Ruby in the Dust* era de tijolo vermelho e de madeira, mas perfeito do mesmo jeito.

Alex era tão grato ao Café e a sua dona. Desde que conheceu Nicky, ele foi lentamente se abrindo como uma flor ao sol, mas ontem à noite ela trocou com ele, e agora ele era o sol. Ele tinha desejado essa sensação de plenitude por toda a sua vida. Tudo era possível com amor incondicional em seu coração.

Alex se aproximou da recepcionista. A bela senhora que usava casaco twin-set com pérolas tinha sido substituída por uma jovenzinha. Ela rosnou para Alex como se ele fosse um resto de leite rançoso. Não havia nenhum jeito que ele conseguisse passar por suas defesas.

Mas ele não precisaria.

Ele pegou seu telefone celular. — Oi, papai! Estou na recepção; você pode vir e me encontrar, por favor?

Menos de um minuto depois, Edward apareceu. — O que aconteceu?

— Podemos ir até seu escritório?

— Claro.

Alex não vinha aqui há quase uma década, e tudo parecia tão pequeno agora. Ele seguiu o seu pai pela parte aberta do escritório, dizendo olá para as pessoas que ele tinha conhecido há uma vida atrás. Elas sorriram para ele com surpresa em seus olhos. Será que ele realmente mudou tanto assim? Todos pareciam o mesmo.

Edward fechou a porta, e Alex percebeu que a área de recepção elegante era apenas uma fachada superficial - nada mudou por aqui. Era a mesma mesa de madeira, a mesa de reunião, cadeiras de conferências, vasos de plantas e fotos de família. Alex olhou para a foto de sua formatura, que foi orgulhosamente colocada em uma prateleira de arquivos legais. Os eventos daquele dia eram um borrão para ele agora - ele tinha bebido meia garrafa de vodca na época.

Edward fez um gesto para a mesa de reunião e os dois se sentaram.

— Você me assustou, Alex, aparecendo assim aqui no trabalho.

— Trata-se de trabalho.

Edward gemeu. — Isto não é sobre o *Ruby in the Dust* novamente, não é? Nós já passamos por isso - minhas mãos estão atadas.

— Não, elas não estão.

— Trata-se de livre iniciativa; David pode fazer o que quiser com sua propriedade.

— Não, ele não pode. Você é órgão regulamentador local; ele é moralmente repreensível - você pode detê-lo.

— Alex, ele não é um traficante de armas e não estamos em Westminster. Aqui é Maidenhead. E acontece que eu acho que o plano de David será benéfico. A construção de Nicky está em mau estado; ela precisa ser demolida mesmo que o comitê não aprove o negócio com o Corporista.

— O edifício não está em condições precárias. Ei, por que não vai até o Café comigo agora? Eu posso te mostrar o quão incrível ele é.

Edward olhou para o Rolex. — Não posso ir. Tenho uma reunião legal em cinco minutos, com um representante do Corporista.

Alex suspirou. — É uma sorte eu ter vindo agora, então. Para impedi-lo de fazer um ataque indireto.

Edward se irritou. — Eu não estou fazendo um ataque indireto. Posso assegurar-lhe que é tudo perfeitamente legítimo; eles simplesmente precisam suavizar algumas coisas.

— Sim, como a demolição do prédio de Nicky, por exemplo.

— Ela é uma inquilina que não vem pagando o aluguel. Por que o conselho deveria se envolver com isso?

— Porque... porque você é alguém que sabe o que é vir do nada e trabalhar duro - assim como Nicky. Você sempre me ensinou a manter-me firme naquilo que eu acredito.

Edward esfregou os olhos, cansado. — Eu não tinha a intenção de fazer você achar que precisa salvar o mundo.

— Não, não o mundo. Eu não sou tão ingênuo. Mas eu posso pelo menos tentar fazer a diferença no meu mundo; para a cidade que eu vivo e para a mulher que eu amo. Não é por isso que você veio trabalhar para o município?

Edward sorriu gentilmente. — A mulher que você ama?

— Sim.

Edward balançou a cabeça. — Eu preciso ser imparcial; nós já passamos por isso.

— Mas nada disso é imparcial, não é? Esta não é apenas mais uma reunião de planejamento chata; trata-se de casa e do sustento de alguém.

— Não é sempre assim?

— Por favor, nos ajude, pai. Você é nossa única esperança.

Edward riu afetuosamente. — Você realmente acha que sua atitude de Princesa Leia vai me conquistar?

— Estou falando sério.

Edward bateu os dedos sobre a mesa. — Nicky dirige aquele lugar como se fosse um local de caridade. As pessoas saem do trabalho e ficam sentadas lá por horas, com uma xícara de chá. Isso não é lucro para a cidade como você proclama.

Alex levantou-se e caminhou até uma foto de Edward e Carowyn, da época em que eles namoravam. Ele pegou. — Esta foto foi tirada antes de eu nascer. Você sabe como eu sei disso?

— Nós parecemos felizes?

— Muito engraçado! Não, é porque a antiga estação de ônibus ainda está lá.

No mesmo local agora tinha um bloco de escritórios vazio, estéril e duro, que ninguém queria ocupar porque o aluguel era muito alto e a localização era muito longe da High Street para ser de alguma utilidade para alguém.

Alex colocou a foto no lugar e virou-se para enfrentar seu pai. — As coisas mudaram muito na minha vida, principalmente para melhor. Aquela época horrível de racismo, sexismo e homofobia estão desaparecendo. Medicina e tecnologia tornaram nossas vidas infinitamente mais confortáveis. Mas e a preservação de algumas das melhores coisas sobre o passado? Você se lembra de como as coisas costumavam ser, nos bons velhos tempos, quando mudou para Maidenhead? Você podia deixar sua moto estacionada em um beco, e ele ainda estaria lá quando você voltasse. Você não gostaria de viver num lugar assim?

Edward lançou-lhe um olhar cético. — Certamente você não está sugerindo que manter o *Ruby in the Dust* aberto irá milagrosamente nos transportar de volta aos bons velhos tempos?

— Não. Mas, pai, há algumas semanas atrás, um dos nossos clientes,

Patrick, de repente correu para o lado de fora, quando viu um garoto tentar roubar minha bicicleta. Eu tinha deixado-a encostada contra a janela da frente, o que deixa Nicky irritada. Mas ainda assim, Patrick correu pela High Street e pegou-a de volta pra mim, dizendo que ele me devia uma, depois de tudo o que eu tinha feito por ele. Mas tudo que eu fiz foi servir-lhe café e bater papo com ele por um tempo, quando não tinha muito trabalho.

— É ótimo que você tenha conhecido algumas pessoas agradáveis.

Alex colocou as mãos no quadril. — Você está perdendo o foco, pai. É apenas uma bicicleta, pelo amor de Deus, mas não é sobre isso. Patrick não tem andado bem há meses, porque não há oferta de trabalho por aqui, mas ele ainda tem dignidade suficiente para se preocupar com as pessoas. Importar-se com as pessoas é o que o faz sair da cama todas as manhãs. Ele não precisa fazer trabalho de caridade ou salvar o mundo - ele só precisa se preocupar com as pessoas ao seu redor.

— Eu não vejo o que isso tem a ver com o Café de Nicky.

— Sério? Você realmente não pode ver isso? Deus, eu pensei que eu era insensível. E eu pensei que eu tinha puxado isso da minha mãe.

— Bem, talvez seja melhor você explicar isso para mim, então.

— O mundo é feito de pessoas, pai. E é importante a forma como pensamos sobre nós mesmos e sobre o outro. Não importa se somos uma comunidade ou não. Porque quando nós sentimos que somos uma comunidade, estamos mais propensos a nos comportar como membros de uma comunidade. Mas quando somos tratados como mercadorias - quando vamos para o Corporista Café e somos tratados como um pedaço de plástico - então é assim que nos comportamos em relação aos outros. Quando você se mudou para cá, o povo de Maidenhead era orgulhoso de sua cidade - eles respeitavam isso, e uns aos outros. Mas, agora, tudo o que temos é concreto, plástico e dinheiro. Onde está o calor ou a humanidade?

— Eu não sei. Estou atrasado para a reunião. Sinto muito.

— Ok. Bem, já que eu não consegui convencê-lo a nos ajudar, então você vai ter que ouvir Nicky falar na reunião de planejamento. Ela é bastante inspiradora, por isso certifique-se de ouvir tudo o que ela disser, ok?

Edward acenou com a cabeça, sinceramente. — Eu vou, eu prometo.

Capítulo 48

Zach pegou uma lata de espuma de barbear da prateleira, e sorriu. Ontem à noite, Leia lhe tinha feito prometer que ele faria a barba hoje, porque ele tinha arranhado suas pernas ontem à noite. E ela tinha coxas incríveis.

Ele jogou a lata no ar e pegou, então caminhou até o caixa para pagar, sentindo-se como se estivesse caminhando por um campo, no verão, em vez do corredor de produtos de higiene pessoal, no Boots[39]. Ele pensou consigo mesmo, que o mundo era maravilhoso - como a canção falava. E Louis Armstrong não tinha sequer conhecido Leia, caso contrário, ele teria dedicado um verso inteiro para o seu sorriso.

Zach se juntou à fila e olhou para o seu telefone para ver as horas. Ele deveria se reunir com Alex e os outros em cinco minutos no *Ruby in the Dust*, para almoçar antes da reunião de planejamento.

Ele distraidamente olhou para a cesta do homem bem-vestido na frente dele e viu que ele estava comprando um sanduíche de frango, suco de laranja, e um pacote com doze preservativos. Zach não pode resistir à curiosidade de descobrir quem estaria comprando uma combinação tão interessante, então ele deu uma espiada no rosto do cara.

Ai, droga. David Lewis.

Estranho...

Zach olhou para o chão polido, sem saber se deveria atrair a atenção de David, ou simplesmente ignorá-lo. Talvez ele devesse dizer algo para minar sua confiança para esta tarde. Certamente era uma oportunidade boa demais para perder.

---

39 Rede de lojas no Reino Unido, que vende principalmente medicamentos e produtos de higiene pessoal.

Eu tenho uma lata de espuma de barbear apontada diretamente para você, e eu não tenho medo de usá-la.

— Você sabe — Zach disse, — há um ótimo pequeno Café junto à estrada onde você pode conseguir um saboroso sanduíche caseiro, completamente desprovido de plástico hermeticamente fechado.

David virou-se. — Oh. Zachary.

— Você precisa ser rápido, no entanto, porque alguns filhos da puta querem derrubá-lo e construir um café empresarial em seu lugar. Oh, Olá, David, eu não vi que era você.

David abriu a boca para responder, mas a voz alegre no interfone automatizado disse: "*Caixa número dois, por favor!*".

David sorriu maldosamente para Zach e caminhou até o caixa. A voz no interfone chamou Zach para o caixa número três, então ele tomou o seu lugar ao lado de David. Ele entregou sua espuma de barbear para o assistente de vendas, e percebeu que David estava olhando por cima.

— Finalmente vai começar a fazer a barba, Zachary?

Zach fez um gesto em direção ao pacote de preservativos de David, que o caixa estava tentando passar no leitor ótico de forma sutil. — Finalmente encontrou alguém para fazer sexo com você, David? Eu poderia torná-lo permanentemente incapaz de ter filhos, se quiser; sem problemas.

David se irritou. — Você está me ameaçando?

— Absolutamente. Você está destruindo um oásis para a comunidade. Esta cidade precisa do *Ruby in the Dust* muito mais do que precisa de outra franquia exploradora, que serve café ruim, em recipientes de plástico, com sorrisos de plástico.

— Eu suponho que seu interesse está no fato de que você está transando com uma das garçonetes.

A assistente de vendas de Zach tossiu. — Er, dois e oitenta e cinco, por favor, senhor.

Zach entregou-lhe uma nota de cinco libras. — Ela é minha namorada, David. Eu me preocupo muito com ela, e você está prestes a acabar com seu trabalho.

— Se importa muito com ela? Você só a conhece há alguns meses.

— Que diferença isso faz? Eu te conheço desde que eu tinha onze anos e eu ainda acho que você é um idiota.

David digitou sua senha no terminal de cartão de crédito. — O sentimento é mútuo, posso assegurar-lhe. Presumo que Leia ainda recusa minha oferta para enviar seu trabalho à gravadora?

— Ela vai ficar bem sem a sua ajuda.

— Será que ela vai? Ou ela é apenas tão estúpida e teimosa como Alex?

— Você não se importa com ninguém?

David pegou sua sacola e caminhou até se aproximar de Zach no final das caixas registradoras.

— Claro que sim. Eu me preocupo com meus filhos, e dou a melhor educação que dinheiro pode comprar. Eu me preocupo com Charlotte ter tudo que ela quiser. Você vai entender tudo isso quando você começar uma família.

— Eu nunca faria o que você está fazendo, não se machucasse outras pessoas. Nicky vai vencê-lo esta tarde, então prepare-se para a derrota.

— Nicky vai me vencer? — David riu sinistramente. — Zach, a reunião de hoje à tarde é uma mera formalidade. Esse pedaço de terra será um Corporista Café nesta mesma época no próximo ano.

Zach agarrou sua espuma de barbear contra seu peito para se impedir de socar David. — Sim, formalidade, né? Eu gostaria que fosse comigo, mas Nicky Lawrence vai vencê-lo, e eu vou estar lá para aplaudir quando ela apagar o sorriso presunçoso de seu rosto.

Zach se afastou, ignorando o último comentário de David, que parecia algo como: *A única coisa que vai estar apagando é o letreiro do Café dela, em Novembro.*

Capítulo 49

Havia uma revolução no ar. Ela despertou em Nicky o desejo de invadir o Parlamento, expulsar todos os políticos, e substituí-los por pessoas que prometessem trabalhar para o bem maior da humanidade.

Bem, o bem maior de Maidenhead, pelo menos.

Nicky falou olhando nos olhos de seu público, na esperança de penetrar no seu âmago, de inflamar seus corações com paixão.

— Eu sou apenas uma pessoa, e qualquer um poderia ter feito o que eu fiz. Mas o que nós criamos aqui em Maidenhead, é muito maior do que eu ou a minha equipe. É maior do que os clientes. Mas nós precisamos dele. Todos nós precisamos deste santuário!

Todos aplaudiram e Nicky sentiu os raios de sol a iluminarem.

— Nicky! — Patrick gritou do fundo do café. — Eu não posso vê-la daqui, suba em uma cadeira, menina!

Lakshmi acenou com a cópia da carta que ela havia escrito ao conselho. — Sim, suba lá, Nicky.

Nicky riu. — Ok.

Leia entregou a Nicky uma cadeira de madeira da mesa um.

Ela vacilou. Não havia nenhuma chance que ela pudesse subir lá em cima em seus saltos de 10cm. Uma doce memória de Alex vibrou em sua mente, como uma semente de dente de leão. Ontem à noite, depois da sua confissão, ela descansava em seus braços, e ele disse: — Eu amo você ainda mais quando você é apenas Nicky Lawrence, sem todas aquelas coisas. Você possui uma beleza pura, uma bondade de ouro. Você é absolutamente perfeita, Nicky Lawrence, absolutamente perfeita.

Estimulada por suas amáveis palavras, ela tirou os sapatos, pegou a mão oferecida por Leia, e subiu. Todos aplaudiram novamente.

— Certifique-se de que ninguém arremesse nada pela porta aberta — disse ela para Leia. — Eu não posso ir para a Câmara Municipal com o nariz sangrando.

— Está tudo bem — disse Leia. — Você está indo bem.

Nicky olhou para Amber, sua amiga do jornal, que tinha prometido fazer uma matéria favorável na edição desta semana. Amber sorriu, com a caneta sobre o bloco.

— Nicky — Lakshmi gritou: — como é que vamos combater o conselho? Ouvi dizer que o Corporista já é certo.

Nicky falou alto. — Não importa o que as pessoas dizem. Vou dizer ao conselho os benefícios do *Ruby in the Dust*. Vamos lá, pessoal, lembrem dos nossos slogans. Levantem os cartazes!

Olivia levantou seu cartaz. "*Salve o Ruby in the Dust, a joia da cidade!*"

— Sim — Jamie gritou: — Comida fantástica, e não comida de plástico!

— Maidenhead para o povo! — disse Leia, com alegria.

Nicky passou seu olhar por eles, sorrindo para seus amigos leais. Ela abriu a boca para agradecer-lhes por seu apoio, mas o sino acima da porta tilintou, fazendo-a olhar ao redor. Eram Alex e Zach. Seu coração vibrou de alegria com a visão de seu maravilhoso namorado.

— Olá! Por favor, divirtam-se.

— Ei, linda! — disse Alex. — Você está praticando o seu discurso?

Nicky estendeu a mão para ele ajudá-la a descer. — Com a ajuda dos meus amigos maravilhosos.

Nicky o beijou, e todos aplaudiram - estavam nesse tipo de humor agora.

Alex a puxou para mais perto. — É bobo, eu sei, mas eu senti sua falta.

Ela riu. — Estou feliz em vê-lo, também. Como foi com o seu pai?

— Hmm, não tenho certeza. Ele prometeu ouvir tudo o que você tem a dizer.

Nicky endireitou a gola de Alex. — Bem, então, é melhor eu garantir que eu fique brilhando com todos os encantos de Dr. Alex Steele, né? Dessa forma, ninguém será capaz de resistir a mim.

Capítulo 50

Esta não foi a primeira vez que Alex tinha sido membro de uma audiência na Grande Suíte da Câmara Municipal. Ele tinha visto algumas peças aqui, incluindo uma pantomima para crianças de 1 a 11 anos de idade. Mas, naquela época, o máximo que ele tinha que fazer era gritar *"Olhe atrás de você!", no* momento apropriado. Agora, ele estava sentado aqui sendo submetido ao discurso perfeito de David sobre investimentos, lucros e a destruição de um edifício em ruínas - um edifício em ruínas que Alex passou a amar.

Um sentimento surreal o atingiu e ele estendeu a mão para entrelaçar os dedos nos de Nicky. Ela sorriu para ele parecendo calma, como um lago no verão. Por que ele estava mais nervoso do que ela, quando ela era a pessoa que tinha a tarefa de falar na frente de todas aquelas pessoas? O sistema nervoso de Alex estava atualmente em sintonia com o destino de Nicky - a cada segundo que se passava, eles estavam sendo empurrados para o final da prancha do pirata, mãos amarradas, preparando-se para mergulhar no mar infestado de tubarões.

Mas Nicky parecia estar com seu autocontrole habitual, suas pernas não estavam sequer tremendo.

Ao lado de Alex, Zach estava segurando a mão de Leia, e, na mesma fila de bancos, sentaram Olivia, Patrick, Lakshmi, Jamie, e os outros clientes do *Ruby in the Dust*, que tinham vindo para falar o que achavam. Na parte da frente da sala, atrás de suas mesas de aparência oficial, estavam o pai de Alex e cinco membros do comitê, presidido por Timothy Pratt. Eles estavam voltados para David, que estava de pé um pouco de lado, para que ele pudesse falar tanto com o público quanto com o comitê com facilidade.

— Não devemos ter medo de progresso! Cada cidade que acolhe um café Corporista acolhe todas cadeias de lojas, porque onde o Corporista vai, outros seguem. A área inferior da Maidenhead High Street está com uma necessidade desesperada de desenvolvimento, e eu estou oferecendo a Maidenhead, através da minha parceria com o Corporista, a oportunidade de alcançar a estabilidade financeira sólida, não apenas a curto prazo, mas para que possamos construir um futuro melhor, para todos os que adoram esta cidade.

Alex se inclinou para Nicky e sussurrou: — Ele é charmoso.

Ela assentiu com a cabeça. — Está tentando tirar o máximo de proveito dos seus cinco minutos. Não é muito tempo para falar o que precisa.

Alex olhou para ela. A ideia de falar por meros 30 segundos em frente a este monte de gente torcia seu estômago com terror.

A bajulação servil de David chegou ao clímax, e algumas pessoas aplaudiram quando ele presunçosamente desfilou de volta ao seu lugar na frente de Alex. David tinha propositadamente sentado lá quando chegou mais cedo, provavelmente em uma tentativa de deixar Nicky nervosa. Mas ela não estava nem um pouco nervosa.

Um executivo do Corporista Café era o próximo na ordem do dia, e então, depois disso, era Nicky. Alex apertou-lhe a mão, tentando transmitir seu amor a ela.

Nicky soltou os dedos dos seus. — Preciso ir ao banheiro — ela sussurrou.

— Ok. Volte depressa.

Ela caminhou para fora.

O executivo do Corporista começou uma repetição do discurso de David - os lucros, as perspectivas, e o orgulho da cidade. Alex pensou em ir ao banheiro também, mas decidiu esperar até o fim. Ele não tinha nada para ficar nervoso - o futuro do *Ruby in the Dust* estava nas mãos de Nicky, e Alex sabia que ela iria até lá e os encantaria, salvando assim o dia para ela, para ele, e para todos que amavam aquele Café maravilhoso.

Era óbvio que a Câmara Municipal tinha sido projetada por homens. O toalete das senhoras ficava em outro corredor, subindo dois lances de escadas. Havia apenas dois cubículos, mas três lavatórios, e muito espaço para fila. As paredes estavam descascando e alguns dos pisos estavam rachados, mas pelo menos havia papel higiênico. E não havia alunos desordeiros de Berlin, caçando Nicky ali dentro.

Ela se sentiu corar ao entrar no banheiro e respirou profundamente. Ela pensou que ficaria mais nervosa do que isso, mas, na verdade, sentia-se muito serena. O amor faz isso com você, faz você se sentir seguro e confiante.

O executivo do Corporista estaria fazendo seu discurso agora, então Nicky ainda tinha alguns minutos para repassar seus principais pontos de novo, e então... uau, ela estaria fazendo isso!

Ela abriu a porta do cubículo e congelou.

Mesmo de costas para Nicky, era óbvio quem estava no lavatório, mas Nicky verificou o reflexo no espelho, só para ter certeza.

Charlotte.

As duas mulheres se olharam por um segundo, em seguida, Nicky percebeu que os olhos de Charlotte estavam vermelhos e inchados: eles brilhavam com lágrimas.

Ela assoou o nariz em um pedaço de papel higiênico.

Nicky aproximou-se do lavatório. — Olá, Charlotte.

— Nicky.

Nicky passou as mãos pela água morna, sem saber se ela deveria ignorar o fato de que Charlotte estava chorando. Era difícil não dizer nada a ela, que estava claramente sofrendo ao seu lado.

— Alguma coisa que eu possa fazer? — perguntou Nicky, tentando não parecer condescendente.

— Não.

— Ok.

Nicky se encaminhou para o suporte de papel, arrancou um papel toalha, e secou as mãos.

Charley fungou.

Nicky amassou o papel e jogou no lixo. — O discurso de David foi muito bom.

— Oh. Bom.

— Umm. Nos vemos lá fora.

Nicky saiu em direção à porta, mas o som de Charlotte choramingando fez com que ela sentisse facadas em seu peito.

Ela virou-se para trás. — Olha, seja o que for, lembre-se, é transitório, ok? Apenas um mau pressentimento, como mau tempo. Às vezes a vida pode ser dolorosa, como se não fosse parar de chover durante semanas. E então o sol sai de forma inesperada. A vida e do clima britânico são muito semelhantes, na verdade.

Charlotte limpou as manchas pretas ao redor de seus olhos. — Eu vi você e Alex chegando juntos. Fico feliz que vocês tenham feito as pazes. Eu me senti terrível.

Nicky observou-a por um momento. — Você disse aquelas coisas de propósito? Para fazer com que eu me chateasse com ele?

— Eu não podia suportar vê-lo com uma mulher inteligente, bela e forte.

Nicky fez uma careta. — Eu só pensei *"quando eu colocar minhas mãos sobre ela, ela estará em apuros"*.

Charley soltou uma risada humilde. Ela suspirou. — Eu amo meu marido, mas eu admito que eu pensei em ter um caso com Alex, se ele estivesse disposto. E talvez o velho Alex tivesse estado disposto. Mas não agora. Você o mudou. E não de uma forma maquiavélica!

Nicky deu de ombros. — Eu o amo.

— E ele te ama. Eu posso ver isso em seus olhos quando você está por perto, quando fala sobre você.

Charlotte limpou a ponta do nariz com o papel higiênico úmido.

— Por que você estava chorando? — perguntou Nicky.

— Estou sentindo pena de mim mesma. Minha vida não saiu como eu esperava, só isso. Mas eu sei que eu só tenho a mim mesma para culpar.

— Mas você tem tudo: riqueza, sucesso, beleza, uma família perfeita.

Charley olhou para a pia manchada. — Eu sei. Mas ...

— Você não conseguiu Alex?

— Não, não. Eu só sinto que há algo faltando. Como se sempre faltasse algo.

— Oh, isso.

Charlotte franziu o cenho. — O quê?

— Todo mundo sente isso, é perfeitamente normal. Quer saber como encontrar essa peça do quebra-cabeça faltando?

Ela assentiu com a cabeça.

— Pare de procurar por isso. Perceba que já está aqui — Nicky apontou para o espelho. — Você é a peça que faltava, ok?

Charley balançou a cabeça. — Não é tão simples assim, Nicky. Você, obviamente, tem algo que eu não tenho, mas eu não consigo entender o que é.

Nicky sorriu. — Sim, eu tenho. Eu tenho um clitóris muito grande e a capacidade de fazer xixi em pé!

Charley franziu o nariz em desgosto. — O quê?

— Charlotte, todo mundo tem problemas. Inclusive a pessoa que você está invejando. Estamos todos juntos nessa, assim é a vida. Mas olhe para si mesma no espelho. Aqui está a sua resposta. Não é porque você é rica ou bonita ou bem sucedida, mas - bom Deus todo-poderoso - o que mais você precisa além de se amar?

Charley olhou para seu reflexo. Nicky viu lágrimas em seus olhos brilharem novamente. Mas pareciam lágrimas de compaixão por ela, por todos os anos que ela tinha ignorado a resposta que estava olhando para o rosto dela.

Charlotte virou a cabeça. — O que quer dizer com você pode fazer xixi em pé?

Nicky riu. — Deixe-me contar a você sobre um menino que eu amei, chamado Nikolaus.

Capítulo 51

Alex olhou para pasta cheia de anotações que Nicky tinha deixado em seu assento. Onde diabos ela estava? Por que as mulheres sempre demoravam no banheiro? O que elas faziam lá, pelo amor de Deus?

O executivo do Corporista Café desfilou de volta ao seu lugar e agarrou sua maleta fechada, satisfeito com sua apresentação que ele, provavelmente, já havia feito centenas de vezes. Ela cochichou algumas palavras para David, que Alex se esforçou para ouvir, então se levantou e se afastou para fora da sala.

Se você vir Nicky por aí, diga-lhe para voltar aqui, agora mesmo!

O advogado de David se levantou. — Vamos, então, David, mostre que acabou. Se eu fosse você, eu contactaria a empresa de demolição o mais breve possível, colocaria as coisas para andar.

David virou a cabeça, para que Alex pudesse ouvir. — Na verdade, eu gostaria de ouvir a próxima oradora. Nicky Lawrence vai falar e seu inglês é péssimo, com um sotaque horrível. Vai ser muito engraçado.

O advogado voltou a se sentar. — Ok.

— Não deixe que ele te irrite, Alex — disse Zach.

David riu. Ele ia começar a dizer alguma coisa para Zach, mas o nome de Nicky foi chamado.

— Leia, onde ela está? — Alex questionou.

— Eu não sei! Ela não te disse onde ela estava indo?

— Banheiro - mas isso foi há cinco minutos!

Timothy Pratt estava ficando impaciente. — Nicky Lawrence, você poderia vir até a frente, por favor? Nós temos uma agenda muito apertada. Nicky Lawrence, você está presente?

Leia pulou.

— Ah, Nicky — disse Timothy. — Venha até a frente, por favor.

— Não! — disse Leia. — Não sou ela. Eu só vou chamá-la.

Leia correu até a porta, parou e correu de volta para Alex.

— Onde é o banheiro feminino?

— Como diabos eu deveria saber!

Olivia se inclinou. — Vire à esquerda para fora daqui, vá pelo corredor, suba dois lances de escada, eles ficam à direita.

Leia deu a Olivia um olhar de desespero, em seguida, saiu em disparada novamente.

Timothy Pratt brincou com a gravata. — Nós já estamos 10 minutos atrasados em uma agenda muito apertada. Se as pessoas não estiverem presentes quando chamamos, nós adotaremos uma política de não perder tempo. Nós vamos dar-lhe um minuto, então vamos seguir em frente.

David virou-se. — Oh, que vergonha!

Olivia chamou Alex freneticamente. — Alex, você vai ter que fazer isso!

O pânico o atingiu como se fosse um acidente de trem. — De jeito nenhum! Ela estará aqui em um segundo.

Timothy Pratt vasculhava a sala como um holofote. — Jeremy Smith da Brooks Construção? Olá, você está pronto para ser o próximo? Parece que perdemos Nicky Lawrence.

— Tudo bem, tudo bem — disse Jeremy, de pé.

Olivia arrastou-se até Alex. Lakshmi e Patrick apareceram em seu outro lado - um ataque em bando.

— Vamos, Al — disse Olivia. — Você está familiarizado com as finanças do *Ruby*. É em dinheiro que o conselho está interessado, então basta ir até lá e contar-lhes sobre os lucros que você ajudou Nicky a conseguir. Dê-lhes previsões e toda aquela lengalenga financeira.

— Eu não posso, Olivia. Eu gostaria de poder, mas eu tenho uma fobia de falar em público.

Ele olhou para a saída, torcendo para Nicky aparecer, para que pudesse fugir de si mesmo.

Lakshmi se agachou na frente dele. Ela colocou a mão em seu joelho. — Alex, é bom ter medo, é natural. Quando eu estava aprendendo a dirigir depois que o meu amado marido faleceu, sentia o pavor travar meus ossos. Mas, eu posso te dizer, a pior coisa que já me aconteceu durante o medo é ter algumas sensações corporais desconfortáveis. Eu passei no teste de habilitação e ganhei a minha independência. Aqui está a sua chance de provar que você pode fazer isso e superar o seu medo.

— Mas e se eu entrar em pânico e congelar? Eu vou acabar com a chance dela completamente. Deus, onde ela está?

Lakshmi sorriu gentilmente. — Não é que você esteja com medo de falar, não é? É o que pode acontecer *se* você falar.

Alex enfiou as unhas em suas coxas, tentando impedi-las de tremer.

— E você pode superar o medo, Alex? O que você acha?

— Certo — disse Timothy Pratt. — Seguindo em frente, então. O próximo é Jer...

Alex levantou-se. — Espere! Vou substituir Nicky!

David riu. — Oh, isso vai ser hilário. Ele provavelmente ficou no pub durante toda a manhã, teremos sorte se ele conseguir formar uma frase inteira.

— Você pode fazer isso, Alex! — disse Zach.

Alex desejou que ele pudesse ver a si mesmo através dos olhos de Zach.

Ele olhou para as anotações de Nicky e se sentiu desesperado. Além disso, ele não conseguia ver nada, porque sua visão estava embaçada de nervoso, ele não conseguia ler a letra dela, e metade das anotações tinha abreviações e gírias em alemão. Oh, ele sabia o que *dreckskerl der*[40] queria dizer, mas ele não falaria isso a respeito de David em público.

Todos os olhos caíram sobre Alex, fazendo-o se sentir como um saquinho de chá usado. Zach, Lakshmi e os outros provavelmente pensaram que agindo assim iriam apoiá-lo, mas, para Alex, era como se ele estivesse sendo perseguido com todos aqueles olhares.

Em transe, muito pior do que na sua pior bebedeira, ele entrou no corredor.

— Pense em Nicky — disse Zach, à distância. — No quanto você a ama.

Venha comigo, Zach!

Não, não, não. Eu posso fazer isso sem ele.

Alex limpou as mãos úmidas nas laterais da calça jeans.

Ok, vamos lá, um pé na frente do outro, por favor, pelo menos, faça isso direito.

Com o coração ameaçando explodir fora do peito e as pernas derreterem, Alex se arrastou em direção à ilha isolada na frente da sala, que ele temia que fosse abocanhá-lo assim que ele pisasse lá.

Ele parou de costas para a plateia. Sua boca, que era sempre tão arrogante e confiante, parecia cheia de algodão. Ele viu os olhos preocupados de seu pai e sentiu o amor incondicional.

— Membros da comissão...

Seu cérebro deu um apagão. O que ele iria falar?

Er... bar?

40 Filho da puta.

Uma onda de tontura lhe deu um soco, imaginou-se entrando em colapso.

Não, você não vai desmaiar, Alex. Sua pressão arterial aumenta quando você está ansioso. Para desmaiar, a sua pressão arterial deve diminuir. Confie em mim, eu sou médico.

— Está tudo bem, Alex — disse Edward. — Só vire-se e diga a todos o que você quer dizer.

Ótimo. Agora eu pareço um garoto nervoso de cinco anos de idade, em uma festa de aniversário.

Ele virou-se. Quando ele vislumbrou a multidão, seu corpo o agrediu com batimentos cardíacos rápidos, o estômago se contorcendo, e arrepios quentes.

Eu preciso sair daqui!

Seus olhos embaçados se voltaram ao rosto de Lakshmi. O que foi que ela disse? *Ninguém nunca morreu por sentir medo, e você não será o primeiro.*

Certo, tudo bem. Ele fechou os olhos e manteve os pés firmemente plantados no chão. Imaginou as árvores na floresta e buscou sua força. Ele alongou sua coluna, e esticou os ombros.

Ele abriu os olhos... Oh Deus... eles ainda estavam lá!

Ele riu com esse pensamento, então limpou a garganta.

— Olá, eu sou Alex Steele.

Sua mente ficou em branco de novo. Por uma eternidade latejante, o suor escorria de suas axilas, em sua camisa. Talvez ele devesse simplesmente sair pela porta e desistir dessa bobagem. Mas, então, o que ele iria dizer a Nicky? *Desculpe, querida, eu estraguei tudo, e agora você vai perder o seu negócio e sua casa.*

De jeito nenhum.

Ele abriu a boca. — Isto é, doutor Alex Steele. Er ... vocês devem ter notado que eu não sou Nicky Lawrence...

Ele parou de falar.

David estava rindo e balançando seu pé.

— Três meses atrás — Alex disse. — Eu estava prestes a me tornar um alcoólatra.

Alex sentiu o burburinho atrás dele. *Sim, eu sou filho dele.*

— Eu estava vivendo como alguém inconsequente, perdendo o meu bem mais precioso, que é a vida. Mas então eu conheci Nicky, a proprietária do *Ruby in the Dust*. Ela é tão linda. Confesso que quando vi pela primeira vez eu queria...

Não, Alex! Não diga que você queria transar com ela! Isso não é engraçado e, provavelmente, Olivia vai matá-lo.

— Er... Eu queria continuar a viver da forma egoísta e sem sentido que eu havia me tornado acostumado. Mas Nicky me mostrou que o que realmente te faz feliz é o oposto do que geralmente pensamos. Dinheiro, bebida, excesso de velocidade, sim, isso me trouxe emoções rápidas. Mas, a longo prazo, eles me fizeram sentir como mer... muito ruim.

Ainda nenhuma reação da maioria do público. Na verdade, alguns deles estavam conversando entre si agora. Ok, o que Nicky diria a seguir?

— Quando é o momento em que você está mais feliz? — perguntou Alex. — Não é quando você está com aqueles que você ama?

Uma mulher desconhecida balançou a cabeça lentamente. Zach piscou para ele e sorriu.

— A parte mais preciosa do ser humano é fazer o bem e oferecer afeto aos outros. É, para mim, pelo menos. Obviamente, eu preciso de dinheiro para viver, mas o meu trabalho me dá muito mais do que apenas comida e aluguel. Ele me dá a interação com pessoas boas e um senso de realização. A sensação de fazer parte de algo maior do que eu. E não há nada melhor do que não pensar em mim mesmo!

Eles riram com isso. Sim, Alex, continue...

Ele abriu a boca para continuar, mas um barulho na porta chamou sua atenção. Nicky correu para a sala. Ela viu Alex e parou abruptamente.

Leia e Charley correram para dentro, quase colidindo com ela.

Alex estremeceu ao ver Nicky, se perguntando se ele deveria sentar-se e deixá-la assumir. Mas ela sorriu, acenou com a cabeça, dando apoio, e se esgueirou para um assento livre.

Alex respirou fundo. — O Corporista Café não oferece nenhum calor humano. É uma questão de ganhar o máximo de dinheiro do povo de Maidenhead quanto possível. Talvez essa seja a forma de administrar um negócio, mas é a maneira de fazer as pessoas felizes? Um negócio pode ser rentável e cuidar da comunidade local. Eu ajudei Nicky a fazer o seu Café ser rentável, e digo a vocês que todas as pessoas que vão lá saem felizes.

— Isso é verdade! — Patrick gritou.

Risos percorreram a multidão.

— Mas no Corporista — Alex continuou: — bem, vocês não saem de lá se sentindo um pouco enganados, um pouco roubados? Porque eu me sinto. Quando eu saio de lá, eu sinto como se tivesse acabado de vender a minha humanidade para uma empresa que não se importa comigo ou com a minha cidade, que é um potencial caso de marketing. Precisamos que o comitê de planejamento acabe com este desastre agora, pelo amor de Maidenhead. Senhores membros da comissão, eu sei que vocês têm os interesses da nossa cidade do coração. Mas o seu interesse é apenas ganhar dinheiro? E as coisas que tornam a nossa vida mais alegre? Coisas que lembramos muito tempo depois, como amizade, amor e riso. Confiar nos outros e se sentir bem consigo mesmo. O dinheiro pode comprar essas coisas? O Corporista pode lhe dar essas coisas? Não. Mas Nicky Lawrence e seu Café podem e fazem isso todos os dias. Precisamos dela, Maidenhead precisa dela!

Alex fechou a boca quando o sinal soou. Ele tinha acabado.

Oh Deus, eu ainda estou vivo!

Ele olhou para David. Ele tinha parado de rir e estava olhando imóvel para Alex, os lábios separados.

Os clientes do *Ruby in the Dust* aplaudiram. Alguns deles gritaram.

Alex riu.

— Obrigada, Doutor Steele — uma mulher do comitê disse. — Sentem-se e vamos abrir espaço para perguntas e cartas de oposição.

Alex caminhou de volta, e Nicky pulou para abraçá-lo.

— Você foi incrível, Alex! Eu não poderia ter feito melhor.

Ela beijou-o com força. A sua medalha de ouro por enfrentar seu medo.

Ele sorriu olhando em seus olhos. — Onde você estava?

— Eu e Charlotte nos encontramos no banheiro. Você sabe como nós mulheres somos.

Alex desviou seu olhar de Nicky e viu Charley ali de pé, parecendo estranha.

— Muito bem — disse Charley. — Muita agitação.

Ele franziu o cenho - certamente eles deveriam ser inimigos hoje?

Mas antes que ele pudesse perguntar, Zach o abraçou. — Oh, meu Deus! Estou muito orgulhoso de você! Você devia ter visto o rosto de Eddie - era como se você tivesse acabado de marcar o gol da vitória para a Inglaterra

Alex colocou o braço em volta dos ombros de Nicky, puxando-a para perto. — Obrigado, Zach. Obrigado por tudo, companheiro.

— Você sente como se tivesse matado um dragão? — perguntou Zach.

Alex encolheu os ombros. Ele não estava realmente certo do que sentia no momento. Suas mãos ainda estavam tremendo e parecia que aquilo tudo era um sonho.

Na frente dele, David se levantou para sair, na esperança de fazer uma fuga furtiva. Ele rapidamente pegou sua pasta, mas ela abriu, fazendo com que o conteúdo caísse aos pés de Alex.

Alex abaixou-se para ajudá-lo. — Eu não tenho mais problemas com bebida, na verdade. Graças a Nicky. Graças ao *Ruby in the Dust.*

David pegou de volta seus papéis. — Eu não posso te dizer como estou satisfeito.

— Tenho certeza que você está. Ei, você deveria ir até o café. Talvez Nicky pudesse curá-lo de sua personalidade revoltada. Nunca é tarde demais, sabe? Nem mesmo para alguém tão detestável quanto você.

Capítulo 52

Abrir os olhos para encontrar Nicky Lawrence dormindo ao seu lado era prova suficiente de que este seria um bom dia.

Alex olhou para o rosto pacífico, desejando que ele fosse bom em arte, para que ele pudesse capturar sua beleza no papel. Um espasmo sacudiu dentro dele, ou foi apenas o barulho de uma lata de lixo de metal do lado de fora?

Nicky parecia imune à poluição sonora, mas Alex nunca dormia muito bem quando ele dormia fora. Os barulhos da cidade começaram a chegar até ele a partir das cinco horas, e, nos últimos dias, ele tinha sido acordado por caminhões dando marcha ré, buzinas, e as entregas sendo atiradas do lado de fora. Mas valia a pena estar com ela, segurá-la em seus braços. Todo barulho do mundo era válido, se a recompensa era estar com ela.

Ele saiu devagar da cama de casal, e vestiu seu jeans, deixando Nicky cochilando.

O apartamento de Nicky precisava desesperadamente de uma nova cozinha. O piso de taco estava descascando, as bancadas de trabalho estavam lascadas e a chama do forno a gás estava a ponto de apagar no meio do preparo do jantar - o que resultava não só em refeições demoradas, mas também em um edifício potencialmente explosivo. Como Nicky conseguia cozinhar neste espaço para ela e Jamie era um quebra-cabeça. Mas Jamie era um dos adolescentes com a aparência mais saudável que Alex já tinha visto, por isso, Nicky estava obviamente fazendo algo certo.

Alex era inspirado pela capacidade de Nicky de olhar para o lado positivo em cada situação. Ele estava reclamando ontem à noite sobre como David era idiota por fazê-la viver assim, mas ela lembrou-lhe que ela tinha a sorte de ter um lugar quente e seco para viver. Era mais do que muitas pessoas tinham.

— Sim, bem, — Alex respondeu — se você continuar respirando mofo e vapores úmidos de amianto, esse vai ser lugar quente e seco para você morrer também.

Ele encheu a chaleira, sacudindo a cabeça sobre como ela o distraiu da conversa. Ela beijou-o, em seguida, beijou-o um pouco mais, em seguida, novamente...

Ele sacudiu-se para fora da fantasia e pegou o pote de café instantâneo - nada tão extravagante como uma máquina de café. Ele colocou pão na torradeira, então ficou admirando o corte de jornal de Maidenhead da semana passada novamente. A foto mostrava Nicky, Alex, Jamie, e todos os seus amigos, levantando suas placas *"Salvem Ruby in the Dust"*, todos ainda cheios de otimismo após a reunião de planejamento. Mas, Alex sabia que a verdadeira razão deste recorte ter sido deixado do lado de fora - era para que Nicky pudesse olhar para Jamie na foto, porque ela sentia muito a falta dele. Alex ficou em êxtase quando Bill não só tinha oferecido a Jamie o trabalho, mas tinha pedido a ele que fosse a Nova York por toda esta semana. A julgar pelos seus telefonemas diários para Nicky, soava como se ele estivesse tentando impressionar o seu novo empregador.

Poderia ter sido você, Alex.

Alex estremeceu com o pensamento e voltou o foco ao artigo, que ele havia lido tantas vezes que sabia de cor. Amber tinha feito um grande trabalho ao instigar as paixões do leitor. A manchete perguntava *"Você se importa com a sua comunidade?"*.

Parecia um sonho para Alex, agora, que ele ficou na frente de todas aquelas pessoas e disse aquelas coisas. Ele estava zumbindo com uma sensação de segurança e de confiança desde então. Lakshmi tinha razão, é muito bom enfrentar o seu medo. Agora eles só tinham que esperar mais alguns dias para o veredicto da comissão de planejamento, e eles saberiam se tudo tinha valido a pena.

Ele sorriu enquanto pegava a manteiga e então, ele empilhou tudo em uma bandeja, e voltou ao quarto para acordar Nicky, com café da manhã na cama.

Alex sentou-se no edredom e esfregou seu ombro para acordá-la. Um sorriso sonolento apareceu em seus lábios. Então seus olhos abriram suavemente.

— Olá, mulher dos meus sonhos — disse ele.

Nicky deu um pulo como se ela tivesse sido eletrificada.

— Que horas são?

— Não se preocupe. Leia vai abrir hoje. Pode voltar a deitar e desfrutar do seu dia de folga.

Nicky recostou-se de volta no travesseiro. Ela riu. — Desculpe. É bom ver você, meu amor.

Ela estendeu a mão e esticou o rosto em sua direção. Eles se beijaram.

— Eu fiz o café da manhã.

— Você é tão bom para mim. Eu tenho muita sorte.

Ele deslizou de volta para a cama. — Eu te amo; quero mimar você.

Um martelo pneumático começou a bater do lado de fora.

Alex tomou um gole de café. — Ah, eu adoro o som das obras rodoviárias na parte da manhã.

Nicky riu. Ela pegou o controle remoto do som, e *Astral Weeks* de Van Morrison soou pelos alto-falantes.

— Você merece coisa melhor do que isso — disse Alex. — Este lugar é um lixo e você é uma deusa.

Ela mastigou a torrada. — Não, eu não sou. E onde mais eu deveria viver?

— Nós poderíamos morar juntos. Sublocar este lugar e ganhar algum dinheiro com isso.

— Se David nos permitir. Se vencermos o caso...

— É claro que vamos ganhar, graças ao meu desempenho surpreendente.

Você não quer viver comigo?

— Com certeza — Ela o beijou. — Mas onde é que vamos conseguir o dinheiro para um lugar melhor?

— Nós vamos encontrá-lo.

— Encontrá-lo? Quer dizer, se quisermos com força o suficiente, o universo vai ouvir o nosso apelo e entregá-lo a nós?

Alex riu.

Nicky estalou os dedos. — Ah, olha, uma pilha de cinquenta e uma casa de cinco quartos simplesmente apareceu na minha frente - que sorte!

Alex colocou o braço em volta dela. — Vamos fazer uma brincadeira na qual podemos ter tudo o que quisermos. Você pode ter o seu emprego dos sonhos, e eu vou ter o meu.

— O seu é ser baterista de uma banda de rock, não é?

— Você me conhece tão bem!

— Bem, eu espero que as bandas de rock paguem um salário decente. Vamos precisar de uma casa enorme para acomodar o seu ego, sua autoconfiança, o seu charme e seu otimismo — Nicky beijou-o no rosto a cada característica que ela listou, fazendo-o rir. — Nós precisamos de uma mansão, na verdade, porque um lugar pequeno não serviria.

Alex mordiscou seu pescoço. — Eu te amo.

Ela suspirou satisfeita. — Hmm. Eu também te amo, Alex.

Ele sorriu - era a primeira vez que ela dizia isso.

Ela se aconchegou em seus braços. — Eu me sinto completa. Não é porque você me aceita, mas porque eu me aceito. E você me ajudou com isso. Eu te agradeço.

Uma bandeira tremulou em seu coração. Ele abriu a boca para responder, mas o toque do seu telefone celular fez os dois darem risada do momento impróprio.

— É o toque do meu pai. Talvez seja a notícia sobre *Ruby in the Dust*... Oi, pai.

— Alex — disse Edward. Sua voz soava tensa.

Alex ouviu o silêncio na linha. — Pai, você está aí?

— Sim. Você está sentado?

— O quê? Estou na cama com... o que há de errado?

A voz de Edward tremeu. — É a vovó. Nós a perdemos. Ela... ela teve um ataque cardíaco fulminante, esta manhã. Ela se foi.

Capítulo 53

Um pulsar de tristeza solene atingiu seu amor. Nicky desejou que ela pudesse absorver o sentimento de Alex nela. Ela o desejava como amante, mas ela também o amava como uma criança frágil.

O cheiro de grama recém-cortada acariciou suas narinas, quando ela se sentou em um tapete de piquenique, assistindo ao jogo de críquete improvisado na vila verde. Todos os clientes que ainda estavam no Café na hora de fechar, esta noite, tinham sido convidados, e Jamie pegou seu bastão de críquete, bolas e fixadores.

Nicky não podia acreditar no quanto seu sobrinho tinha amadurecido na semana que tinha passado em Nova York. Era triste saber que ele está fazendo as coisas sozinho. Mas ela sabia que ele tinha conquistado uma excelente oportunidade, e que era hora de deixá-lo ir. Ela estava orgulhosa dele: ele era uma boa pessoa e ele estava feliz. Isso significava que ela tinha feito bem o seu trabalho.

Ela focou na partida de críquete. Alex foi até o bastão. Enquanto esperava que os defensores terminassem de conversar, deu a Nicky um sorriso. Mas não, ela percebeu, com seu jeito de menino normal. Ela viu distração em seus olhos. Amanhã é o dia do funeral, e não havia nada que ela pudesse fazer para aliviar sua dor.

Depois que Edward deu a notícia, na semana passada, Alex tinha encarado tudo normalmente. Mas quando a ficha caiu, ele chorou.

Era ótimo que Alex conseguisse distrair-se esta noite, pois amanhã seria um dia difícil. Nicky percebeu que eles tinham um grupo de amigos de confiança - pessoas que os apoiariam durante os inevitáveis momentos dolorosos – e isso era uma das coisas mais preciosas da vida.

Zach lançou a bola para Alex, que bateu nela com força contra a madeira do bastão.

Alex correu para o lado oposto, quando os defensores correram para onde a bola estava mergulhando do céu. Jamie pegou. Alex estava a meio caminho entre as duas áreas, e ele soltou um gemido derrotado quando percebeu que tinha sido pego de surpresa. Os defensores aplaudiram. Nicky e Lakshmi aplaudiram educadamente do seu lugar. Nicky, de repente, se sentiu muito inglesa. Ela não queria negar suas raízes alemãs, mas esta linda cidade nos subúrbios de Londres era o lugar onde seu coração estava. Especialmente agora que seu coração estava tão envolvido com Alex. O que eles estavam fazendo aqui esta noite era atemporal: jogar com os amigos após um dia duro de labuta. Apreciar a luz do sol enquanto durava. Curtindo um ao outro. Isso poderia ter acontecido em qualquer década, qualquer século.

Lakshmi envolveu seu lenço de algodão sobre o cabelo, para protegê-la do sol da tarde. — Como é que Alex está se sentindo sobre amanhã? Se não for uma pergunta invasiva.

Nicky olhou para o namorado. Ele estava rindo e brincando com Jamie. Mas ela sabia que ele estava apenas temporariamente distraído de sua dor maçante.

— É sempre difícil perder as pessoas que amamos — disse Nicky, diplomaticamente.

Alex veio correndo até ela. — Ei, linda, sua vez no bastão.

Nicky riu. — De jeito nenhum. Eu nunca joguei críquete antes. Eu não tenho nenhuma ideia do que fazer.

— É por isso que eu vou te mostrar. Venha.

Ele colocou as mãos para frente. Ela olhou para ele.

— Nicky — disse Lakshmi, — todo mundo deve fazer algo pela primeira vez em algum momento. É assim que você experimenta as alegrias da vida, não é?

Nicky amaldiçoou Lakshmi por ser tão sábia. Ela pegou as mãos de Alex, e permitiu que ele a ajudasse a levantar.

Alex se inclinou e beijou-a nos lábios. Ela sorriu timidamente, ainda não estava acostumada a demonstrar afeto em público.

— Você precisa tirar os sapatos, amorzinho — disse ele.

— Sério?

— Sim. Você vai ter que correr.

— Eu odeio correr.

— Vamos lá, tira o sapato e vamos jogar.

Ela suspirou e inclinou-se para desamarrar as fitas das suas espadrilles de salto alto. Alex segurou-a delicadamente pelo cotovelo para firmá-la.

— Este é o vestido que estava usando no dia em que te conheci — disse ele.

Nicky olhou para o vestido vermelho de bolinhas da década de cinquenta. — É bom quando você lembra de coisas assim.

— Você parece muito mais relaxada hoje, no entanto — disse ele. — Eu nunca teria convidado você para jogar naquele dia! Eu ficaria com pavor que você pudesse me dar uma paulada com o taco!

Ela riu. Sentia-se muito mais relaxada hoje, também.

Ela caminhou descalça na grama, sentindo as solas dos seus pés sendo massageados pela grama abaixo dela. Os outros aplaudiram educadamente enquanto ela caminhava.

Alex entregou-lhe o bastão de críquete. — Certo. Eu serei o seu batedor... Tudo que você tem que fazer é ficar aqui e bater a bola, e, em seguida, correr, se eu gritar "run", ok?

— Onde você vai estar?

— Em frente. Na posição de Zach agora.

Nicky franziu a testa para o taco em suas mãos. — Eu nem sei como segurar isso corretamente.

— Eu vou te ajudar. Olha...

Alex deu um passo para trás e colocou os braços ao redor dela por trás. Ela sentiu o desejo disparar e tentou esmagá-lo. Ele beijou-a no lado da bochecha onde ele estava e, então guiou as mãos para a ponta do bastão de críquete.

— Ok — ele disse, — coloque a mão aqui, assim. É isso aí. Forme um "V" com os dedos polegar e indicador. Boa. Agora a mão esquerda vai aqui. Caramba, isso está realmente me deixando louco!

Ela riu e lhe deu uma cotovelada nas costelas suavemente.

Ele passou para a frente dela. — Descanse sua mão direita levemente sobre sua coxa. É isso aí. Dobre um pouco os joelhos. E coloque o taco na direção do seu pé direito. Perfeito. Deus, você está sexy desse jeito!

Nicky riu e balançou a cabeça. — Estamos jogando críquete, ou você está tentando fazer jogadas em mim?

Ele riu. — Não, você está certa, isso é muito grave. Olha, a coisa mais importante para você fazer é proteger os fardos. São esses dois pedaços de madeira equilibrados sobre os tocos atrás de você. O inimigo vai tentar o máximo possível desequilibrá-los enquanto você estiver correndo entre os pinos. Não os deixe ter sucesso.

— Esse é o objetivo? Proteger esses pequenos pedaços de madeira de serem derrubados?

— Sim, isso e marcar mais pontos do que a outra equipe. Boa sorte.

Alex caminhou em direção a Zach e murmurou algo para ele - que Nicky imaginou que fosse "Vá devagar com ela". Então, ele tomou sua posição.

Zach sorriu, mas havia um brilho em seus olhos que Nicky nunca tinha visto antes. O que havia sobre esporte que transformava homens em idiotas?

Nicky agarrou o bastão de críquete, e cavou a ponta suavemente no chão. Zach lançou.

Nicky não tirou os olhos da bola. Ela balançou o bastão e se surpreendeu quando ela lançou para o alto com uma paulada.

— Run, amor! — Alex chamou, já correndo em sua direção.

Nicky não jogava nada há anos, mas ela correu em direção da área oposta. Quando chegou lá, ela se virou e imediatamente começou a correr de volta para seu lugar de origem. Ela e Alex passaram um pelo outro em um borrão. Ela podia ouvir os defensores freneticamente gritando: — Jogue para mim! Eu posso chegar lá!

Nicky colocou um esforço extra no seu passo, determinada a voltar antes deles. A grama seca ajudava no impulso dos seus pés. Ela viu Zach com o canto do olho, correndo em direção ao postigo. A única coisa que importava agora era proteger aquelas madeiras – ela não deixaria Zach derrubá-los de jeito nenhum, depois de todo esse esforço. Ela o viu balançar o braço para trás - Não! Ele estava jogando a bola no postigo e tentando removê-los pela força bruta - ele estava autorizado a fazer isso?

Em uma fração de segundo, ela calculou que a única maneira que ela podia parar a bola de derrubar os tocos era colocar-se no caminho. Sem se importar com as consequências, ela esticou o taco na frente e mergulhou. A bola passou perto de seu ombro. Ow! Então ela caiu na grama, batendo o peito no chão, o taco ainda esticado. Ela olhou para cima com os olhos. Os tocos foram salvos - sim!

Alex correu até ela. — Caramba, você está bem, Nicky?

Ela começou a rir. Alex se agachou na grama, para inspecioná-la. Nicky ficou de joelhos, e apoiou seu traseiro sobre seus calcanhares. Uma multidão estava se aproximando; ela podia sentir a preocupação deles pela queda dela.

— Eu consegui! — ela gritou. — Eu o parei com o meu taco!

Alex riu. — Você conseguiu!

Zach se agachou. — Deus, Nicky, você se jogou, literalmente! Você está bem?

Nicky sorriu, ainda sem fôlego da corrida. Ela podia sentir um arranhão formigando em seu peito, por causa do atrito com a grama e então ela olhou para baixo. Ela engasgou quando viu o estado de seu lindo vestido vermelho. Um dos botões tinha arrebentado e havia uma mancha de grama verde brilhante na parte da frente. Isso, obviamente, não iria sair na lavagem. Mas, na verdade, será que isso realmente importa?

— Estou muito bem — disse ela. — Agora eu entendi qual é a diversão do jogo. Eu quero fazer isso de novo!

A maior parte das pessoas se afastou quando a temperatura caiu com o anoitecer, mas Alex, Leia, Zach e Nicky ficaram para assistir o pôr do sol, que era lento e esplêndido. Eles conversaram amigavelmente, olhando as finas nuvens brilhantes em tons de laranja, rosa e vermelho, contra o pano de fundo de um céu de safira e esmeralda. O sol baixo ardia; brilhando um aviso de boa noite a seus filhos, até que finalmente foi dissolvido na noite.

Um arrepio passou pelos ombros de Nicky quando ela percebeu que a escuridão era o estado natural. O sol fornecia calor e luz para o planeta, como um cordão umbilical cósmico. Por que ele tem que nos deixar?

Nicky voltou para o *Stag and Hounds* para deixar a bandeja com bules e xícaras que eles tão gentilmente lhes permitiram trazer para cá. Ela contou brevemente ao gerente sobre seus triunfos no críquete, em seguida, ela voltou para o verde da vila, onde Alex, Zach e Leia estavam sentados sob as estrelas.

Ela deteve-se no memorial de guerra - um enorme obelisco de pedra cinzenta, coberto com uma cruz celta. Ela permitiu que seus olhos fizesse uma varredura nos nomes gravados, que tinham sido tão brutalmente massacrados nessas duas terríveis guerras mundiais. J. Fletcher. A. Reeves. C. Wells... e tantos mais. Provavelmente não muito mais velhos que Jamie quando eles morreram.

Os nomes no topo da placa eram dos que não tinham conseguido voltar para casa entre 1914 e 1918, e a placa inferior mostrava aqueles que tinham lutado e morrido durante 1939 e 1945. Por que Nicky sempre se sentia tão culpada, como alemã, a este respeito? Não tinha nada a ver com ela. Mas ela sabia que era importante ter estes monumentos aqui para as gerações atuais verem – ela esperava que eles pudessem lembrar aos políticos e às pessoas que a guerra era uma ideia estúpida e deve ser evitada.

Nicky enxugou uma lágrima e lembrou-se de que todos nós estamos tentando fazer o melhor que pudermos.

Alex parou ao lado dela. — Você está bem, doçura?

— Sim, meu amor.

Ele colocou seus braços em volta dela e puxou-a. Ela descansou a cabeça em seu ombro.

— Nós estávamos olhando para o céu — disse ele. — Está cheio de estrelas!

Nicky ergueu os olhos para a escuridão e estudou o tapete de diamantes acima. Aqui fora, nos campos, não havia muita poluição luminosa, e Nicky podia ver o aglomerado de luz cintilante, como glitter dourado jogado sobre veludo negro.

Alex tinha dito a ela no outro dia que a maioria das estrelas eram centenas de vezes maiores do que o nosso sol. Elas só pareciam minúsculas porque estavam há milhares de milhões de quilômetros de distância. Por que ela nunca pensou sobre essas coisas antes? Como deve ser grande lá fora.

Com um braço em volta da cintura, Alex apontou na diagonal para cima. — Esse é o planeta Saturno.

Ele parecia como todas as outras estrelas para Nicky. — Sério? A que distância está?

Ele deu de ombros. — Medianamente, oitocentos milhões de quilômetros.

— Meu cérebro simplesmente derreteu.

Alex riu. — Eu te amo.

Ela abriu a boca para dizer-lhe que o amava também. Mas alguma coisa lá em cima a distraiu. — Alex, eu vi uma estrela cadente!

Ele aplaudiu. — Boa, amorzinho! Deve ter sido uma Perseida. É parte de uma chuva de meteoros que é visto nesta época do ano por pelo menos dois mil anos.

— Puxa. É estranho pensar que nós, terráqueos, não estamos sozinhos, não é? Aqui estamos em nosso pequeno planeta azul, com vida inteligente que pode pensar, sentir, amar e rir. Mas há tanta coisa... lá fora.

— Sim. O universo é enorme e antigo. 13.8 bilhões de anos, dizem eles. Esse é o tempo que demorou para chegar aqui, Nicky Lawrence. Vamos voltar e nos juntarmos a Zach e Leia antes de começarem a fazer amor? Eu odiaria que eles fossem presos por atentado ao pudor. Mais uma vez.

Nicky riu. — Sim, vamos. Vamos continuar a desfrutar deste precioso caminho através do espaço e do tempo!

Capítulo 54

O sol brilhou quando a família se reuniu no estacionamento do Crematório Slough.

Nicky saiu do seu Volkswagen e alisou a calça preta que Alex tinha comprado para ela quando eles tinham ido a Londres para o lançamento do livro de Carowyn. As coisas tinham mudado muito, desde então. Alex havia crescido. E ela também.

Ela agora sabia que era uma pessoa completamente normal, que não tinha um problema. Bem, não mais do que qualquer outra pessoa congregando neste estacionamento, de qualquer maneira.

Alex apresentou-a a alguns de seus primos, alguns dos quais ela já tinha conhecido no lançamento do livro. Zach estava aqui também, mas ele já conhecia todo mundo; era como um reencontro.

Edward e Carowyn chegaram como os convidados de honra de uma festa, juntamente com alguns dos irmãos de Edward. Edward apertou a mão de seu filho, e beijou Nicky no rosto e todo mundo tentou fingir que isso era apenas um encontro normal, ensolarado, familiar. Mas estava, é claro, faltando um membro vital da família.

No interior da capela de teto alto, Nicky sentou-se num banco de madeira na frente com Alex e seus pais. Alex se queixou de que havia um enorme crucifixo pendurado acima do caixão, mesmo que fosse uma cerimônia civil.

Carowyn fez uma careta. — Agora realmente não é o momento, Alexander.

Alex deixou morrer o assunto. Uma sábia decisão, Nicky pensou.

Guarde sua paixão para as coisas que realmente importam, meu amor.

Alex levantou-se obedientemente quando o agente funerário instruiu a congregação a cantar o hino favorito de sua avó, *All Things Bright and Beautiful.* Nicky ficou surpresa por Alex estar cantando junto.

O agente funerário agradeceu a todos por terem vindo, então ele falou por dez minutos, resumindo a vida da avó de Alex em frases sem graça. — Ela era uma senhora amada que fará muita falta a todos que a conheciam.

Nicky tinha a sensação de que o agente funerário estava recitando seu estoque de elogios à "velha senhora". Parecia artificial; tão frio. Quantas vezes por semana ele era obrigado a repetir isso? Ele sabia de cor.

Em seguida, foi a vez de Alex entregar seu presente, algo que Edward tinha especificamente solicitado, depois de ouvir o discurso inspirador de Alex na Câmara Municipal.

Nicky pensou que ele ficaria nervoso, mas a emoção do dia parecia estar distraindo-o de seu medo. Alex lançou-lhe um flash do sorriso que ele reservava para ela, e ela brilhou por dentro. Então ele se levantou e tentou seguir em frente. Ele olhou para trás e percebeu que seus dedos ainda estavam ligados aos de Nicky.

Eles abafaram o riso e soltaram a mão.

Alex olhou com tristeza para seus amigos e parentes. — Oi, eu só queria dizer algumas palavras sobre a vovó.

Sua voz falhou e ele engoliu em seco. Ele fechou os olhos e tentou conter a emoção, que estava deixando-o incoerente.

Nicky tentou enviar apoio pelo olhar.

Alex olhou para os seus pés. Então, para surpresa de Nicky, Carowyn aproximou-se e segurou sua mão.

— Vamos lá, Alexander — disse ela. — Você pode fazer isso. Eu estou orgulhosa de você.

O rosto de Alex se contorceu e ele lutou com as lágrimas por este afeto materno raro.

— Tome seu tempo — disse Carowyn. — E não diga nada sobre ela tomar uma escada para o céu.

Todo mundo riu, provavelmente aliviado ao descobrir que ela era um ser humano, afinal.

Alex sorriu para a congregação. — A vovó sempre tinha uma história para contar, não é? Algumas eram engraçadas; outras eram trágicas, mas todos elas eram reais para ela. Não é incrível as diferentes emoções que sentimos ao longo de nossas vidas? Todas as coisas que aconteceram com a vovó - os bons e maus momentos - eles eram tão importantes para ela. Mas de alguma forma, hoje, a sua vida pode ser resumida em dez minutos por um estranho.

Alex fez um gesto para o agente funerário que de repente estava muito interessado em suas anotações.

— Mas ele está apenas fazendo seu trabalho, — disse Alex — por isso é justo. Mas esse é o ponto da vida, né? Perspectiva. Todo ser humano que agora está morto, provavelmente amou, riu, se preocupou, e sentiu medo, assim como a vovó. Assim como vocês fazem. Mas todos os pensamentos, sentimentos e problemas que você encontrou, já foram experimentados por inúmeras outras pessoas ao longo de milhares de anos. Seus problemas não são únicos, eles não são pessoais, eles são apenas o que você está sentindo agora. As coisas vão continuar com ou sem você, assim como tem sido desde que o universo começou. Os átomos que compõem a vovó serão reciclados e transformados em algo mais. Agradeço-lhe por estar sempre ao meu lado, durante seu pequeno pingo de tempo neste planeta. E para todos nós, que a amamos, ela vai ficar em nossos corações, enquanto continuarmos a viver.

Capítulo 55

A recepção do funeral realizou-se na casa da avó de Alex. Nicky sentia-se sufocada. O ar estava abafado, fazendo-a suar. Todo mundo estava usando preto, mas eles estavam conversando animadamente, como se estivessem em uma festa de família. Alex tinha doze primos, e ele era o mais jovem, por isso também havia vários primos de segundo grau - crianças que não tinham ideia do que estava acontecendo, e que queriam brincar. Zach estava sentado no tapete laranja com alguns deles, jogando. Nicky desejou que Leia estivesse aqui para ver isso. Perguntou-se se deveria telefonar para o Café para verificar se tudo estava bem, mas ela se forçou a confiar em sua amiga. Embora essa fosse uma ótima desculpa para escapar por um momento.

Nicky sorriu levemente quando um comentário foi direcionado para ela de... qual era o nome desse tio? Robert ou Richard? Era irmão de Edward ou o marido de sua irmã? Estavam todos tão entusiasmados para conhecer a nova namorada de Alex, e Nicky estava fazendo o seu melhor para retribuir sua bondade. Eles eram pessoas adoráveis, mas toda essa agitação trouxe de volta memórias fétidas do funeral de seu pai.

Ela se afastou. — Me dê licença por um momento, por favor.

Ela fugiu para o banheiro, onde chorou muito - provavelmente não era a primeira pessoa a fazer isso aqui, esta tarde. Ela estudou os olhos inchados no espelho, e ficou de pé, prometendo ser forte por Alex. Ele saiu para o jardim há um tempo atrás, e Nicky tinha que deixá-lo ir, sentindo que ele queria ficar sozinho. Mas talvez fosse a hora de encontrá-lo.

Ela arrastou a mão sobre o corrimão de madeira ao descer a escada, e viu que Edward estava sozinho no corredor da casa onde cresceu. Esta horrível propriedade do conselho de Essex provavelmente significava o mundo para ele, porque eram suas raízes. Nicky se perguntou se conseguiria sentir afeto por aquele inferno em Hamburgo, onde ela cresceu. Sua mãe casou novamente e mudou-se para Munique anos atrás. Nicky ficou pensando se ela se sentiria segura em lidar com a nostalgia, se ela visitasse sua antiga casa ou mergulharia em dor novamente.

Ela alcançou o degrau e sorriu sem rodeios para Edward, espantando os pensamentos do passado. Talvez ele precisasse de um tempo sozinho, também.

Mas ele manteve o contato com os olhos, então ela parou. — Eu sinto muito pela sua perda, Edward. Esta é uma das coisas mais difíceis que temos que passar na vida.

Edward acenou com a cabeça. — Obrigado, Nicky. Alex disse que você perdeu seu pai quando era bem jovem.

— Quatorze. Mas temos sempre que seguir em frente, hm?

— Sim. Não temos outra alternativa, né?

— É verdade.

Edward se inclinou contra a parede texturizada. — Obrigado por fazer Alex tão feliz. É bom vê-lo tão seguro e entusiasmado com a vida.

— Ele fez isso a si mesmo. Ele só precisava que alguém mostrasse a ele como ele é maravilhoso, e acreditar nisso.

— Seu discurso na reunião de planejamento foi sincero. Eu fiquei tão orgulhoso dele.

— Eu fiquei orgulhosa dele também. E ele estava orgulhoso de si mesmo, pela primeira vez em muito tempo. Porque ele fez algo que achava que não conseguiria fazer, ao invés de só fazer coisas que ele sabe que é brilhante.

Edward sorriu carinhosamente. — Meus colegas da Câmara Municipal ficaram muito impressionados. Todos eles disseram isso.

A tensão percorreu Nicky, quando, de repente, ela se lembrou com quem ela estava falando e que ele sabia o resultado da reunião. Ela o olhou com avidez. Mas ela sabia que o funeral de sua mãe não era o momento mais apropriado para discutir isso.

Edward limpou a garganta e olhou para o tapete desgaste. — Nicky...

Ela sentiu-se balançar. — Sim?

— Sinto muito. O *Ruby in the Dust* não pode ser salvo. Há muito dinheiro em jogo. Nós não estaríamos fazendo nosso trabalho corretamente, se usássemos o conselho apenas para beneficiar alguns.

Ela olhou em seus olhos. — Mas é assim que vocês agem, não é?

Edward abriu a boca para argumentar, mas Nicky sorriu. Ela só estava brincando. Bem, mais ou menos.

Edward lançou-lhe um sorriso apertado. — Bem, espero que não.

— Está tudo bem — disse ela. — Eu entendo.

O mundo girou ao redor dela, deixando-a para trás por um momento. Ela se sentiu arrasada. Mas não se deixaria abalar. Ela levantou a cabeça e acenou para ele.

Edward suavizou. — O que você vai fazer agora?

— Certificar-me de que Jamie esteja bem. Ficar com os meus amigos. Amar Alex.

— Eu quero dizer com relação ao emprego, como vai conseguir ganhar dinheiro?

— Não sei ainda. Vou pensar em alguma coisa. Eu sempre dou um jeito.

Nicky caminhou até o jardim, e viu Alex admirando as madressilvas de sua avó. Ele parecia bastante tranquilo no sol, balançando um copo de uísque.

Ela seguiu o caminho de concreto, e se juntou a ele.

— O que você está bebendo? — ela perguntou.

— *Jack Daniels*. Mas eu não vou beber mai...

Nicky tomou dele e bebeu.

Ele olhou para ela. — O quê?

Ela levantou o copo vazio em um brinde simulado. — Por perder o *Ruby in the Dust*.

Alex ficou de boca aberta. Sua boca tentou dizer alguma coisa que começa com a letra "O", mas ele parou. Então sua expressão chocada mudou para raiva. Ele deu uma guinada em direção à casa.

— Alex, não! É o funeral da mãe dele.

Ele se recompôs, ofegante como um tigre enjaulado, olhando para a grama.

Nicky segurou sua mão. — Não é o momento certo.

— Eu sei. Talvez seja por isso que ele disse a você agora. Assim não vamos criar tumulto.

— Eu não acho que ele estava querendo ser desagradável.

Nicky apontou para um banco de madeira deteriorada. — Vamos sentar.

Eles se sentaram juntos. Ele a puxou para perto. — Eu falhei, pequenina.

— Não. Você só não conseguiu o que queria.

Ele sorriu com tristeza em seus olhos. — Eu consegui o que eu queria. Mas eu não consegui o que você queria.

Ela colocou os dedos sobre sua bochecha. — Está sendo muito duro consigo mesmo. Você fez o seu melhor, e isso é tudo o que você podia fazer. Você pode ligar a torneira, mas não pode controlar se a água está saindo.

Sua testa franziu. — Sim, mas essa apresentação... Eu passei por toda essa merda e foi um completo desperdício de tempo.

Nicky sentou-se ereta. — Não. A vida da sua avó foi um desperdício de tempo, agora que ela está morta?

— Claro que não. Eu amei cada segundo com ela. E se não fosse por ela, eu não estaria aqui.

— Exatamente. Então vamos cuidar de nós dois, e aproveitar a viagem, não é?

Ele suspirou. — Vovó tinha setenta e sete anos quando morreu. Eu vou estar assim daqui há 50 anos.

— Se você viver até lá.

— É. Eu acho que entendo isso agora. Seja o que for que você ache que vai fazer você feliz, não é exatamente como se imagina. Enquanto você está ocupado fantasiando sobre o que poderia fazer você feliz no futuro, você está perdendo o que pode deixar você feliz agora.

Nicky olhou em seus olhos. — E você está feliz agora? Neste exato momento?

Ele a abraçou com força. — Sim! Neste momento, eu tenho tudo que eu preciso.

Capítulo 56

Nicky estava na calçada, naquele Novembro gelado, esperando por Alex. Ontem, a espinha dorsal do outono tinha sido atingida pelo congelamento do inverno, mas Nicky dificilmente notava, porque ela estava aquecida pela fornalha nuclear interna de amor e esperança.

Do outro lado da estrada, os tratores estavam trabalhando. A bola de demolição estava prestes a atacar as paredes do *Ruby in the Dust*. Após este breve momento de destruição, a construção de Nicky só existiria na memória. Não que ele ainda fosse dela. Não que ele tenha sido de verdade. Ela sorriu melancolicamente. Esse tinha sido o problema - ela erroneamente acreditou que as coisas iriam continuar a seguir em frente, do jeito que sempre tinha sido. Ela colocou o seu dinheiro, segurança e felicidade nas mãos de algo instável. E quando ele tinha inevitavelmente desaparecido ela tinha sofrido.

Não há términos, lembrou-se, apenas novos começos.

Um sentimento de paz fluiu através dela, derretendo o gelo sob seus pés.

Alex se aproximou para se juntar a ela. — Talvez uma outra rede de Cafés ruim seja o que Maidenhead precisa.

Nicky o abraçou. — Aí está você! Você está pronto para fazer seu discurso?

— Sim! Eu e o comitê de planejamento somos velhos amigos! — ele apontou para o outro lado da estrada. — Você está bem, meu amor?

— Aham. Eu pensei que eu iria sentir algo mais. Talvez tristeza. Mas não. As folhas do outono caem para criar uma nova vida, né?

— *Ruby in the Sunshine* vai ser um sucesso!

Ela riu com o seu entusiasmo. *Ruby in the Sunshine* - um local para a comunidade, no estilo das cafeterias - era ideia dele. Um lugar onde qualquer um poderia ir, ouvir boa música, usar a biblioteca e, claro, desfrutar da comida caseira de Nicky e uma xícara de chá, a um preço razoável.

Ruby in the Sunshine: Um lugar para as pessoas desfrutarem umas das outras.

Alex tinha dado o bote em seus pais, uma semana depois do funeral: *Aqui está a chance de vocês usarem sua riqueza para o bem.*

Claro, o Conselho poderia recusar a licença de construção do *Ruby in the Sunshine*. Mas Nicky continuaria a estudar para se formar em assistente social, independente disso, e Alex iria continuar com o seu trabalho freelancer enquanto acompanhava esse novo projeto. Ele encontrou um nicho na indústria farmacêutica, onde era muito bem pago como gerente de projetos. Era engraçado vê-lo num terno, mas ele sabia que precisava usar, algumas vezes, por um bom motivo.

Alex já tinha decidido que, se o conselho recusasse a licença para o *Ruby in the Sunshine*, ele entraria em contato com David e Charlotte Lewis, para ver se ele conseguia convencê-los a ajudar. Ele não ia deixar nada ficar em seu caminho de oferecer aos moradores de Maidenhead um lugar para encontrarem a si mesmos. Nem mesmo o seu orgulho.

Nicky percebeu que ele não estava segurando bolsas de compra, apesar dele ter dito que iria comprar algo. — Então, você conseguiu o que queria? — ela perguntou.

— Oh, sim! — Ele a puxou para mais perto. — Eu consigo cada vez que expiro, na verdade.

— E o que é?

— A chance de inspirar novamente. A oportunidade de passar um pouco mais da minha curta vida com você.

— Eu não consigo pensar em ninguém melhor para você passar a sua vida junto!

— Engraçado você dizer isso.

— Por quê?

Ele sorriu e, em seguida, se ajoelhou.

O coração de Nicky deu uma guinada. Ela dobrou os dedos dos pés para se impedir de cair para trás. — Alex, o que você está fazendo?

Ele tirou uma caixa de veludo do bolso. — Eu não tenho ideia se você vai dizer sim ou não, mas eu tenho que perguntar. Eu não posso controlar os resultados, mas eu posso tentar a chance e ver o que acontece.

Um sentimento profundo tomou conta de Nicky. O anel de safira brilhava em sua caixa, como um céu de verão solidificado

Ela lutou contra as lágrimas de alegria. — Vá em frente, então. Pergunte-me.

— Você gosta de mim o suficiente para... para cozinhar o jantar hoje à noite?

Ela gemeu. — Alex!

— Tudo bem, desculpe, eu vou falar sério. Eu acho que me ajoelhei em um pedaço molhado.

Ela colocou o cabelo atrás da orelha. — É melhor você ir em frente, então.

— Ok. Nicky Lawrence, está bem...

Alex riu enquanto a bola de demolição do edifício batia, obscurecendo seu tom de voz suave e romântico.

Ele levantou sua voz contra o tsunami de destruição. — Você me faz o homem mais feliz do mundo, quer se casar comigo?

A energia dourada pulsou através de Nicky.

Durante as fortes batidas, ela gritou: — Sim!

Alex suspirou, aparentemente chocado com a resposta dela. Ele levantou-se e a pegou no colo, fazendo-a rir com prazer.

Ele a colocou de volta no chão, mas ela recusou-se a soltar sua mão. Então, com uma mão, ele deslizou o anel de noivado em seu dedo. Nicky foi obrigada a admirá-lo, mas mais do que isso, ela precisava olhar nos belos olhos de Alex.

— Obrigada. É perfeito.

Ele colocou seus braços em volta dela. — Este é o melhor momento da minha vida, Nicky Lawrence! Espere até eu contar a Zach que eu vou me casar - ele vai ficar espantado! E os meus pais - eles ficarão em êxtase. Eles te amam quase tanto quanto eu.

A vida de Nicky se desdobrou à frente dela como um arco-íris. — Nós temos que ir à Alemanha para que você possa conhecer a minha mãe. Ela vai gostar de você.

— Eu te amo.

—Eu amo você também, Alex. Isso é... maravilhoso. As palavras não são suficientes para demonstrar o que estou sentindo.

— Que tal um amasso, então?

Ela deu uma risadinha. — Vamos lá, então!

As vibrações de felicidade correram de seus pés e bateram em seu coração. Ou talvez fosse apenas os tremores da derrubada do *Ruby in the Dust.*

Falando no *Ruby*...

Nicky forçou-se a voltar para a realidade. — É melhor irmos logo para a reunião, meu amor. Não podemos deixá-los esperando.

Alex beijou-a na testa. — Sim, eu preciso sair de lá por volta das seis. Leia vai me matar se eu chegar atrasado para o ensaio da banda.

— Você deve manter suas prioridades, é claro!

— Absolutamente!

Eles seguiram em direção à Câmara Municipal, de braços dados.

— Sabe, — Nicky disse — você ainda pode ser um baterista de uma banda de rock and roll, por que não?

Alex se aninhou em seu pescoço. — Quer ser uma groupie?

— Não seja atrevido.

Eles compartilharam uma risada e continuaram o seu passeio pelo centro da cidade de Maidenhead, como dois garotos, esperando a próxima aventura começar, apreciando cada pétala do tempo, que florescia brilhantemente como um flash, e então, desaparecia para sempre.

Fim.

Editora
Charme